LE TRIPODE

Littératures ■ Arts ■ Ovnis

COBRASTAR

Thomas Bois

COBRASTAR

space opera

LE TRIPODE

TERRA, À QUELQUES KILOMÈTRES DE GLORY HALL, TEXAS

Entre deux coups de trompe, la mouche se frotte les pattes. Elle profite de la relative fraîcheur matinale pour bâfrer et se dégourdir les ailes. À cette heure la température du désert est plutôt supportable, mais d'ici peu la tendre crotte de coyote sur laquelle elle s'ébat ne sera plus qu'un bloc lyophilisé. Et elle compte bien s'en faire une ventrée. À condition, bien entendu, que l'autre abruti arrête de lui jeter des pierres. Et merde ! Encore obligée de s'envoler. Plus de vingt fois que ce grand con interrompt son repas. Et disert, en plus, le monsieur muscle.

Qu'est-ce qu'on s'emmerde, mais qu'est-ce qu'on s'emmerde... Görn vérifie sa montre et recommence le tir à la mouche. C'est pas qu'il espère la toucher, mais ça tue le temps. Et là, il a vraiment besoin de s'occuper. Deux fois déjà qu'il démonte et remonte sa pétoire. Trois pauses pipi. Il a eu le temps de chantonner à voix basse les insultes les plus dégueulasses qu'il connaît sur le Kingpin, son boss, ce contrat pourri et cette planète dégueulasse. Et cette foutue chaleur qui monte encore... Il y a bien une brise légère, mais elle charrie avec elle des effluves de fumier et avoisine déjà les 35 degrés. Et surtout la poussière, qui s'immisce dans ses fringues et ses yeux avec une efficacité vicieuse, ça lui fout des piquerlles[1] et ça met sa peau humide de Végien à la torture.

Le soleil cogne fort et Görn sue comme une prostituée sorlienne en chaleur. Depuis le début, il ne le sent pas ce contrat. Voler des données à une chasseuse de primes sur une Ostrakia à l'autre bout de l'univers, c'est pas *a priori* un boulot pour eux. C'est à la rigueur bon pour des rookies aux dents longues, le futal tout mouillé à l'idée de faire leurs preuves. Eux, leur truc, c'est les contrats, les nettoyages… Pas la récolte de fichiers. Mais quand Snitch leur a filé le nom de la cible, il a senti le début des embrouilles et compris la grosse avance sur salaire. BlackFury, c'est l'une des pires saloperies du Bureau des chasseurs de primes. Sans compter qu'atterrir sur une Ostrakia est puni de mort par l'Union intergalactique. Et cette planète, cette foutue planète… 70 % de flotte et où est-ce qu'ils se posent ? En plein putain de désert ! À des kilomètres du premier patelin… Et c'est quoi, ces buissons qui roulent sous le vent comme des grosses bourres de poussière dégueulasse, maugrée-t-il en biglant pour la dixième fois un virevoltant d'amarantes passer entre le *diner* et lui.

Si encore il avait pu accompagner les autres dans ce restaurant miteux et participer aux réjouissances. Mais non !

1. Merde à l'œil. *(Note de l'éditeur : la traduction de certains mots de ce roman, issus tantôt du gaga stéphanois, tantôt de la langue toute personnelle de l'auteur, est offerte aux lecteurs par des notes de bas de page.)*

Son camouflage optique en rade, sa peau rouge et huileuse de Végien aurait fait tache. « Tu restes ici et tu vérifies que la cible ne se fasse pas la malle. »

Il en a de bonnes, le patron. C'est pas lui qui va l'arrêter, la « cible », si une équipe de quatre porte-flingues surentraînés du Syndicat s'y casse le derche.

*

Ce job d'été est à crever, Elijah a hâte de retourner à l'université. Il bâille, encore, manque de se cogner dans une chaise mal rangée alors qu'il approche de la table de M. Snyssken. Il jure intérieurement et dépose le supplément bacon du borniquet[2] en s'excusant pour l'attente. Ça fait une semaine qu'il sert son petit déjeuner au client taciturne, et le gars ne décroche toujours pas plus de trois mots par matin, bonjour et au revoir compris. Il se contente de gober ses œufs au bacon et son café noir en silence, toujours assis au fond de la salle, dans le même coin. Drôle de bonhomme, mais à la réflexion pas plus que les autres clients de la matinée, et contrairement à d'autres il ne lésine pas sur les pourliches.

La salle est en tout cas étonnamment pleine pour un jeudi matin, et Earl sue comme un porc en cuisine pour satisfaire toutes les demandes. Ça n'arrange évidemment pas son

2. Borgne, neunœuil.

humeur de bouledogue, qu'il décharge sans complexes sur son unique serveur. Cette feignasse de Stacy est encore restée chez elle, clouée au lit par une énième MST chopée dans les toilettes de la station-service du comté… Du coup, Elijah enchaîne les allers-retours salle-comptoir pour servir tous les clients.

En plus des trois ou quatre piliers de bar du Hogroast, une faune étonnante s'est déversée dans le restaurant depuis l'aube. Ça a débuté par M. Snyssken, même s'il fait déjà presque partie des meubles, puis les zarbis se sont enchaînés. Une bombe black tout d'abord, le cul moulé dans un pantalon en cuir, un perfecto entrouvert laissant apparaître des roberts d'anthologie, s'est installée dans un box devant le comptoir. Elle a commandé avec enthousiasme un milk-shake au cactus, qu'elle a laissé tomber après la première gorgée. C'est bien la première fois qu'Elijah voyait quelqu'un se frotter aux errances culinaires de son patron d'aussi bon cœur. Elle reste assise là, à attendre Dieu sait quoi, jusqu'à ce qu'un petit bonhomme schlinguant l'obséquiosité se pointe à sa table et s'assoie sans permission. Elijah croit dans un premier temps que la beauté va le virer à coups de pompe dans le derche, mais après quelques mots il semble autorisé à rester. Ils ont l'air d'avoir rendez-vous. Un *blind-date* pour trouver l'âme sœur ? Elijah se risque à dévisager le nouvel arrivant et réprime un haut-le-cœur. Pauvre fille, ce type a vraiment l'air dégueulasse, et pas seulement physiquement.

Ensuite, y a le groupe des *men in black* qu'on croirait tout droit sortis d'un film de mafieux en noir et blanc, vu la tronche de leurs costumes et de leurs galures vintage. Sans les coupes de cheveux à l'iroquoise et les teintures flashy à vous décoller la rétine, ils pourraient passer pour quatre fondus de Bonnie and Clyde en pèlerinage. Et ils descendent le café comme un matin de fin du monde, déjà le sixième pichet, sans parler des fayots au lard que l'un d'eux engloutit au rythme inquiétant de trois assiettes à la demi-heure.

Bob et Joe, assis à leur place habituelle, sont venus comme chaque jour récupérer le baveux que le facteur dépose ici pour eux. Déjà passablement éméchés, ils ont entrepris de refaire le monde et en sont au couplet du « tout fout le camp », quand la beauté black entre, rehaussant leur rancœur de vieux rednecks bas du front d'un label triple K.

Des routiers sirotent en silence la pisse qu'Earl continue à appeler café.

Café qu'Elijah, justement, ressert à Steve et Cherry, un jeune couple installé devant l'une des fenêtres, et qui semble se perdre dans la contemplation l'un de l'autre.

Il y a enfin ce client assis au comptoir, la trentaine, taille moyenne et en forme, ce qui en fait à coup sûr un étranger. Il sirote son troisième bourbon d'un air ravi, comme s'il s'agissait d'une bonne blague. Celui-là se prépare un sérieux problème hépatique vu sa propension à vider les godets qu'Elijah lui remplit. Le client sourit, et n'hésite pas à échanger quelques mots avec le garçon entre deux allers-retours vers la salle. Ça change des autochtones obsédés par leur assiette. Elijah connaît déjà son nom, John Hero s'est enquis en retour du sien. Il le questionne sur la vie de serveur dans ce coin paumé. Elijah réalise qu'il lui a déjà parlé de son job minable, de son entrée en deuxième année d'anthropologie, et même de la perte de sa virginité… Incroyable comme ce type appelle les confidences.

*

John profite de son premier petit déjeuner terran. Le premier sur une Ostrakia à vrai dire. Il se rend compte que la planète a beaucoup à offrir pour un pirate comme lui. Une gnôle de très bonne qualité, qui se courle[3] gentiment ; du bacon, un genre de bout de porc grillé à en être benaise[4]… et un excellent café, ce qui en dit long sur la qualité du kawa à bord de son propre vaisseau. Pour le reste c'est le type même du monde sous-développé, technologiquement parlant en tout cas. Il n'a pas eu le temps de se pencher sur la politique locale, mais le peu qu'il sait de la multitude des nations l'a quand même enthousiasmé. Un peu comme la galaxie avant l'Union intergalactique.

---

3. Se faire de la grosse gorgée, boire à grands traits.

4. Avoir bien mangé, l'absence de soucis, la félicité post-repas.

De toute façon, il n'est pas venu faire du tourisme. Un an qu'il sait qui l'a fait coffrer cinq années à Paulson, et il a enfin mis la main dessus. Le petit merdaillon s'est assis derrière lui, à la table d'une Unioniste plutôt gironde, qu'il a eu tout le loisir de détailler dans le miroir d'en face avant que le courtier en informations ne fasse son entrée.

À présent, tout en faisant mine de causer au gamin qui le sert, il tente de suivre la conversation. La Rumeur ne s'est jamais présentée en personne à un rendez-vous. S'il le fait maintenant, l'affaire doit être importante, peut-être même assez pour passer l'éponge sur son séjour en prison, se dit-il.

Il se décide à changer de table pour donner le change et s'apprête à faire un brin de causette avec le couple d'amoureux transis, lorsque les mots « Prothéens, fichiers à convoyer » l'arrêtent dans son élan. Il aperçoit dans le miroir le reflet d'un galet de données. Jackpot ! Au pire, une revente de données très lucrative, au mieux une chasse au trésor. On ne tombe pas sur une occase pareille tous les jours. Et très vite, John Hero change de plan, un sourire carnassier aux lèvres.

C'est alors qu'une grosse paluche se pose sur son épaule et un canon sur sa colonne vertébrale. Une voix de gros dur lui susurre à l'oreille : « Barker, Galaxy Ranger… T'es en état d'arrestation, abruti. Un seul geste inconsidéré et ta rate fait connaissance avec ce joli bar de bouseux. »

*

Ça fait maintenant une heure qu'elle est là, attablée devant son milk-shake au cactus. Elle aurait dû s'en tenir à ce qu'elle connaît et commander un café. Tout ça parce que son ex l'a trouvée sans fantaisie et qu'elle voulait se prouver le contraire… Va te faire foutre, Dan ! Va te faire foutre, toi et ton groupe de country bételgien ! Effrayée par la nouveauté ? Et ton look de musicien rebelle, c'est pas la banalité élevée au rang d'œuvre d'art, peut-être ? Et il t'a fallu six mois pour t'en rendre compte et me larguer comme une cruche ?

Sans fantaisie, mon cul... Chasseuse de primes, c'est pas le métier le plus prévisible qui soit. C'est vrai qu'elle planifie toujours tout, qu'elle est méticuleuse et déteste les surprises, mais, comment dire, un taf où la moindre surprise peut se solder par une balle dans le dos, un couteau dans la main, un nez cassé voire quelques jours de coma, ça vous apprend à aimer la planification.

Tout à sa vindicte silencieuse, BlackFury observe la mélasse dans son verre. Son contact est en retard et elle commence à craquer dans ce bled paumé au fin fond de la galaxie, où elle viole plus d'une centaine de règles de l'UI. Oh et puis merde, se dit-elle en ingurgitant sa deuxième gorgée de lait caillé, qu'elle regrette aussitôt, pourquoi se mettre la rate au court-bouillon pour un crétin ? Parce que, en quatre ans, ç'a été ta relation la plus sérieuse et la plus longue, lui souffle une voix. Parce que ta mère et ta connasse de sœur – avec ses six chiards et son mari psychochirurgien de renom – te foutent la pression et crachent sur tes choix de vie. Et que t'as pas baisé depuis deux mois.

Elle en est là de ses réflexions lorsqu'un immonde petit tas de chair à l'air supérieur s'assoit en face d'elle. Habillé d'un costume hors de prix, il lève un sourcil réprobateur sur le verre posé devant elle et prend un air pincé. Un de ces types capables de se faire détester au premier coup d'œil. Ce n'est pas exactement un exploit dans la branche où elle bosse, mais celui-là bat des records.

— Tirez-vous, j'attends quelqu'un, se contente-t-elle de siffler.

— Oui, mademoiselle Fury, en effet, et ce quelqu'un, c'est moi, répond-il, accordant son élocution à son physique.

— C'est vous, la Rumeur ? Je ne vous imaginais pas comme ça, enchaîne-t-elle en réprimant un air de dégoût.

— Tant mieux, dans ma partie l'anonymat est important, lâche-t-il sans saisir le mépris. Ce qui me fait penser qu'après l'échange vous serez assez aimable de vous soumettre à un effacement de mémoire ciblé. J'aimerais rester sans visage, si vous voyez ce que je veux dire.

— Continuez sur ce ton, reprit-elle, et ça ne sera plus jamais un problème pour vous. Vous ne toucherez pas à mes synapses.

L'homme à tête de rat fait mine de se lever, déclarant qu'il n'y aura dans ce cas ni échange ni paye. BlackFury calcule rapidement : deux millions de crédits, c'est loin d'être négligeable, sans parler de sa commission à la livraison. Avec un prêt immobilier sur le dos et un nouveau vaisseau en leasing, elle n'a pas tellement le choix. Comme s'il lisait dans ses pensées la raclure ajoute, le sourire aux lèvres :

— Ce serait dommage de passer à côté de tout cet argent… Sans compter qu'après avoir remboursé votre prêt et payé votre vaisseau vous auriez encore de quoi ouvrir cette agence de détectives privés dont vous rêvez.

— Comment savez-vous pour…, commence-t-elle, avant de se rappeler que la Rumeur est le plus redoutable courtier en informations de l'Union intergalactique. C'est bon, rasseyez-vous, cède-t-elle. Après tout, les technologies mémorielles sont presque au point et les cobayes ne finissent pas tous en baveux décérébrés.

— Rassurez-vous, cela n'affectera que votre capacité à m'identifier, annonce-t-il en posant un petit boîtier noir sur la table d'un air satisfait. Il tapote dessus en ajoutant : voilà les fichiers à convoyer. Savez-vous ce qu'ils contiennent ?

— Pas vraiment, rétorque-t-elle, moi, je me contente de livrer.

— Par pitié, ne me prenez pas pour un idiot, mademoiselle Fury, reprend le rat avec humeur. L'Union vous a engagée sur ma recommandation expresse. Vous êtes méticuleuse, vous préparez toujours parfaitement vos interventions et le Bureau des primes ne compte pas d'éléments plus doués. Qualités qui, s'ajoutant à votre allure, font de vous une véritable perle, conclut-il d'un ton dégoulinant. Le délai était court mais je suis certain que vous avez fait vos devoirs. Alors ?

Fury souffle et accepte de se prêter au jeu du gnome :

— Vous êtes en possession de prétendues informations concernant un artefact prothéen, soit son emplacement soit le moyen d'y accéder, peut-être même des données permettant de l'identifier. Une première dans l'archéologie prothéenne. Je sais aussi qu'à l'origine ces infos appartenaient au conglomérat Nakatomi et que leur vol a probablement causé un bain de sang, bien que le conglomérat soit étonnamment silencieux sur le sujet. À titre purement personnel je trouve extrêmement étonnant qu'une expédition archéologique entière ait disparue dans la bordure extérieure suite à une collision avec une comète. Accident tellement grotesque qu'il est, si je ne me trompe pas, le seul du genre dans l'histoire de la navigation spatiale.

— Vous n'y croyez pas, n'est-ce pas ? susurre la Rumeur.

— À quoi ? Aux Prothéens ou au massacre délibéré d'une centaine de personnes ? assène-t-elle en colère, avant de se reprendre, plus professionnelle : Non, je n'y crois pas, les Prothéens sont un mythe, quant au reste, cela ne m'empêche pas de faire mon boulot.

— Tout à fait, acquiesce la Rumeur, et c'est pour cette raison que je vous ai réclamée.

Il lève la tête et reprend à voix basse d'un air de conspirateur de série B.

— Un conseil toutefois. Si vous ne prenez pas ces « mythes » au sérieux, d'autres s'en chargeront pour vous. Voyez ce jeune homme par exemple, assis au comptoir à votre droite. Un pirate. Bien que je le soupçonne en réalité d'être d'abord là pour me faire la peau, il pourrait en vouloir à ces données.

BlackFury, le blaster dégainé sous la table, pointe déjà le dos du pirate. Quelle conne… mais quelle conne ! Elle n'a pas pris la peine d'effectuer un scan des lieux en entrant. Dans ta gueule, Dan ! En voilà, de l'imprévu ! se surprend-elle à sourire. Un pirate ? Depuis les grandes guerres de la flibuste, on n'en croise que rarement. Des rescapés très âgés et leurs descendants, qui se contentent depuis presque un siècle de raids minables sur les cargos de la bordure extérieure. Des braqueurs à la manque tout au plus. La petite fouine lui pose la main sur le bras. Elle réprime un tressaillement de dégoût.

— Inutile de gâcher vos talents, ma chère, ajoute-t-il, notre ami va être un peu occupé, je m'en suis chargé…

Au même moment un homme entré en silence dans le *diner*, Stetson sur le crâne, colle un revolver colossal dans le dos du pirate. BlackFury reconnaît immédiatement le célèbre Barker. Mais qu'est-ce qui peut décider un Galaxy Ranger à enfreindre lui aussi une centaine de lois et à se poser sur une Ostrakia ?

— Disons que depuis quelques mois, continue la tête de rat, le pirate John Hero s'intéresse beaucoup à ma personne.

Il semblerait qu'il me tienne pour responsable de son long séjour à la prison de Paulson. Une malheureuse méprise, je n'ai fait que fournir les informations permettant sa capture, sourit-il de nouveau.

John Hero ?

— J'ai suggéré aux Galaxy Rangers d'envoyer quelqu'un le prendre ici avant qu'il ne se mette en tête de faire une bêtise. Leur caisse de retraite a toujours besoin de quelques crédits, fanfaronne la fouine.

*

— Ranger Barker, lance John sans se retourner, cette haleine, ce délicieux tempérament… Vous êtes bien loin de votre juridiction, on se prend des vacances en zone interdite ? Le secrétariat de l'intérieur de l'UI inaugure un nouveau lieu de villégiature pour ses employés vieillissants ?

Le canon du ranger pousse un peu plus fort sur la colonne vertébrale du pirate. John sait qu'il devrait la fermer, jouer profil bas et attendre le bon moment, mais s'il y a bien une chose qu'il déteste, c'est les Galaxy Rangers, et en particulier ce mange-merde en Stetson et moustache.

— Pour les raclures comme toi ma juridiction est extensible, grogne le ranger. Quant aux motifs, j'en ai une liste longue comme le bras dans ma base de données.

John réfléchit. Il doit agir en douceur, pas la peine de se foutre tous les Galaxy Rangers au cul. Peut-être qu'en lui balançant son café à la gueule il aura le temps de s'écrouler au sol, d'attraper le galet de données tout en frappant l'autre abruti dans les joyeuses. L'idée fait son chemin, il resserre la main sur sa tasse, quand le ranger lui coupe l'herbe sous le pied :

— Vas-y, terreur, fais-moi plaisir. Tu l'as dit toi-même, on est en dehors de l'espace légal. Je préférerais que tu marches ou que tu rampes, ajoute-t-il, mais ma soute a un compartiment spécial macchabée.

Sur ces mots, un cri retentit à l'autre bout du *diner*.

— Tout le monde les mains en l'air, bien en vue ! hurle Cherry comme une possédée, debout sur sa banquette. J'veux les clés de la *muscle car* et le premier qui bouge se prend une bastos dans le blair.

Steve, toujours assis, se lève doucement et lui pose tendrement la main sur le bras en lui tendant un revolver.

— Réessaye avec ça, mon amour, ça devrait avoir plus de poids.

Cherry pique un fard et empoigne l'arme avec maîtrise.

— Désolée, je débute, s'excuse-t-elle, accueillie par les hochements de tête bienveillants de l'auditoire.

Elle poursuit :

— Alors, je veux les clés de la Charger garée sur le parking, on se magne.

Nouveau hochement de tête général devant cette rapide reprise en main de la situation. Les bras se lèvent à l'unisson, et chacun pose bien en évidence une arme sur sa table : automatique, revolver à crosse fantaisie, fusil d'assaut customisé… Derrière les box, BlackFury et le ranger lèvent leur arme. Earl ne sort pas la tête du grill, il se contente de brandir un fusil à pompe, une paire de clés de voiture accrochées au bout du canon. Steve et Cherry se dévisagent, ébahis. Le seul homme à ne pas avoir réagi est le borgne du fond, qui finit de chogner[5] son bacon la bouche ouverte.

— Merde ! lance le vieux Bob pour briser un silence un peu lourd, on entendrait une mouche péter.

Tous attendent la réaction du couple, doigt sur la gâchette. Les porte-flingues du Syndicat, une table à côté des amoureux survoltés, restent concentrés sur BlackFury. Celle-ci jauge les menaces les plus immédiates et se focalise sur le pirate et le ranger. Ce dernier, une arme levée et l'autre dans le dos de John, ne perd pas son sang-froid. Les autres clients fixent leur attention sur les apprentis braqueurs et Earl, le propriétaire des lieux.

C'est bien sûr le moment que choisit le shérif du coin pour pousser lourdement la porte du *diner*.

— Bon Dieu, Earl ! Pas vu autant de monde sur ton parking depuis l'enterrement de la vieille Atkins ! balance-t-il en lâchant un gros cramiaud[6] de chique dans le seau à l'entrée.

---

5. Mâchonner comme un sale.

6. Crachat, glaire, morve amygdalienne.

Puis relevant son chapeau tout en se grattant une fesse :

— Un café et… oh merde…

Avisant d'abord Cherry l'arme à la main, il la met en joue puis se reprend et pointe alternativement chaque possesseur de flingue.

— Que… ? Merde, posez tous vos pétoires, pas de geste brusque ! geint-il, proche de l'apoplexie.

Earl se décide à intervenir :

— C'est bon, Rick, tout va bien. On se demandait juste qui avait la plus grosse et madame, emportée par la fougue de la jeunesse, s'est levée sur la banquette pour que tout le monde admire son Smith et Wesson.

Le shérif, qui commençait à confire dans sa graisse, rengaine son arme avec soulagement et avale sans moufter le jus de purin que lui sert Earl. Il acquiesce en transpirant :

— Ah… Ouais, d'accord, si c'est un débat entre amateurs, tout va bien alors…

Puis en direction de Cherry :

— Et pour sûr, c'est une belle pièce que vous avez là, ma p'tite dame.

Cherry bredouille un merci, avant de s'asseoir, tremblante, et de ranger machinalement l'arme dans son sac à main.

— Un autre café pour le shérif, fiston, reprend le patron, supplément barbaque. Comme d'habitude, Rick ?

Le shérif, encore un peu nerveux, s'assoit au bout du zinc en jetant un regard reconnaissant au patron. La tension chute d'un coup et les discussions reprennent. Plus trace d'armes sur les tables. Depuis son coin de la salle, M. Snyssken se lève et se dirige lentement vers le bar, y pose un billet sans prêter la moindre attention aux autres clients. John Hero, qui a mis cet intermède à profit, apostrophe le ranger, dont l'arme têtue reste collée à sa colonne vertébrale.

— Et si vous vous pliiez aux coutumes locales, Barker ? Rangez votre arme et prenez donc un café.

C'est l'occasion ou jamais. Le retour à la normale, la chute d'adrénaline, l'ambiance encore légèrement électrique. À dix je le cogne, se dit-il, je chope le galet de données et je fonce vers la sortie. Puis je me tire très loin, très vite.

— Ouais, après tout, j'ai le temps pour un café, répond le moustachu. Gamin ! La même chose que le shérif.

Puis, en s'asseyant à côté de John, il lui chuchote à l'oreille :

— Bouge et je t'éclate.

Elijah a l'habitude des armes, mais le flegme de John et de M. Snyssken lui a fait froid dans le dos. Aussi accueille-t-il les commandes avec soulagement. Il sert un café au shérif, un autre à l'ami de John, attrape le billet de M. Snyssken et il lui tend sa monnaie :

— Et trois qui font dix dollars, monsieur Snyssken.

Le volume sonore explose soudain. John se fige, tasse à mi-chemin de la bouche. Une détonation colossale retentit à son oreille, le zinc et sa joue se recouvrent de chair de ranger et de petits morceaux de boîte crânienne. Simultanément, le bras de Snyssken se détend d'un coup et tire Elijah par le col pour l'envoyer bouler sur John. Dans sa chute, celui-ci fait mine de se rattraper à la table de derrière et empoche le galet de données avant de s'aplater[7] au sol, le gamin sur la tronche. La Rumeur, figé de trouille, fixe le dos de Snyssken. Il est blanc comme un cul, des gouttes de sueur ruissellent sur sa face bouffie, il ne voit pas le galet disparaître. BlackFury amorce un mouvement, mais la main gauche de Snyssken s'écrase sur sa tempe. La sono reprend vie.

« Vous êtes bien sur Classic Radio, ici Midnight Sam, et maintenant Walter Murphy, *A Fifth of Beethoven.* »

De la main droite, Snyssken tire sur le shérif qui, au bout du comptoir, songeait à ressortir son arme. Tête baissée, la voix caverneuse et grinçante, le tueur ordonne à John :

— Fais sortir le gamin d'ici !

D'un nouveau tir, il sectionne la Rumeur en deux à hauteur du thorax, avant d'ajouter d'un ton menaçant :

— Et indemne…

C'est le moment que choisit BlackFury pour lâcher quelque chose sur le sol, se couvrir les oreilles et fermer les yeux. La lumière du monde s'éteint.

*

7. Tomber sur le ventre.

Le *diner* clignote de flashs éblouissants, entre chaque détonation l'absence totale de lumière et de son reprend ses droits. Lorsqu'il a vu M. Snyssken dégainer un revolver monstrueux et exploser le crâne du nouveau client, Elijah a cru à une blague. Mais la détonation l'a rendu sourd et les chairs maculent bien son visage. La rapidité avec laquelle le borgne l'a ensuite balancé sur John Hero n'a d'égale que celle de ce dernier à le sortir de ce putain de trou noir.

John n'en revient pas : une grenade BlackHole ! Cette fille avait une putain de BlackHole dans la poche ! Non seulement elle a tout ce qu'il faut à la bonne place mais elle sait aussi se servir de sa cervelle ! Après, vu le sort réservé à la Rumeur, il ne se fait pas d'illusion sur ce qui attend la pauvre fille. Il doit tirer tant bien que mal Elijah hors de ce merdier en appelant Lucy à la rescousse. Quand même, il est sur le cul. Un : que Plague Snyssken soit présent dans ce trou paumé. Deux : qu'il ne le massacre pas, ce que tout le monde est en droit d'attendre du plus grand sociopathe à tendance homicide de l'univers. Et trois : qu'il lui adresse la parole et lui demande de sauver un pékin local. Personne ne voudra le croire.

Une BlackHole crée un champ brut absorbant la lumière et les sons, et pourtant les détonations des armes de Snyssken sont visibles et assourdissantes. À chaque nouveau flash, John aperçoit fugitivement une tête se répandre en geyser, des jambes courir sans torse ou encore le couple d'amoureux, enlacés sous une table, mouiller leurs pantalons. Il abandonne l'idée de sauver ces derniers au flash suivant, qui révèle un cratère fumant là où les deux tourtereaux se tenaient encore quelques secondes plus tôt. Enfin, le mur. Il dégaine son blaster, tire plusieurs fois devant lui afin de ménager un espace qu'il agrandit à grands coups de pompe pour sortir du *diner.* À l'extérieur, l'effet de la grenade se prolonge encore sur quelques mètres. John traîne Elijah comme il peut loin de la zone critique. Le soleil les prend tous les deux au dépourvu, ils en ont des ébarliaudes[8] pendant quelques secondes. Derrière eux, le *diner* et une partie du paysage baignent dans un globe d'absence, une bulle de nuit noire et muette ponctuellement réveillée par les armes de Snyssken.

John chope Elijah par le bras pour le secouer : il ne bouge pas, le gosse, il n'entend rien. Forcément : sans tampons soniques, les détonations lui ont percé les deux tympans, un filet de sang lui coule des oreilles. Le gamin titube sans comprendre, hébété. John le remet sur ses pieds et l'entraîne en courant à travers le parking. Il pourrait le laisser ici, l'autre taré lui a juste dit de le sortir de là. Mais il n'a pas le cœur de laisser un gamin dans ce merdier.

— Lucy ! Démarre ! hurle-t-il. On met les voiles.

Comme un millier de pièces de puzzle s'assemblant progressivement pour former une image, un vaisseau prend forme sous leurs yeux. Ses grosses turbines latérales se mettent à beurler[9], soulevant la poussière et les virevoltants d'amarantes.

8. Avoir les yeux collés, être aveuglé par la lumière.

9. Gueuler, beugler, crier.

Le cockpit s'ouvre comme au ralenti. John saute à bord et se retourne vers Elijah, qu'il a lâché dans la manœuvre.

— Grimpe, le garagna[10] ! Vite ! On n'a pas intérêt à moisir dans le coin, hurle John, avant de se rappeler que le gosse s'est fait éclater les feuilles.

Il le saisit par le col et le jette dans le cockpit alors que deux vieux qui sortent en titubant de la BlackHole se font démembrer par d'ultimes tirs venus du *diner*. John, sanglé dans son siège, commence à donner des consignes pour le décollage et enclenche la fermeture du cockpit, tandis qu'un Elijah qui se tient les oreilles gémit.

— C'est qui, ça ? interroge une voix sexy.

— Un pote de Snyssken, crache John en s'activant sur les commandes.

— Plague Snyssken ?

— Oui, ma belle, t'en connais d'autres ?

— Merde…

— Comme tu dis, beauté, sourit-il. Tout est bon de ton côté ?

— Parfait, capitaine, répond la voix avec ironie.

Le vaisseau prend lentement de la hauteur en tournant sur lui-même, rapace obèse et paradoxalement agile, il pointe son bec effilé vers le ciel avant de s'éjecter de la gravité et de disparaître en quelques secondes.

Au même moment, une silhouette maigre sort du trou noir, un imperméable de cuir élimé et sombre sur les épaules.

10. Gamin.

Plague Snyssken avance en traînant les pieds, mains dans les poches. Derrière lui le *diner* réapparaît, une partie de la façade déchiquetée. L'intérieur, ravagé, évoque un tableau de Jérôme Bosch. Des morceaux de corps se mêlent aux décombres, un début d'incendie lèche les murs branlants quand, soufflé par l'explosion de la cuve de fioul, le *diner* s'en va dans un dernier soupir monstrueux, et fait passer le monde en négatif le temps d'un battement de paupières. L'imperméable de Snyssken se gonfle du souffle de l'explosion, une assiette pleine de bacon lui frôle le crâne avant de s'écraser dans le sable à côté d'une petite radio qui rend l'âme en grésillant.

« *You go back, Jack, do it again, wheel turnin' 'round and 'round, you go back… Dzuitt dzitt… Cric…* »

*

BlackFury ouvre lentement les yeux, se hisse avec difficulté sur les coudes et crache une partie de la poussière qu'elle a dans la bouche. Saloperie de Plague Snyssken, putain ! Si elle n'avait pas lâché la BlackHole elle aurait sûrement fini comme l'immonde petit rat d'égout assis en face d'elle. Elle se repasse le film des derniers instants de la Rumeur. Ce crétin est resté assis, fasciné et terrorisé par le dos du psychopathe le plus recherché de l'univers. Elle, assommée par Snyssken, a juste eu le temps de voir la moitié d'un corps disparaître dans une explosion de tripes et d'os. Puis les flashs lumineux, les détonations qui lui crèvent les tympans malgré ses protections. Elle ne sait pas ce que Snyssken utilise comme calibre mais pour que la grenade n'arrive pas à lui sucer le son et la lumière, ça doit être plutôt méchant. Note pour plus tard : mettre la main sur une arme moitié aussi efficace.

BlackFury grimace et saute une inspiration. Un rapide diagnostic la fait opter pour une côte fêlée. Elle s'en tire bien. Elle tourne la tête et voit le cratère qui a succédé au *diner*. Elle se trouvait heureusement à une vingtaine de mètres de la porte de derrière et de la cuve lorsque l'explosion l'a envoyée s'écorpeler[11] sur sa bécane. Elle se retourne en grognant et s'adosse à sa meule. Comment le rat a-t-il appelé déjà le petit salopard qui lui a fauché les données ? John Hero ? Avec un nom pareil, il ne devrait pas être trop difficile de lui mettre la main dessus, surtout s'il a déjà fait de la taule. « Fais sortir le gamin d'ici », a dit Snyssken. Bizarre quand même, elle n'a jamais entendu dire que Snyssken ait jamais bossé avec ou pour qui que ce soit.

Elle démarre sa bécane et lance un scan des environs à la recherche de l'engin de la Rumeur. D'où il est, il ne verra sûrement plus aucun inconvénient à ce qu'elle y fouine un peu. Un bip l'avertit d'un résultat. Le vaisseau est là, à un quart de mille au nord. Bip ! Un deuxième vaisseau ? Celui-là, elle le reconnaît immédiatement, un taxi du Syndicat. Quelle

11. S'écorcher, se faire bobo.

cruche ! Elle aurait dû se douter qu'ils enverraient du monde, une transaction pareille, ça n'échappe pas au Kingpin. Son écran lui indique aussi l'arrivée de plusieurs véhicules autochtones depuis le nord-est, attirés sans doute par le nuage de fumée.

Le vaisseau du rat est verrouillé par un cryptage bas de gamme. Ça étonne BlackFury, et ravive son profond mépris pour cette petite merde. Il devait se sentir parfaitement en sécurité dans ce trou paumé. Elle télécharge tous les fichiers qu'elle trouve, balance une grenade dans la tuyère d'échappement et se dirige en vitesse vers son propre vaisseau. Un nouveau cratère dans le désert, et quelques questions de plus pour les bouseux du coin.

LUNE DE CENTRALE, BUREAU DU SYNDICAT

Deux mains délicatement posées sur le bureau d'obsidienne en caressent la surface avec tendresse, s'attardant sur chaque entaille, chaque faille. On frappe à la porte. Le Kingpin autorise d'une voix forte l'importun à entrer. On se coule dans la pièce, le Kingpin relève ses lunettes et dévisage le nouveau venu d'un air encourageant.

— Ahhh ! Monsieur Snitch. Où en sont nos affaires ? demande-t-il.

— Nous avons reçu les comptes des quadrants nord et est, monsieur, répond d'une voix poussiéreuse M. Snitch. Tout semble en ordre et les comptables sont déjà aux vérifications. Les quadrants sud et ouest ont quant à eux pris du retard.

— Monsieur Snitch ? interroge calmement le Kingpin.

— Oui, monsieur ?

Les ouïes sèches, Snitch attend la suite avec anxiété. Le Kingpin déteste l'inexactitude et les retards. Son empire du crime est bâti sur la confiance qu'il inspire, la certitude que tout tourne comme une horloge. Ça, et la terreur qu'il instille dans les esprits, bien évidemment. Le moindre accroc doit se payer, cher, sous peine de perdre toute crédibilité.

— Monsieur Snitch, reprend encore l'imposant Kingpin.

— Monsieur ? répond le Piscien.

— Ce retard est inacceptable. Vous prendrez les mesures nécessaires pour que cela ne se reproduise pas.

Le géant s'arrête soudain et détaille son fidèle employé par-dessus la monture de ses lunettes.

— Vous êtes pâle, mon bon Snitch, et vos branchies sont exagérément sèches.

Nous y voilà, se dit, impassible, le Piscien, il sent déjà que la suite ne va pas lui plaire. Le Kingpin l'effraye par sa capacité à lire dans ses interlocuteurs. Ils ont beau être d'espèces radicalement opposées, le colossal Végien le décrypte sans la moindre peine.

— Une cure d'algues et de phytoplancton vous ferait le plus grand bien. Un peu de verdure en quelques sorte, ajoute-t-il en croquant dans un fruit. Quel est donc le problème, monsieur Snitch ?

Le Piscien prend une profonde inspiration et se lance.

— Nous n'avons pas récupéré les données prothéennes que M. la Rumeur avait en sa possession.

Les narines du patron frémissent.

— Avait en sa possession, monsieur Snitch ?

Autant tout dire d'un coup, pense Snitch, qui n'a jamais été du genre à tourner autour du pot.

— Nos hommes sont morts, tout comme M. la Rumeur, semble-t-il. Il ne reste du lieu de l'échange qu'un cratère, lâche-t-il dans un soupir.

— Miss Fury ?

— Disparue elle aussi.

— Non seulement la cible et les données se sont évaporées, mais la Rumeur, avec qui nous sommes régulièrement en affaires et auquel j'avais expressément interdit qu'on touche, a disparu aussi ? reprend le géant les mâchoires serrées. Auriez-vous une quelconque explication à me donner ?

— L'un de nos hommes était équipé d'un mouchard optique, j'ai pensé qu'il serait tout aussi bien de vous montrer la vidéo.

M. Snitch tape quelques touches sur l'écran virtuel qui se matérialise au-dessus de son poignet droit. Une image apparaît en face du Kingpin. On y voit le *diner*. Ou plutôt la bulle d'obscurité dégagée par la BlackHole. Deux silhouettes en sortent. L'homme équipé du mouchard tremble comme une feuille, l'image est mal cadrée. On voit ensuite le *diner* réapparaître, puis une explosion envoyer voler le mafieux dans les airs et retomber lourdement au sol. Le sable du désert laisse bientôt la place à une botte, puis à une deuxième. Alors que l'objectif du mouchard se relève péniblement apparaissent, surmontant les bottes, deux jambes et un imperméable. Enfin le canon d'un antique revolver se découpe sur l'image, pointé sur ce qu'on peut supposer être le crâne du mafieux à terre. Un « Et merde » résigné s'échappe des lèvres de l'homme de main du Syndicat, avant que la vidéo ne coupe.

Le Kingpin effectue un rapide retour en arrière et arrête l'image sur le visage du tireur, légèrement flou, derrière le canon de l'arme. La face grimaçante de Plague Snyssken s'encadre sur l'écran.

Le bureau est plombé par le silence. M. Snitch distingue les mâchoires de son patron qui grincent dans la pénombre, ce qui n'augure rien de bon. Soudain le bureau de pierre vole en éclats sous le poing massif du Kingpin. M. Snitch a juste le temps d'esquiver un morceau d'obsidienne qui se fiche dans le mur, à quelques millimètres de sa joue. Le Secrétaire croit judicieux d'amorcer une sortie discrète, quand la voix étonnamment calme de son patron l'arrête :

— Monsieur Snitch, veuillez m'identifier les deux hommes qui apparaissent au début de la vidéo.

— Et le troisième homme, monsieur? s'enquiert Snitch, surpris par le ton cordial de son patron.

— Le troisième homme, mon bon Snitch, est la raison pour laquelle cette pièce et vous tenez encore debout. Il devrait vous être familier, mon vieux, réveillez-vous!

Snitch observe en silence l'image figée, le borgne au rictus derrière le revolver, et laisse enfin échapper un juron.

— En effet, mon brave Snitch : Plague Snyssken. Cette vilaine face vous exonère de l'échec de l'opération. Après tout, même les compagnies d'assurance l'ont rangé dans les catastrophes cosmiques naturelles. Reste à expliquer sa présence et s'il en a après les données…, ajoute-t-il pour lui-même.

— Mais que faisait-il… ? commence le Piscien avant d'être de nouveau interrompu par son maître.

— Concentrez-vous sur les deux rescapés ! Faites-moi aussi installer un nouveau bureau dans la journée. Et par pitié, pensez à ce que je vous ai dit…

— Monsieur ? demande le Secrétaire.

— Mangez un peu de verdure, vous avez une mine épouvantable.

Snitch se dirige en silence vers la porte, se retourne une dernière fois alors que son patron allume un antique poste de radio.

« … toujours en compagnie de Midnight Sam. Et tout de suite AC/DC, *Rock and Roll Ain't Noise Pollution…* »

QUELQUE PART DANS LA NÉBULEUSE DU CHEVAL, À BORD DE *LA BUSE*

Elijah regarde, halluciné, le plafond du vaisseau. Il a l'impression de planer haut, très haut. Il a déjà pris des trucs, mais ce que lui a filé John est épatant (le terme est certes suranné, mais c'est le premier qui lui vient à l'esprit). Sa vue se brouille, il sombre dans un sommeil profond. Il rêve que Stacy lui refile une saloperie alors qu'il la baise dans les chiottes de la station-service. La porte des gogues s'ouvre à la volée et une silhouette sombre explose le crâne de la collectionneuse de MST d'un tir de revolver. Le corps sans tête de la serveuse, toujours chaud et accroché à lui, se transforme en une espèce de gros poulpe de l'espace. Il parvient à s'en défaire au moment où un bataillon de tentacules tente une embrassade visqueuse. Avisant un petit surin sur le lavabo des toilettes, il s'en saisit et se met à larder la bestiole de coups de couteau, puis attrape une clé à molette sortie de nulle part qu'il fracasse joyeusement sur le bec enamouré de l'octopus. Il hurle comme un dément, bave aux lèvres et froc aux chevilles. Dans les haut-parleurs des chiottes sir Elton John chante *We All Fall In Love Sometimes* pendant que lui-même jouit sans discontinuer et que des volées de sperme arrosent l'extraterrestre ensanglantée. Il s'acharne sur la carcasse sans vie du gros céphalopode, frappe, éjacule encore, couine de terreur quand la porte s'ouvre de nouveau. Dans l'encadrement, John Hero fait la grimace, lui met une claque et lui propose de mettre les voiles. Il sort en remontant son froc d'une main et essuie son visage poisseux de l'autre. Sur le seuil il se secoue comme un clébard qui sort de l'eau ; il sent le pétrole, le sexe et une odeur âcre, un peu acide, ça renifle le poil mouillé du corniaud de ferme. Il tremble, lève la tête et rattrape le pirate, qui craque une fusée de détresse sur son futal et la jette négligemment dans les chiottes. Sperme, sang de pieuvre et autres sécrétions s'enflamment aussitôt. La station-service explose en un arc-en-ciel psychédélique. Caméra plongeante, travelling arrière, Elijah suit John Hero, alias Cobrastar, qui marche crânement, l'incendie au loin, sur le fond d'un soleil couchant.

*

Au réveil, Elijah a un mal de tête effroyable : sa tête est un putain de punching-ball.

Il attrape prudemment son crâne à deux mains et sent deux excroissances métalliques lui ceindre les oreilles. Tout lui revient. Lucy lui a dit de ne pas s'inquiéter, John lui a appliqué un régénérant cellulaire qui va lui rendre son audition, en attendant la régénération le médic de bord lui a installé des prothèses auditives directement reliées à son cerveau. Il se souvient aussi, vaguement, qu'ils se dirigent vers une planète de pirates appelée Tartarus.

L'étudiant en anthropologie qu'il est devrait trouver tout cela fascinant mais là, tout de suite, il est bien trop occupé à ne pas dégouemer[12]. Pris de nausées, il se relève d'un coup et s'assomme à moitié sur la couchette du dessus. Il finit par terre, une main sur le front et l'autre sur les côtes, pour calmer les haut-le-cœur qui le secouent. Les spasmes se font plus forts, il a beaucoup trop froid, non, chaud, et merde, encore froid ! Il gerbe. Surtout de la bile, vu qu'il n'a rien becqueté depuis plus de dix-huit heures.

— Doucement, Elijah, lui intime une voix calme. Respire doucement et régulièrement. Hyperventiler ne va pas arranger tes affaires.

Le garçon reconnaît la voix de Lucy, une sorte de doux babillage qui bizarrement l'apaise. Elle lui parle, longtemps.

— Tiens, prends ça.

Il relève la tête et se trouve nez à nez avec la face hilare de John Hero. Le pirate lui applique d'autorité le goulot d'une flasque sur la bouche. Elijah courle une lampée et se met illico à tousser comme un hippie tuberculeux après son premier joint.

— Putain ! Mais qu'est-ce que c'est que cette merde ? parvient-il à grogner alors que le liquide lui attaque les intestins.

---

12. Vomir, gerber, dégobiller.

C'est comme si on lui avait fourré un oursin dans la gueule. En même temps, une douce ivresse l'envahit et repousse la panique.

— De la gnôle… C'est moi qui l'ai faite, qu'est-ce t'en dis ?

Si John sourit, Elijah note tout de même un soupçon d'inquiétude au fond de ses yeux. Le pirate change instantanément de sujet.

— Comme ça, tu connais Snyssken ?

La voix de Lucy résonne dans la pièce.

— John, tu pourrais peut-être attendre un moment avant l'interrogatoire, non ?

Il balaye la proposition d'un revers de main, récupère la flasque et en boit une longue gorgée en souriant.

— Non, j'attends depuis trop longtemps. Mon père, tousse-t-il, distille une pisse !… Ça, ajoute-t-il en agitant la flasque sous les yeux d'Elijah, ça ne lui arrive pas à la cheville. Faudra que je te fasse goûter quand on arrivera. Alors, Snyssken ? Un pote à toi ?

Le gamin, déjà saoul, lui répond, la bouche un peu pâteuse.

— M. Snyssken ? Je lui sers juste son petit déjeuner depuis une semaine ou deux.

La temporalité est un peu floue dans sa tête. En essayant de se masser les tempes, il sent de nouveau les prothèses auditives.

— Je vais devoir garder ça ? demande-t-il. Je suis devenu sourd ?

— Non, oui, enfin plus pour longtemps, la réparation des

tissus devrait prendre quelques jours, les prothèses te servent à entendre et à circonscrire la régénération cellulaire aux tympans. T'aimerais pas te retrouver avec un surplus d'oreilles, une couille ou un bout d'estomac sur le crâne, non ? C'est arrivé à un pote qu'avait rien mis pour tenir le régénérant en laisse et…

Voyant qu'il le perd, John le remet sur les rails :

— Les tympans, c'est eux qu'ont trinqué. Ils ont salement morflé quand Snyssken a fait feu. Alors tu ne le connaissais pas avant, hein ? Merde, pourquoi demander de te sortir de là alors ? Et pourquoi il ne m'a pas descendu avec les autres au *diner* ?

Elijah continue à divaguer :

— Je ne vais pas rentrer, c'est ça ?

— Non, mon gars, tu ne vas pas rentrer. Mais, de ce que j'ai compris, ta vie au *diner* n'avait pas l'air de t'enchanter.

À ces mots Lucy se sent obligée d'intervenir.

— Et puis, cela aurait pu être pire, tu aurais pu te retrouver sous forme d'entité désincarnée.

— Désincarnée, mon cul ! Je te rappelle que tu habites l'un des corps les plus sexy de la bordure ! Et sans payer de loyer…, rétorque John en souriant.

— Ce tas de ferraille ? Tu appelles ça un corps ?

Effaré, Elijah suit ce début d'échange qui semble être une routine bien installée, la gentille prise de bec d'un vieux couple qui ne sait plus se dire je t'aime autrement. Lucy éclate de rire. Un rire chaud, matelassé, qui enveloppe Elijah.

— Qu'est-ce qu'il y a encore ? grogne John.

— Il semblerait, mon chéri, qu'Elijah nous prenne pour un vieux couple d'amoureux…

John éclate de rire à son tour, Lucy se vexe.

— Mon petit Elijah, commence-t-il, Lucy est une intelligence artificielle qui squatte ce vaisseau depuis que je lui ai sauvé les miches et que j'en suis devenu, de fait, responsable.

Un raclement de gorge résonne dans la cabine.

— Pardon, pas une IA, s'empresse-t-il d'ajouter, un être vivant à part entière auquel je tiens beaucoup et qui occupe, faute de mieux, les systèmes de mon vaisseau.

La dernière phrase a l'air de satisfaire Lucy qui reprend la parole.

— Il a quand même pensé à un couple…

— Pensé ? Comment ça, pensé ?

— Oh, ça va ! Je vérifiais juste son état de fébrilité.

— Sors tout de suite de sa tête ! s'emporte John.

Elijah, qui prend enfin la mesure de ce qu'il entend, se remet à hyperventiler. John lui colle illico la flasque sur la bouche.

— T'inquiète pas, Eli ! Je peux t'appeler Eli ? reprend le pirate en lui tapotant gentiment l'épaule. Elle ne le fera plus, et dans le doute je t'apprendrai à fermer tes pensées. En attendant, je te laisse te reposer. Garde la gnôle.

Sur ces mots, John se lève et sort de la cabine.

Elijah, enfin seul, se rejette une gorgée de formol. Il ne boit pas d'habitude, pas beaucoup en tout cas. Et il commence à rire, longtemps, il pleure aussi un peu. Comme si quelque chose craquait à l'intérieur.

CENTRALE, PLANÈTE CAPITALE DE L'UNION INTERGALACTIQUE

Le Secrétaire général est inquiet et d'une humeur de chien. Rien qui ne soit passé inaperçu auprès des généraux de la spatiale et des principaux chefs de cabinets de l'Union intergalactique, assis autour de la table pour une réunion extraordinaire. Les mines sont défaites. Le général McIntyre sue à grosses gouttes en écoutant son aide de camp lui chuchoter régulièrement des nouvelles à l'oreille. Ses collègues de l'infanterie et des renseignements militaires, quoique ravis de le voir mijoter dans son jus, n'en mènent pas large non plus. Ils anticipent tous le coup de poignard du chef d'état-major qui va sans nul doute leur coller le fiasco de l'opération sur le dos.

L'inquiétant Monsieur, seule personne présente autorisée à masquer son visage devant des dirigeants de l'UI, se frotte les mains. Officiellement là en tant qu'observateur, il s'occupe des services de renseignements, de la diplomatie officieuse de l'Union, ne rend des comptes qu'au Secrétaire général élu, et à lui seul. Un hologramme changeant toutes les millisecondes lui tient lieu de visage et donne la nausée à quiconque essayerait de le fixer, ajoutant au malaise ambiant.

La pièce sécurisée baigne dans la pénombre. Au-dessus de la table, différents graphiques et dossiers s'affichent alternativement alors que les départements tentent de se justifier. Le Secrétaire général prend une profonde inspiration, plisse les yeux en soufflant et fait taire McIntyre d'un geste agacé :

— Général, auriez-vous l'obligeance de la fermer un moment ? Si je résume, vous n'avez pas récupéré les données que la Rumeur devait nous vendre après les avoir préalablement subtilisées au conglomérat Nakatomi. « Subtilisées », comme je viens de l'apprendre en – passez-moi l'expression du crétin qui a pondu ce rapport – « bousillant sauvagement » leurs équipes d'archéologues et de sécurité. Des savants de tout premier plan, des universitaires de grand renom dont la perte est inestimable. Et inexplicable tant au public qu'aux familles. L'opinion est sur les dents et exige des réponses. Je vous rappelle que les familles des victimes sont particulièrement influentes et liées à Toshiro Nakatomi, qui bénéficie lui-même d'un soutien considérable au Parlement. Bien qu'il reste un ami, je vais avoir beaucoup de mal à le calmer. D'autant plus que sa nièce Tokiko, ma propre filleule, fait partie des victimes.

Le Secrétaire général laisse éclater toute la fureur qu'il s'est efforcé de contenir depuis le début de la réunion.

— Mais qu'est-ce qui vous a pris de faire un marché avec cette petite merde de Rumeur ! Je devrais vous faire reconditionner et vous balancer sur un caillou de la bordure, espèce d'assassin !

Monsieur n'était pas au courant pour Tokiko Nakatomi. Il l'avait croisée une fois en compagnie du Secrétaire général, une jeune historienne brillante que son parrain, de toute évidence, adorait. McIntyre est dedans jusqu'au cou.

— Et en plus de cela, vous êtes sans nouvelles de votre agent de liaison, Miss… Fury ! feint de chercher dans ses notes le Secrétaire général.

Le militaire se risque alors à intervenir :

— En fait, monsieur le Secrétaire général, il se trouve qu'elle nous a contactés et que…

— Quelque chose vous a échappé lorsque je vous ai demandé de la fermer, général ? le coupe le dirigeant. Le lieu de l'échange se trouvait sur une Ostrakia – ce qui au passage bafoue une centaine de lois – et a fini rayé de la carte. Tous les témoins, des ressortissants de l'UI et, pire encore, un certain nombre d'autochtones, ont été tout bonnement massacrés. Le seul point positif dans tout ça, c'est l'élimination de la Rumeur, qui espérons-le calmera le clan Nakatomi !

Il prend une longue inspiration avant de lâcher :

— Le clan Nakatomi, général, mais pas moi…

Le Secrétaire général marque une nouvelle pause et toutes les personnes présentes se figent en attendant de savoir sur qui le couperet va tomber. Comme s'il attendait ce signal, Monsieur prend la parole :

— Si je puis me permettre, monsieur le Secrétaire général, nos informations indiquent la présence sur place de Plague

Snyssken et son entière responsabilité dans la destruction du *diner*.

— Le Daïnneur ?

— Le lieu de l'échange, monsieur. Nous-mêmes n'en savions rien et le général ne pouvait être au courant de sa présence.

Le général, qui prévoyait une attaque de Monsieur, est pris de court par son soutien. Il bafouille un merci à l'adresse de ce dernier. Sudation, humeur sèche aux lèvres et nez bilieux, le militaire tente de se redonner une contenance et de retrouver sa morgue naturelle.

— Peut-être que le général pourrait nous éclairer grâce aux informations que Miss Fury lui a communiquées, ajoute Monsieur, tendant une nouvelle perche au chef d'état-major.

— Nous vous écoutons, souffle le Secrétaire général d'un air peu convaincu.

Monsieur admire le vieux briscard. Malgré la perte de sa filleule, il tient sa peine en laisse, et l'humeur de la salle au creux de sa main. Avec son aide, il fait danser l'armée et le gouvernement au pas qu'il souhaite.

— Tout à fait, commence le chef d'état-major en gonflant les joues. Miss Fury a repris contact il y a quelques minutes et nous en savons maintenant un peu plus sur la situation. Il semblerait effectivement que Plague Snyssken soit responsable du massacre et de l'échec de l'opération. Miss Fury, qui n'a pu récupérer les données, nous affirme qu'elles ne sont pas perdues. Un certain Cobrastar aurait subtilisé les informations au moment de la fusillade et aurait pris la fuite avec un autochtone.

— Cobrastar ? Un autochtone ? ironise le général Borzeck, chef des forces de sécurité de Centrale nouvellement promu. Votre agent était-il sous l'influence de drogues ?

Entre-temps, le visage de John Hero s'est matérialisé au-dessus du bureau. Un sourire crâneur sur fond de toise de la prison de Paulson.

— Et c'est cet…

Le Secrétaire général marque une pause.

— … *individu* qui aurait volé les données ?! Le dossier mentionne : « pirate de petite envergure ». Que foutait-il sur une Ostrakia et comment était-il au courant de l'échange ? fulmine-t-il.

— Il semblerait, s'interpose Monsieur, que le pirate Hero ait été sur place pour régler un vieux contentieux avec la Rumeur. Le lieu de rendez-vous n'étant connu que de très peu de personnes, il y a fort à parier que la Rumeur avait lui-même fait fuiter l'information pour attirer l'homme.

— Et vous voudriez nous faire avaler que le vol des données ne serait qu'un larcin opportuniste ? ironise Borzeck.

Cette fois un vieux général à la retraite, à moitié assoupi, se redresse en bout de table. Il regarde l'assemblée l'air mauvais.

— Elle va bientôt fermer son claque-merde, la nouvelle ! Un pirate ça chourre ! S'dans son ADN. Si ce gars-là a vu une occase de se renflouer, il aura sauté dessus. Comme tout bon flibustier qui se respecte. S'pas croyable, un obtus pareil !

Un silence gêné s'établit dans la salle, rompu de nouveau par un Borzeck bravache qui, plutôt que de relancer le vieux général, se tourne vers Monsieur :

— Oh ! je vois, et qu'en est-il de ce Snyssken ? Un opportuniste lui aussi ? Encore l'un de vos vieux croque-mitaines ?

Le silence dans la salle se fait lourd. Le Secrétaire général sourit en attendant la réaction de son chef des renseignements. Borzeck se vante bien souvent de ne pas craindre Monsieur, qu'il qualifie volontiers dans les couloirs de Centrale de vieille fouine impuissante. Il répète à qui veut l'entendre que le pouvoir de Monsieur est mort avec la victoire de la démocratisation, qu'il n'est en définitive que l'ultime épouvantail du régime précédent.

Monsieur attend en silence que Borzeck ait fini de rire. Sans un mot supplémentaire, il presse une touche. L'image d'un homme ruisselant de sueur et visiblement mal à l'aise apparaît au centre de la table. Tous reconnaissent le Space Marshal Thompson, directeur général des Galaxy Rangers. Et il est loin d'afficher l'air régalien qu'on lui connaît. En costume sombre, un frêle Piscien et un Végien colossal se tiennent immobiles de chaque côté du bureau, sourds aux suppliques du directeur dont on peut voir les lèvres bouger en continu. Borzeck pâlit, Monsieur appuie sur une nouvelle touche. La voix chuintante de Thompson résonne alors dans la pièce. Monsieur prend la parole et son image floue apparaît devant le Space Marshal.

— Ranger Thompson, je vous remercie d'avoir patienté.

Le directeur du Bureau des rangers, comme soulagé d'avoir enfin un interlocuteur, se met à vociférer.

— Deux heures et demie que je poireaute dans mon bureau, mis au secret dans mes propres locaux par vos deux gorilles ! Impossible d'aller pisser ou de boire un verre d'eau, bordel ! Pour qui vous vous prenez, vieille couille molle ?!

Monsieur continue sans s'émouvoir.

— Marshal Thompson, pourriez-vous m'expliquer la présence du Galaxy Ranger Barker sur l'Ostrakia Terra, lors d'une opération menée par les services de renseignements de l'armée il y a deux jours ?

Le marshal se décompose.

— Ce n'est pas possible… Il doit y avoir une erreur, aucun de mes hommes n'irait poursuivre un fugitif sur une Ostrakia, bafouille-t-il.

— Vous avez une fille, n'est-ce pas, ranger Thompson ? Ainsi que deux petits-fils ? poursuit Monsieur.

Le marshal est décontenancé.

— Oui, et alors ? aboie-t-il.

— Alors cessez de me prendre pour un imbécile et répondez à mes questions. Le reconditionnement forcé des familles d'activistes ne se fait plus, mais je n'ai pas entendu dire que le décret l'autorisant ait été abrogé.

Le Secrétaire général fronce les sourcils, Monsieur en prend note et d'un geste de la main lui réclame quelques secondes supplémentaires. Il n'a pas le pouvoir de s'en prendre à la famille du directeur des rangers mais il est inutile que l'intéressé le sache, tout comme les participants de cette réunion, qui commencent à se sentir particulièrement mal assis. D'un geste, Monsieur fait apparaître l'image de Borzeck devant le Space Marshal. Borzeck, pris au dépourvu, tente de récriminer, mais son micro est coupé.

Thompson dépose les armes.

— D'accord… Écoutez, je n'ai fait que rendre un petit service aux forces de sécurité de Centrale.

— Aux forces de sécurité ou au général Borzeck ?

— Au général… Barker devait juste appréhender une petite raclure qu'il avait déjà claquée en taule, pas de quoi fouetter un chat.

— Sur une Ostrakia ? En pleine opération spéciale ?

Thompson recommence à suer, grassement.

— Je vous jure que je n'étais pas au courant de ça, tremble-t-il. J'ai simplement mis Barker en contact avec la Rumeur sur la demande de Borzeck. Le reste, je suis pas au courant.

— Ni de la présence de Plague Snyssken sur les lieux ou de la destruction totale d'un établissement de boissons sur Terra, ainsi que de tous ses occupants ?

— Quoi ?! Non !! Bien sûr que non ! Bon Dieu !

Le marshal est maintenant au bord de l'évanouissement.

— Rien non plus sur les trois millions de crédits virés sur le compte 5879glper325 de la Banque centrale helvégasque ?

Monsieur se tourne vers Borzeck et rallume son micro.

— Général ? Qu'en est-il du virement de trente millions sur un compte vous appartenant dans cette même banque ? se contente-t-il de demander d'une voix douce.

— Trente millions ? éructe Thompson. Borzeck, espèce de salopard ! Vous m'aviez parlé de six millions.

— Taisez-vous, Thompson ! grince le général, qui espère encore se sortir de la situation.

Le Secrétaire général choisit ce moment pour intervenir.

— Directeur Thompson, général Borzeck, veuillez la fermer, je vous prie. Monsieur, veuillez aller droit au but.

— D'après nos renseignements, c'est la présence combinée de Cobrastar et de Barker qui a véritablement mis le feu aux poudres. Sans le ranger, Snyssken n'aurait sans doute pas réagi.

— Bien…, soupire le Secrétaire général. Directeur Thompson, considérez-vous comme temporairement relevé de vos fonctions. Monsieur, que vos hommes qui l'accompagnent vérifient que ses trois millions de crédits soient versés dès à présent à la caisse de retraite des Galaxy Rangers.

À ces mots, il coupe la communication avec le bureau du Space Marshal, puis reprend :

— Général Borzeck, je laisse aux autorités militaires compétentes le soin de régler votre passage en cour martiale ainsi que le virement des trente millions au fonds de pension des anciens combattants.

McIntyre sourit à s'en faire des crampes et détache déjà deux de ses hommes vers le général déchu afin de le mettre aux arrêts. Le Secrétaire général joint ses mains sur la table et se penche en avant.

— Voilà qui règle une partie du problème. Maintenant j'aimerais que l'un d'entre vous m'explique la suite. McIntyre, Miss Fury est-elle en mesure de récupérer les données volées ? Ce John Hero, tentera-t-il de les revendre ?

— Sait-il seulement ce qu'il a subtilisé ? lui répond le général. En tout cas, Miss Fury sait où le retrouver. Mais cela ne vous plaira sûrement pas, ajoute-t-il.

— Laissez-moi deviner, Dead Man's Point ? Oh, ne faites pas cette tête, général, le dossier carcéral du garçon mentionne sa qualité de pirate. Les seuls à avoir droit à cette appellation dans nos dossiers sont les Frères de la côte.

— Pardonnez-moi, reprend un jeune conseiller en bout de table, mais s'il s'agit d'un pirate, cela ne nous simplifie-t-il pas la tâche ? Ne pouvons-nous pas l'appréhender sur Dead Man's Point ? La spatiale peut sûrement envoyer un commando de récupération et…

— Il va vraiment falloir que je me décide à faire passer cette directive qui oblige tout employé gouvernemental de classe A à apprendre l'histoire non expurgée. Monsieur ?

— Un dossier de restructuration et la mise en place de

cours de rattrapage sont déjà dans votre boîte aux lettres. Pour répondre à votre question, conseiller Hill, l'Union intergalactique n'a aucune autorité sur Tartarus et sa capitale Dead Man's Point.

— Si tant est que l'on puisse appeler cette poubelle une capitale, maugrée l'un des généraux présents. On aurait dû atomiser ça depuis longtemps.

Plusieurs barbons grisonnants expriment leur assentiment. Le Secrétaire général se masse les tempes. Si même les vieux briscards se mettent à râler, ça va devenir invivable. Bon Dieu, la majorité d'entre eux a quand même perdu un parent dans les guerres pirates !

— Messieurs, reprend-il en soupirant, je n'ai aucune intention d'être le dirigeant qui relancera l'Union intergalactique dans de nouvelles guerres pirates. Mes dernières informations, ajoute-t-il en jetant un regard à Monsieur, n'indiquent aucunement que les Frères de la côte aient perdu leur force de frappe. De plus, des traités ont été signés, nous les respecterons.

— Général McIntyre, intervient Monsieur, je prendrais comme une faveur personnelle que vous me confiiez le capitaine Owens afin qu'il serve d'agent de liaison officiel entre nos services.

McIntyre, pris au dépourvu, hausse les sourcils puis acquiesce, il lui doit bien ça après tout. Mais cette fouine lui retire quand même un élément de valeur. Owens, un jeune officier brillant, gère depuis peu une branche de renseignements militaires. Sa présence a été réclamée par Monsieur. Son grade n'aurait pas dû l'autoriser à participer à cette réunion.

— Les papiers de transfert sont là, poursuit Monsieur, qui a comme d'habitude une longueur d'avance sur tout le monde.

Ainsi il avait déjà repéré Owens, se dit le général en soupirant.

— Miss Fury sait-elle où elle met les pieds ? demande le Secrétaire général pour recentrer la discussion.

— Elle dispose d'un logement sur place et y a déjà effectué quelques récupérations pour le Bureau des primes, répond McIntyre.

— Un contrat a-t-il été émis pour la tête de ce John Hero ?

— Tout à fait, il est nominatif, et exclusif à Mlle Fury. Aucun cow-boy ne débarquera sur Dead Man's Point pour faire du grabuge, reprend Monsieur, qui se dit en même temps que n'importe quel imbécile qui s'y risquerait mériterait amplement le sort que les autochtones réservent aux *moutons* de l'UI, comme ils les appellent.

— Cette prime ne risque-t-elle pas de causer des problèmes avec la flibuste ?

— Non, monsieur le Secrétaire général, ils prennent généralement cela comme une marque de respectabilité, ajoute le chef des renseignements. Ledit Cobrastar sera sûrement ravi, poursuit-il en secouant la tête.

— Bien, assène le Secrétaire général, McIntyre, je vous laisse régler la suite. Monsieur mettra à votre service toutes les ressources dont il dispose. Mais si on en juge par le dossier de Mlle Fury, tout devrait bien se passer. (Ricanement du vieux général en bout de table.) Je ferai un point individuellement avec chacun d'entre vous plus tard. J'ai de mon côté les obsèques de ma filleule à organiser, finit-il en foudroyant McIntyre du regard pour lui rappeler qu'il est loin d'être sorti d'affaire. Vous pouvez disposer.

QUELQUE PART, BUREAU FLASHY, BOULE À FACETTES

Au même instant, à plusieurs millions de clics de là, une main décroche un antique communicateur décoré de paillettes dorées et colle le combiné à son oreille.

— Le… euh… disco n'est pas mort ? bredouille une voix hésitante dans l'appareil.

— Le disco, c'est la vie ! lui répond l'homme au combiné. Quel est le job ?

— Eh bien, c'est ass-ssez délicat, bégaye le premier. Pouvons-nous nous voir ?

— Non.

— Ah… Bien. Euh, dans ce cas… je, il s'agit de la Rumeur.

— La Rumeur est mort. Tout le monde est au courant…

— Mon patron aimerait que cela soit confirmé.

— Pas con, ton boss. Avec cette saloperie… C'est comme une mignonne p'tite merde. T'as beau essuyer tes pompes, t'en reste toujours sur la semelle. Vous connaissez les tarifs ? Parce que pour la Rumeur, on vous fera un prix.

— Un prix ?

— Bah oui, on n'est pas des sauvages, on va prendre plaisir

à fumer cette petite fiente. Ça compte, le plaisir, alors on vous fait une ristourne.

— Mon patron insiste pour avoir des preuves avant un paiement complet.

— C'est correct… La moitié tout de suite, le reste à la livraison. Et s'il est déjà cané, vous voulez qu'on fasse une bricole en plus ?

— Que voulez-vous dire ?

— Bah, vous voyez, on viole le corps, les restes, ce que vous voulez. On peut prendre des photos…

— Quoi !?? Non ! Non ! Mais vous êtes malade ?

Un éclat de rire lui répond.

— Ça va, grand-père, je plaisantais… Je te l'ai dit, on n'est pas des sauvages.

Vexé, et plus du tout intimidé, l'interlocuteur s'emporte :

— Ce genre de blague… Avec le travail que vous faites ! Et puis je ne suis pas vieux, j'ai à peine trente ans.

— Boah, dans notre branche faut bien rire un peu… Et, sans déc', t'as vraiment une voix de vioque. Alors rien d'autre ?

— Eh bien, si…

Retour du ton hésitant.

— Il faudrait récupérer des informations.

— C'est pas notre spécialité, ça. Et les dossiers de la Rumeur, niveau cryptage, c'est censé être du costaud.

— Justement. Il semblerait qu'il ne les ait plus. Ils sont peut-être déjà décryptés.

— Les données prothéennes ?

— Vous êtes au courant ? Vous laissez tomber ? panique le trentenaire.

— L'UI, le Syndicat, les conglomérats… Tout le monde court après. L'univers entier est au courant, vieux…, ironise le tueur. Et, non, on le fera, ça va juste vous coûter plus cher, ajoute-t-il.

— Mon patron insiste cependant pour que vous limitiez au maximum la violence. Interdiction d'attenter à la vie de Mlle Fury.

— Attends, attends… C'est BlackFury qui a les infos ?

— Elle, ou un pirate du nom de Cobrastar.

— Un pirate en plus ? siffle le tueur à gages dans le combiné, impressionné. Il est plein aux as, ton boss ?

La respiration de son interlocuteur s'accélère.

— Holà, pépé, tu t'secoues le poireau ou tu paniques ? Relax… Vous l'avez, votre contrat. C'est juste que BlackFury, c'est déjà pas une sinécure alors si en plus on doit prendre des pincettes pour la délester du paquet. Quant à votre pirate…

— Oui… Le pirate ?

— Les pirates, c'est la merde. On parle bien d'un gus de Dead Man's Point ?

— Oui, pourquoi ?

— Évidemment, ça pouvait pas être un simple braqueur…

— Eh bien, en fait, il semblerait que ce Cobrastar se soit adonné à cette activité particulière et…

— La ferme, papi ! Je réfléchissais à voix haute.

— Oh…, répond le garçon, visiblement déçu.

— Quelle est la priorité ?

— La priorité ?

— Oui, la Rumeur ou la récupération des données ?

— La Rumeur, réplique-t-il d'un coup, ainsi que l'élimination de toutes les personnes ayant pris part au vol des données. Les données sont secondaires.

— Bizarre, ton boss… Mais c'est son fric et ça nous arrange. Ça fait beaucoup de trèpes[13] à rectifier ?

— Nous n'avons d'infos que sur la Rumeur, mais des noms vous seront fournis par la suite.

Le tueur tape sur un clavier.

— Voilà les coordonnées bancaires et le montant à virer. La facture détaillée est en pièce jointe.

— Vous avez fait tout ça pendant notre conversation ? souffle, impressionné, le garçon de courses.

— Tu sais, pépé, une cervelle, c'est plutôt un avantage dans notre branche… Dans ce métier si t'es con comme un balai, t'as tendance à pas faire de vieux os. Toujours partant pour faire affaire, maintenant que t'as la douloureuse sous les yeux ?

Un silence accueille sa question.

— Allô ? Papi ?

— Une seconde, une seconde, je regarde le devis.

13. Du monde, du peuple, de gens.

Le jeune homme doit couvrir le combiné car le tueur ne distingue qu'un bruit étouffé.

— C'est tout bon, monsieur… euh… Disco.

— Parfait, vous avez engagé les Disco Boys.

— Si vous avez besoin de quoi que ce soit, mon patron vous fait savoir que le conglomérat Nakatomi vous fera parvenir tout ce qui vous semblera utile, d'autant que la liste de cibles est susceptible de s'allonger. Vous serez bien évidemment dédommagés en conséquence.

Le Disco Boy a juste le temps de siffler avant que le papi ne raccroche. La firme Nakatomi… Pas étonnant que son boss ait les moyens.

Les premières mesures de *Sunny* par Boney M se déversent à fond dans le bureau. Le tueur, les yeux fermés derrière d'imposantes lunettes de soleil en forme d'étoiles, entame quelques pas de danse.

CENTRALE

L'image de Monsieur disparaît, la salle de réunion se vide rapidement. Ne reste que le militaire acariâtre et âgé, qui se traîne lentement vers la sortie. Les gardes du corps du Secrétaire général attendent derrière leur patron. Celui-ci fait signe à ses hommes de verrouiller la porte. Un observateur resté dans le couloir aurait vu le Secrétaire général et le vieil officier sortir de la salle, escortés par les gardes du corps, trompé par des hologrammes d'une fidélité parfaite. À l'intérieur, le vieil homme se rassoit avec souplesse, comme s'il avait retrouvé ses vingt ans. L'un des gardes du corps prend place à ses côtés.

— Ah, Monsieur, je me demandais où vous vous cachiez, lance le vieux d'une voix forte à l'homme qui vient de s'asseoir. Je penchais pour le petit merdeux des renseignements militaires.

— Owens ? répond Monsieur, surpris. Il est vrai que ce jeune homme a des dispositions pour le métier. Comment allez-vous, capitaine ?

— Ça va, ça va… Plus aussi souple qu'à quatre-vingt-dix ans mais ça va. Et vous-même, *Monsieur* ? demande-t-il avec ironie.

Les deux hommes auraient sans doute continué à échanger des banalités sans le Secrétaire général pour les rappeler à l'ordre.

— Messieurs, commence-t-il d'une voix douce, j'ai vraiment les obsèques de ma filleule à organiser, vous savez qu'il s'agit d'une prérogative du parrain chez les Levantins.

Il s'autorise pour la première fois à laisser paraître une peine sincère. À ces paroles, le vieil homme sort une flasque, la débouche en silence et verse une goutte sur le sol.

— Elle est libre à présent et s'en va où elle veut.

Il boit une gorgée et poursuit :

— Que les vents stellaires la bercent.

Il tend la flasque à Monsieur puis au Secrétaire général qui se contentent de boire une gorgée.

— Je suis navré, Charles, ajoute Monsieur, j'aurais dû éviter ce massacre. Tokiko était une jeune femme remarquable.

— Merci à vous deux, souffle le Secrétaire général. Faites-moi une faveur, voulez-vous. Assurez-vous que la Rumeur est bel et bien mort, cette petite ordure a déjà feint de mourir et a souvent recours à des clones, il me semble.

— Les vérifications sont déjà en cours, monsieur, reprend le chef des renseignements, qui a retrouvé son ton professionnel. S'il est en vie, nous vous l'amènerons. Et je crois que notre ami Nakatomi a aussi pris des mesures en ce sens.

— Ça fait un moment que je ne suis plus dans le circuit mais je vais garder les oreilles ouvertes, ajoute le vieux capitaine à la retraite. Je ne la connaissais pas mais je dois bien ça au vieux Toshiro.

— Je n'en demande pas plus. Maintenant, ajoute le Secrétaire en posant les mains sur la table, parlez-moi de Snyssken. Des nouvelles ?

— Rien depuis le *diner*, reprend le vieux capitaine, et si vous voulez mon avis ce taré ne me recontactera pas de sitôt.

— C'était une erreur de faire appel à lui, dit le Secrétaire.

— Ç'aurait pu marcher, commence Monsieur, son obsession des Prothéens aurait pu nous aider. C'était sans compter sur la sauvagerie de ce déséquilibré.

— Il a vraiment réduit ce *diner* en cendres ? demande le Secrétaire.

— Jugez plutôt, le Syndicat a eu la bonté de nous faire parvenir des images du massacre, reprend Monsieur. Le Kingpin voulait nous assurer qu'il n'était pour rien dans ce désastre.

— Qu'en est-il de ce John Hero ? Ou du jeune Terran ? relance le Secrétaire à la fin du visionnage.

— Rien sur le Terran, grogne le capitaine, on fout rarement les pieds sur les Ostrakia.

— Donc ce Hero vous dit quelque chose…

— Peut-être, mais c'est pas vos oignons, répond le vieux d'un air menaçant.

— Pardonnez-nous, capitaine, s'empresse d'ajouter le Secrétaire général. S'il s'agit d'un serment, nous comprenons.

— J'en doute, mais on peut toujours rêver, maugrée le vieux.

Il repense à la silhouette du jeune homme, sa façon de se mouvoir, reptilienne, et puis cette silhouette. Le fils du vieux Tito, pas de doute. Pas étonnant que Snyssken l'ait laissé en vie. Merde ! Ça fait un bail qu'il a pas revu le vieux flibustier. Est-ce qu'il fabrique toujours ce fioul dégueulasse sur Tartarus ? Rien que d'y penser, il en a l'eau à la bouche. Tito n'a jamais eu son pareil pour distiller les pires tord-boyaux de la bordure. Finalement il pourra peut-être se rendre utile sur Dead Man's Point.

AU MILIEU DE NULLE PART, À BORD DE *LA BUSE*

Dans le cockpit, vautré sur les commandes, la tête en arrière, John se masse l'arête du blair en soupirant.

— Mais quelle putain de tête de mule ! Allez, ma belle, je te demande juste de me décrypter ces données, répète-t-il pour la vingtième fois.

Lucy répond la même chose que les vingt fois précédentes :

— Non, CAPITAINE ! imprime-t-elle en majuscules dans le crâne de John. Rien de prothéen, on a toujours été d'accord.

— Mais enfin, beauté, ce n'est pas prothéen, au pire ce sont des infos sur eux. Décrypter ces données te prendrait quelques secondes, grand max. Personne ne t'arrive à la cheville pour ce genre de job.

— J'ai pas de chevilles. Débrouille-toi, John, il a toujours été très clair que je ne voulais rien avoir à faire avec les Prothéens.

— Et j'te poserai jamais de questions là-dessus, j'te l'ai promis. Mais il ne s'agit pas de matériel directement archéologique ou historique… Si ? tente-t-il pour vérifier qu'elle n'y a même pas jeté un œil. Allez, s'il te plaît… Et merde, Lucy !

Cette histoire remonte à leur rencontre, Lucy lui a fait

promettre qu'elle n'aurait jamais à approcher, à travailler, à tenter de communiquer ou à faire quoi que ce soit en rapport avec les Prothéens. Sur le coup il n'a pas vu le problème, les antiquités ça rapporte pas et faut des contacts pour la revente. Mais là, il ne lui reste plus qu'à employer les grands moyens…

— Ne m'oblige pas à faire ça.

— Si, va demander à ton père de te décrypter les fichiers.

John est scié, c'est la première fois que la menace de recourir à son père ne marche pas. Lucy le relance :

— Peut-être n'est-il plus fâché ? Il me semble que les relations entre un enfant et son géniteur doivent rester empreintes d'amour et de tendresse.

— Tu te fous de moi ? Je lui ai piqué ce vaisseau et vingt plaques en me barrant ! Même neuf ans après, s'il me voit, il me plombe !

— Oh ça va, John, tu me l'as déjà faite des dizaines de fois… Cinquante-quatre pour être précise.

— Bon, combien on a sur nos comptes ?

— Dettes comprises ?

— Non, répond-il, fatigué.

— Deux mille crédits.

— Merde ! Merde ! merde… Juste de quoi se payer le carburant pour Dead Man's Point. Et tout ça pour me prendre un bon agrognon[14], voire deux…

— T'exagères pas un peu ? Ton vieux devrait être fier, non ?

---

14. Un coup sur la tronche.

En tant que pirate, je veux dire, tu as eu du cran.

— « Ton vieux » ?

— Oui, je m'essaie à parler comme toi, dit-elle d'une voix où pointe une certaine fierté.

— L'était temps que tu t'y mettes.

John fait une pause.

— Du cran ? Une bonne dose de connerie, oui… Je t'ai raconté la fois où mon père a fait sauter la mâchoire d'un type pour une ardoise de cinq crédits ?

— Oui.

— C'était mon oncle Warg, un Ergosan de deux mètres et cent trente kilos, et accessoirement l'un de ses meilleurs potes. Qui aime bien châtie bien… Pense à tout ce que tu sais sur l'amour paternel, ajoute à l'équation qu'il doit garder la face à Dead Man's Point et imagine l'état dans lequel je vais ressortir de l'embrassade…

— Vues sous cet angle, les retrouvailles risquent effectivement d'être compliquées.

— Alors ? Tu veux bien décrypter ? quine[15]-t-il.

— Non. Assume.

— Assume ? Comment ça, « assume » ? Assume quoi ? Et depuis quand j'assume quoi que ce soit ?

— Tes dettes de vie pour commencer, rétorque-t-elle.

John regarde le plafond et fait tourner dans sa main le galet de données qu'il vient de sortir de sa poche.

---

15. Couiner, geindre.

— Je me demande ce qu'il y a là-dedans, dit-il, rêveur.

— Pourquoi tu ne le revends pas ? Le monde clandestin, l'UI, les conglomérats, tout le monde veut ces fichiers !

— Justement, petit génie ! C'est le meilleur moyen de finir dans une petite boîte en direction du premier trou noir venu. Si tout le monde s'y intéresse, ça doit valoir le coup. Revendre ce qu'on trouvera sera peut-être encore plus lucratif...

Son œil prend la couleur de celui du fanatique en croisade.

— Merde, Lucy, c'est peut-être une carte stellaire !

De guerre lasse, Cobrastar appuie sur un bouton et le système audio se met en branle. Elijah, allongé sur sa couchette, s'étonne d'entendre une radio terrienne dans sa cabine. Il se met à taper du pied en rythme. Enfin, essaie : roulant sur le sol, la bouteille de gnôle est désespérément vide.

« *Show me a river that's so deep. Show me a mountain so high. I'll show you love that'll last forever. Flying high, so high.* »

TARTARUS, BEAUCOUP TROP TÔT

Le vieux Red tourne en rond sur les docks en attendant la reprise de la journée. À cette heure, le trafic n'a pas encore totalement redémarré. Il y a nettement plus de trèpes du temps de midi. Pour l'instant, les dockers finissent de décharger les rares cargos arrivés dans la nuit. Red connaît la plupart d'entre eux, il a vu ces gamins grandir dans les rues, se camphrer à la première occasion pour un crédit ou deux. Il a appris la tire à certains, en a observé d'autres se démener pour trouver un job correct sur les docks.

Il faut dire que les opportunités ne sont pas légion quand on naît sur Tartarus. Les lignées de pirates se sont éteintes, rares sont les flibustiers ayant réussi à surnager au sortir de la guerre. Les nomades s'en sont à peine mieux sortis et, depuis une vingtaine d'années, eux aussi payent le prix fort. Naissances en berne, des jeunes qui tournent de plus en plus le dos aux traditions et à une société figée. La sédentarisation, une connerie, oui ! Loin d'ouvrir la société nomade, ça l'a refermée comme une moule, même si quelques-uns ont tiré leur épingle du jeu en fournissant des denrées rares et exotiques à Tartarus, qui les revend à l'Union intergalactique.

Leurs cartes stellaires, si elles n'arrivent pas à la cheville de celles des Frères de la côte, recèlent quand même de véritables joyaux planétaires, ce qui leur permet de vendre à des prix exorbitants les biens glanés là-bas.

Comme tous les jours, le vieux attend les cargos et les spatiaux en goguette qui iront se faire soulager de quelques crédits, voire de quelques péchés, dans les bouges du port. Il n'est pas encore fiol[16], le vieux, il attend la bonne occase. S'il est chanceux, quelques moutons vierges de Tartarus, des gros cons inconscients et sûrs de leur supériorité d'Unionistes, débarqueront pour la première fois à Dead Man's Point avec l'idée d'en remontrer aux ploucs du coin. Ses préférés. Ils finissent généralement bien vite le pantalon sur les chevilles, un canon dans la machine à chier. C'est qu'on n'est pas raciste dans le coin : humain, Végien, Ergosan… Encarté à l'UI ? T'as droit à ta coloscopie.

On pourrait croire qu'avec le temps les moutons se sont passé le mot. Mais non… Ça rate jamais, chaque jour apporte son lot de suffisants. Red se demande si ça ne ferait pas partie d'une espèce de bizutage tordu, un truc de la marine marchande de l'UI, genre t'es pas un vrai spatial avant de t'être fait déflorer à Dead Man's Point. Sans parler des masos qui reviennent régulièrement se faire traire, sens propre et figuré, une piqûre de rappel.

16. Saoul, enivré, raide.

C'est qu'on trouve de tout ici… Les abords du port offrent toutes les distractions qu'un port franc digne de ce nom se doit de proposer. Putes de tous les sexes et de toutes les espèces, bordels où assouvir les plus tordus des fantasmes. Dans une ville fondée par la flibuste, où le nombre de membres fondateurs affligés de sérieux pètes au casque est majoritaire, ç'a de quoi laisser rêveur le plus taré des sex-addicts. D'autant plus que les bars du coin servent les pires tord-boyaux de la bordure, certains s'enorgueillissent du nombre de gogos pris de crises psychotiques après ingurgitation de leur gnôle. Sans parler des comiques qui vendent à la sauvette ce qui, d'une race à une autre, de gnôle devient poison, causant la mort immédiate du buveur imprudent.

Quelques dockers saluent Red, et le ramènent à la réalité. Il grogne. Pour l'instant, il a les poches vides, désespérément vides, le gosier beaucoup trop sec et personne n'a eu la décence de lui jeter une canette de gnôle de la matinée. Les soleils ne tarderont pas à se lever et avec eux la chaleur étouffante du désert viendra lyophiliser un peu plus la gorge du pauvre vieux. Chiotte, même pas une pièce pour s'offrir un verre.

Les deux astres commencent à poindre à l'horizon et dispersent déjà une grosse partie des tempêtes limitrophes à la région. Dead Man's Point doit son nom à sa situation géographique particulière. La planète qui tourne autour de soleils jumeaux est un désert immense, fouetté par des vents soufflant à plusieurs centaines de kilomètres-heure. Sable et particules métalliques s'y combinent en tempêtes électromagnétiques titanesques qui ravagent la surface du globe trente et une heures sur trente et une. La ville est située dans une espèce d'œil au milieu des nuages, quelque chose à voir avec l'attraction des deux étoiles, la chaleur et la composition du sol, voire, d'après les légendes du coin, la main des Prothéens. Toujours est-il qu'il s'agit du seul endroit habitable de la planète. Plusieurs centaines de kilomètres carrés, avec un port franc en son centre, facilement protégé par un bouclier atmosphérique, pas de soucis à se faire du côté des attaques terrestres. Dead Man's Point était à l'origine le bastion reculé d'un ancien flibustier dont le blaze s'est perdu avec les siècles. Celui de l'endroit est resté, allez savoir pourquoi. La ville a essuyé de nombreuses attaques durant les guerres pirates, mais n'a jamais été plus qu'égratignée par les efforts pourtant colossaux de l'UI pour la réduire en miettes, à la grande fierté des autochtones.

Red se fait tout petit, pigeon en approche. Jeune, l'air hautain et avide. Un spatial ? Peut-être un fugitif venu se mettre à l'abri du Bureau des chasseurs de primes et de la justice de l'UI. Ils ont souvent cet air d'abruti qui décalotte le paradis en débarquant ici. Encore un qui sera ravi de payer une cotisation aux Frères de la côte pour devenir « citoyen pirate » et bénéficier de leur protection. Red l'observe qui dévisage le paysage en quête de biture et de sexe au rabais.

Il va vite atterrir, le pépère.

SPATIOPORT DE DEAD MAN'S POINT, DU TEMPS DE MIDI

Elijah a décidé d'embrasser sa nouvelle vie de pirate. Deux bouffées délirantes aiguës calmées par la pharmacie de bord et les capacités psychiques de Lucy l'y ont aidé. C'est précaire, mais il se sent de plus en plus en sécurité. Ses oreilles bourdonnent. Il croit entendre le cri d'agonie d'un vieux poste cathodique en train de griller. Ses prothèses toujours en place, il doit se concentrer pour distinguer ce qui vient réellement de ses tympans en repousse.

Sur ce point, ses échanges avec Lucy lui tannent un peu le fondement. Par commodité, ou peut-être par flemme, Lucy lui cause tantôt dans la tête, tantôt par les com de *La Buse*. Le passage de l'un à l'autre, s'il ne pose pas de soucis pour Cobrastar, est une vraie torture pour lui. Lorsque Lucy l'appelle pour l'atterrissage sur Tartarus, Eli ne comprend que la moitié des infos. Il arrive dans le cockpit alors que *La Buse* se pose déjà sur le tarmac.

— Merci pour rien, dit-il à Lucy dans le cockpit.

— On s'est levé du mauvais pied, Eli ? lance le capitaine.

— Pas spécialement, capitaine. J'avais demandé à Lucy de

me prévenir de notre arrivée. Je voulais profiter de la vue de la planète à travers le cockpit…

— Je suis désolée, Elijah. Toujours ces bourdonnements ? s'enquiert Lucy, ennuyée.

— Choisis juste un moyen de communication et essaye de t'y tenir, Lucy, souffle Eli, incapable d'en vouloir plus d'une minute à l'IA.

— T'en fais pas pour les souvenirs, les occases vont pas manquer. Pas forcément ceux dont tu rêverais d'ailleurs, ajoute John en grimaçant.

— Quel est le programme ? interroge le jeune homme, déjà au diapason.

Il a eu le temps de se familiariser avec la majeure partie de ce qu'implique une vie de flibustier, John Hero s'étant fait un devoir de l'abreuver pendant le voyage d'un maximum d'histoires de pirates, Lucy se chargeant de tempérer et de compléter au fur et à mesure des informations vitales.

— On débarque, et on va directement au Old Tito's Pissing Bear chez mon vieux. Avant qu'on le prévienne et qu'il me prépare une fête de bienvenue.

— Ton enthousiasme est un véritable modèle pour moi, John, glisse, perfide, Lucy.

— Je sais. Qui ne rêverait pas de se prendre cent cinquante kilos de barbaque dans la face en guise de bienvenue.

— Pauvre John Hero, devenu capitaine après avoir tiré le vaisseau de son père…

Elijah ne prend pas part à l'échange, habitué désormais aux disputes du vieux couple.

— On y va ? les coupe-t-il, impatient de découvrir autre chose que la station interstellaire où ils ont fait le plein en chemin.

*

Le vent chaud lui boxe le visage. Il s'arrête en bas de la passerelle pour jouir de la vue, incroyable. Des bâtiments bas couleur glaise, rouille, fermés par des couvertures épaisses et crasseuses ou par d'épaisses portes ferreuses, mouchetées d'impacts. Le vent charrie ici des virevoltants, plus petits que ceux qui défilaient devant le Hogroast Diner, et épineux comme il le découvre en s'en prenant un dans les chevilles. Cobrastar le devance, T-shirt et pantalon sales, une espèce de sac de marin sur l'épaule, dégueulasse lui aussi.

— Ah putain ! Putain ! Respire-moi ça, Eli ! Sens comme ça fouette ! Rien ne pue comme la maison !

Il crache et se remet à tousser. Une bouteille d'apparence douteuse apparaît dans sa main. Il s'en renverse la moitié dans la gueule, fait des gargarismes et en crache un peu sur le sol. Elijah lui prend la bouteille des mains machinalement. Cobrastar le laisse faire, indulgent. Il boit une rasade pour se rincer la bouche, boueuse de bave et de poussière. L'alcool est pire encore que le formol goûté sur *La Buse*. Brûlant, épicé et volatil, à peine sur la langue qu'il essaye de se faire la malle par les voies respiratoires.

Des haut-parleurs sur l'immense astroport vomissent des messages hurlants. Entre chaque annonce pour les bouges du coin la musique grésille : « … *after Dark, Tito & Tarentulas…* » Autant pour le dépaysement, se dit le garçon, quoique la gnôle lui ait mis un bon coup de pied au cul : il commence à voir les choses autrement. Des dockers déchargent de grands vaisseaux à l'aide de chariots flottants. Certains, harnachés dans d'énormes exosquelettes jaunes et rouillés, transportent d'imposantes palettes. Eli se dit qu'il ne manquerait qu'un extraterrestre gluant pour compléter le tableau. Ça gueule sur sa gauche, un chariot fonce droit sur l'un des petits bâtiments ocre. Les types sur la trajectoire se contentent de se pousser, et au lieu de courir derrière le chariot laissé à lui-même, les dockers neurasthéniques se calent le fion dans la poussière. Ils regardent calmement le véhicule fou se jeter sur une petite case et commencent à dégoiser. Ce qu'Eli avait pris pour du torchis s'avère en fait plutôt solide. Le chariot se plie en deux à l'impact. La couverture qui couvre l'entrée se paye le luxe de se soulever légèrement. Les manutentionnaires apathiques se relèvent en râlant, rejoignent l'épave et ramassent la cargaison éparpillée. Le spectacle n'a duré qu'un instant, mais John a déjà pris une avance confortable, Eli court pour le rattraper.

L'entrée dans la ville se fait sans transition notable, encore des bâtiments bas, deux étages au plus, même couleur ocre et chiasseuse. Béton et goudron peinent à apparaître sous la couche de sable. Les rues sont presque désertes, les autochtones vaquent à leurs occupations à l'ombre de ruelles étroites. La rue qu'ils arpentent n'est pas très large, des bouges variés d'où sort de la musique la bordent, des fenêtres ouvertes laissent échapper les gémissements occasionnels d'une professionnelle et les grognements rauques d'un client. L'odeur ne s'est pas bonifiée, Elijah grimace.

— Ça devient tolérable une fois dans les bâtiments, avec le recyclage de l'air, lui lance Cobrastar. Quoique…

Il se renvoie une rasade de gnôle et en propose à Eli.

— Tiens ! Flingue-toi le tarin !

Elijah approche le goulot de ses lèvres, les vapeurs lui anesthésient déjà le nez. La chaleur lui coule dans la gueule, le liquide se vaporise à mesure qu'il descend et infuse son corps, le sang d'abord puis les muscles, bientôt les os irradient eux aussi. Elijah se dit qu'une barre d'uranium ne se sentirait pas différemment si elle était vivante. Il est bien. La vue légèrement trouble, il va pour boire de nouveau quand une vitre éclate sur sa droite. Un vieux débris en haillons a raté la porte. Percuté, Elijah s'étale dans la poussière, le souffle coupé. La bouteille vole et se renverse à côté de son crâne bourdonnant. Quelqu'un lui fait les poches. Il lance un poing au hasard et écrase la tempe du vieux qui lui pelote le jean. Une fissure s'entrouvre dans sa tête. Il attrape un membre du type et sans savoir comment essaye de lui disloquer le genou en lui tordant la jambe. Il prend un coup de pied dans le naze pour la peine. Merde ! Bras, jambes et têtes roulent dans la poussière. Le vieux est costaud, très costaud ! Mais Elijah se cramponne, frappe comme un grizzli psychotique atteint d'épilepsie. Il met la main sur la bouteille et s'apprête à la fracasser sur le crâne de l'ancêtre, quand Cobrastar se saisit du goulot et l'arrête net dans son élan.

— Lâche ça, Eli, va pas gâcher ma dernière bouteille d'Old Tito's Piss sur le crâne du vieux Red. Et toi, Red, fous la paix à mon équipage, dit-il en s'accacassant[17], la bouteille aux lèvres. De toute façon, l'a pas un crédit en poche.

À ces mots, le vieux débris se libère d'Elijah comme s'il ne pesait rien et s'assoit lestement face à lui. Il observe Eli, l'œil torve et intrigué.

— Teigneux, ton équipage, l'Orvet. Faiblard, mais teigneux, commence-t-il en avançant la main vers la bouteille de John, un regard inquiet toujours posé sur Eli.

Celui-ci tremble un peu et fixe Red, l'œil de traviole. Le vieux prend une gorgée puis tend la bouteille à Elijah. L'effet barre d'uranium claque la nuque du garçon, la fêlure se colmate, il se calme d'un coup.

— Sont tous aussi fêlés sur ton vaisseau ? demande Red en récupérant la bouteille.

— Plus ou moins, pépé. Si tu voyais le second que j'me tape… Merde ! C'que tu pues ! À quand remonte ton dernier bain ? Toujours fauché ?

17. S'accroupir, se mettre à cacasson.

— On change pas une équipe qui gagne, gamin, sourit-il. Mais toi ? T'as le fric de ton vieux ? Si Tito te chope… Tu sais que je pourrai pas t'aider cette fois.

Et d'un coup, comme ça, John se sait de retour, comme s'il était parti la veille. Le vieux Red, toujours à essayer d'arrondir les angles avec son paternel.

— Moi aussi, chuis heureux de te voir, vieille épave !

John étreint le vieux sans lui demander son avis et surtout sans renverser une goutte de gnôle. Elijah se joint à l'étreinte sans trop savoir pourquoi, et Red se retrouve pris en sandwich, un peu mal à l'aise. Visiblement, on a déjà dû voir plus bizarre dans les rues de Dead Man's Point. Seuls quelques spatiaux s'arrêtent pour jouir du spectacle.

— C'est bon, les gosses, on se calme…, bredouille Red en se dégageant de l'étreinte.

John se marre en voyant Eli sur le dos du vieux.

— Putain, l'Orvet, c'est quoi, son problème, au petit ?

— Tu peux le lâcher maintenant, Eli ? demande Cobrastar en posant une main sur l'épaule du garçon.

Elijah, comme s'il se réveillait, se redresse brusquement en se passant les mains sur le visage. Il marmonne :

— Putain, capitaine, qu'est-ce qu'il y a dans cette bouteille ? J'ai l'impression d'avoir galoché une ruche. Et c'est quoi, ce nom, l'Orvet ?

Elijah ne voit pas le visage de son capitaine se décomposer et le sourire de Red s'agrandir.

— Le surnom du matru[18]. Y voulait jouer les terreurs avec un blaze de serpent. Imagine sa gueule, à ton capitaine, quand un gars lui a expliqué qu'il avait choisi le nom d'un lézard rachitique sans pattes…

Red éclate de rire.

— Ah putain ! Je pensais que tout le monde la connaissait cette histoire… Comment il se fait appeler maintenant ?

— Cobrastar, grogne Eli, toujours la tête dans les mains.

— Y a des conneries qui changent pas…, ricane Red en secouant la tête. D'où tu l'as sorti, ce gosse ?

— Terra. Une Ostrakia loin de la bordure.

— Suis familier. La dernière fois que j'y ai mis les pieds, les bouseux du coin y vivaient dans des grottes.

Red marque une pause.

— Alors, c'est toi, le merdier là-bas ? Et n'essaie pas de me bourrer le mou, on ne parle que de ça ! L'UI est sur les dents, même si on n'y comprend rien.

— Qu'est-ce qui se raconte ?

— Officiellement ? Un échange d'infos entre barbouzes qu'aurait mal tourné sur une petite Ostrakia.

— Et officieusement ?

— T'es resté déconnecté toute la semaine ? s'étonne le vieux.

— T'imagines même pas… Alors, quel est le mot ici ?

— Un pirate aurait foutu la merde dans un deal impliquant

18. Un gosse, un gamin pas bien épais.

l'UI, la Rumeur, les conglomérats et le Syndicat. Le con se serait même barré avec la marchandise. Ce serait pas toi, le con, par hasard ?

— Le con, c'est moi, acquiesce John en souriant. Des infos sur la marchandise en question ?

— Données sur les Prothéens, rien de précis. Juste ce qu'il faut pour que le coin se mette à grouiller de chasseurs de primes, d'espions et de gars du Syndicat. Avec tout ce que ces abrutis ont lâché depuis leur arrivée je pense que ton père s'est remboursé *La Buse* déjà trois fois. Si on savait que c'était toi, t'aurais déjà une statue et une rue à ton nom. T'as enrichi pas mal de bons citoyens. Bars à putes, informateurs, débits de boissons, pompes funèbres…

Red se tait et observe un instant Cobrastar.

— Bon, je vais faire un bout de chemin avec toi le temps que tu m'expliques comment tu comptes t'en sortir avec Tito. Moi aussi, j'ai une ardoise chez ton vieux… Ça me donnera peut-être des idées.

Sur le trajet, Eli, qui a retrouvé une partie de ses esprits, a tout le loisir de satisfaire sa curiosité quant aux mœurs de la planète. Tout particulièrement quand le vieux Red pète la clavicule d'un tire-laine maladroit.

— Un de mes neveux en apprentissage, y refera pas la même connerie…, explique le vieux.

Tough love, se dit Elijah.

OLD TITO'S PISSING BEAR, HEURE DE LA PICHORGNE[19]

Daisy est derrière le bar, et comme tout barman qui se respecte elle essuie le même verre d'un air occupé depuis une demi-heure. Le Tito's Pissing Bear est un petit peu plus rempli que d'habitude à cette heure de la journée. Y a des habitués qui cuvent dans leur coin, d'autres qui tapent le carton en faisant la gueule. Quelques groupes de moutons, fraîchement débarqués, se remettent de leur dernière nuit de débauche en soignant le mal par le mal. Pam fait des allers-retours entre les tables et le comptoir, déposant les consommations et récupérant la monnaie aussi vite. Elle a tout ce qu'il faut au bon endroit, même un peu plus. Daisy aime bien la petite, sans trop savoir pourquoi. Quand Tito lui a jeté dans les pattes la semaine dernière cette débarquée de nulle part, elle a craint le pire. Les choix du patron en matière de recrutement sont généralement désastreux, plus volontiers dictés par sa bite que par son cerveau. Daisy l'a cru quand il a juré ne pas l'avoir touchée. Un truc dans les yeux, l'attitude de la petite lui avaient soufflé qu'elle ne se laissait pas coincer dans ce genre de combines.

---

19. La bouffe.

— La même chose pour la trois, annonce Pam en posant son plateau chargé de cadavres.

Daisy se baisse pour laver les chopes, libérant la vue sur une photo punaisée au mur. Pam louche discrètement sur le cliché.

— Intéressée ? demande Daisy, sans quitter des yeux la bouteille qui arrose trois minuscules verres à gnôle ébréchés.

Pam se recule sans quitter la photo des yeux.

— Désolée, Daisy, je ne voulais pas être indiscrète.

— Bien sûr que si, mon chou… C'est mon petit, à côté de moi. Le fils de Tito.

— Ton fils à toi et à Tito ? lâche-t-elle dubitative.

— C'est tout comme, je l'ai quasiment élevé toute seule ici, s'il avait fallu compter sur le vieil ours…

— Il est mignon et je l'ai encore jamais vu dans le coin.

— Te fie pas à sa gueule, il t'aurait brisé le cœur, cligne-t-elle de l'œil en posant la fin de la commande sur le plateau. Si ça te démange, va voir Guidoo chez Marcy. Dis-lui que tu viens de ma part et t'auras une ristourne. Ce Végien est monté comme un Ergosan…

— Un Ergosan ?

Pam grimace. Visiblement le trip interespèce ne la tente pas. Daisy ne peut pas la blâmer, l'idée de se faire chevaucher par un loup-garou de deux mètres ne l'excite pas des masses non plus. Trop de poils, de griffes, de crocs et de bave, trop de tout…

— Ne t'inquiète pas, la taille, c'est tout ce qu'il y a en rapport avec eux. Pour le reste, de l'humanoïde cent pour cent...

— Ça fait longtemps, mais pas assez pour que je paye.

— Eh bah, continue de tortiller du cul devant les clients, et t'auras du sexe à volonté. Par contre, pour la qualité, tu repasseras !

— Dans ce cas, je vais peut-être attendre ton fils, ajoute-t-elle en clignant à son tour de l'œil.

— Je te la souhaite bonne, mon chou. Le petit est parti y a quelques années, un différend avec Tito...

La voix de Daisy est amère.

— S'il tient à ses couilles, il attendra que le vieux con cane avant de rentrer. Allez, apporte leurs boissons aux moutons, dit-elle d'une voix tranchante.

Daisy regarde Pam attraper le plateau et s'en aller vers la trois. C'est vrai qu'elle a tout ce qu'il faut, surtout ces seins... La barmaid en serait presque jalouse, son chirurgien n'a pas pu faire aussi bien que la génétique. Pour le pénis, c'est du beau boulot, mais pour la poitrine... Elle écarte le haut de son T-shirt et soupire en se soupesant les roberts.

Elle en est à se remonter le moral en pensant à son cul et à ses jambes – elle ne craint personne à ce niveau – quand un gros abruti attrape les fesses de Pam, et tente un malaxage. Daisy dégaine un petit blaster incapacitant rose et noir qu'elle garde amoureusement sur sa hanche. Les quelques habitués qui ont déjà tâté du jouet se couchent instinctivement sous leur table.

Mais Pam a déjà fait une clé de bras à l'importun, qui gagne en prime un nez en chou-fleur après trois rencards avec le bois de la table. Le sang salope le parquet, qui en a vu d'autres. C'est toujours mieux qu'une flaque de merde pisseuse, se dit Daisy. Pam a mis la chaudière en marche : déhanchée, penchée sur la table, cambrée à la diable et les fesses en arrière elle exsude l'interdit et susurre à présent à l'oreille du sieur tarin en vrac. Ses copains reculent prudemment et posent leur monnaie sur le plateau. De sa main libre, l'abruti dépose un gros billet sur la table en marmonnant des excuses assez fortes pour que tout le monde puisse entendre. Pam lâche sa prise et rapporte tranquillement plateau et gros pourboire. Elle lance un clin d'œil à Daisy.

— Mon père pensait qu'une fille bien élevée devait savoir repousser certaines avances avec un minimum de fermeté.

— Un homme sage, ton vieux…, réplique Daisy, avant de s'inquiéter d'une petite larme orpheline qui coule sur la joue de Pam.

Pam revoit les entraînements avec le sergent Orlinsky, l'ancien commando que son père avait recruté quand il a finalement compris que sa fille ne reprendrait pas la direction du conglomérat.

— T'inquiète, je me suis juste luxé un doigt sur le crâne de ce sac à merde.

*

John pousse la porte du Tito's Pissing Bear en retenant son souffle et fait une courte pause sur le seuil, le temps de scanner rapidement la faune en présence. Le vieux n'est pas là, il ne doit pas encore avoir eu vent de son arrivée. John arbore son plus beau sourire.

— Maman ! Je suis rentré ! crie-t-il.

— On est ravi pour toi, ducon ! Maintenant tu fermes la porte et ta gueule, on crève de chaud là-dehors, lui lance un habitué avant de revenir à sa partie de cartes, sous les rires de ses camarades.

— Ravi de te revoir aussi, Meng, lance John. Toujours là à taper le carton ?

— Oh pas toujours, répond le joueur, on fait des pauses de temps en temps. Par exemple, quand le fils prodigue revient se prendre une grosse branlée par papa, on pose les cartes et on admire le spectacle, poursuit-il sans se retourner. Va donc poser ton cul au bar et emmerder des gens que ton retour intéresse pour de vrai.

Daisy attend derrière le bar, avec un air de pitbull enragé. John s'assoit en souriant et pose Elijah à sa droite. Daisy n'a toujours pas décroché un mot.

— Eli, je te présente Daisy, ma mère. Daisy, voici Elijah. Il vient de Terra.

— Bonjour, mon chou. Lucy m'a parlé de toi, susurre-t-elle

à Elijah. Tu veux boire quelque chose ? C'est la maison qui offre.

— Je veux bien…

— Toi, on t'a pas sonné ! C'est au gamin que je cause, coupe-t-elle. Première fois de ta vie que tu m'appelles maman, et c'est dans ces circonstances ?! Dis-moi, Elijah.

Eli regarde Cobrastar en quête de soutien mais ne reçoit rien d'autre qu'un vague sourcil levé.

— Vous êtes vraiment la mère du capitaine ? Vous êtes super jeune et…

— Wow wow wow, arrête-toi tout de suite, petit ! intervient John. Premièrement elle est assez âgée pour être ta grand-mère, deuxièmement elle est née avec un pénis, et troisièmement personne de mon équipage ne fricote avec ma vieille !

— Ta vieille ?! Tu vas changer de ton tout de suite, John Hero, ou tu vas le sentir passer.

Daisy ponctue sa phrase d'une tape sur le crâne de John pour faire bonne mesure.

— Je suis ravie de voir que tu me considères comme ta mère, mais tu aurais peut-être pu te fendre de quelques nouvelles ces neuf dernières années, non ? Maintenant tu la boucles pendant que je finis avec Elijah. Je suis bien sa mère, mon chou, je ne l'ai pas mis au monde mais je l'ai élevé… Une bière, ça te va ?

Elle décapsule une canette sans attendre la réponse et la pose devant lui. Puis elle hèle Pam qui traîne à ramener son plateau.

— Pam, veille à ce que le petit ne manque de rien, j'ai deux trois trucs à voir avec « mon fils », grogne-t-elle d'un ton lourd de sous-entendus.

— Daisy, commence John, je peux avoir…

— Hon hon, fait-elle, rien du tout ! Neuf ans, et les seules nouvelles que je reçois, c'est par Lucy ? Où est-elle d'ailleurs ? Ne me dis pas que tu l'as larguée ? Comment fais-tu pour foirer à ce point avec les femmes ! Elle me plaît, cette petite…

Elle n'a pas changé, impossible d'en placer une, se dit John.

*

Le Tito's Pissing Bear a cet air de crasse qui camoufle d'anciennes aspirations à l'élégance et à la distinction. Des matériaux nobles, des bouteilles rangées sous un vieux miroir aux dimensions colossales, le tout recouvert d'une fine couche de poussière poisseuse. Le temps et les relents de cuisine ont laissé leurs marques sur toutes les surfaces. Elijah est en terrain familier. Aucune concession à la modernité. Même la tireuse à bière a l'air d'une antiquité. Jusqu'à la musique en fond sonore qui alterne standards de rock, soul et pop terrienne classique.

Elijah est bien, il baigne dans les effluves de sa bière, une espèce d'ale méchamment houblonnée et peu gazeuse, un peu comme celle qu'il a bue une fois dans un bar à hipsters de

Portland. Cobrastar est en grande discussion avec Daisy. Elle râle, il acquiesce de temps en temps d'un air gêné. Elle a l'air d'ignorer que Lucy est une IA et le capitaine ne fait rien pour la détromper. Pour l'instant rien ne vient confirmer les craintes de Cobrastar. Le père n'est pas là, l'accueil est plutôt chaleureux. Seul le vieux Red, assis à sa droite, fait la gueule. Daisy a refusé de le servir tant qu'il n'aura pas réglé son ardoise, il a beau geindre qu'il s'est arrangé avec Tito, la patronne ne veut rien savoir, arguant que c'est elle, la gérante, pas l'autre vieux sac à gnôle. Il fallait voir sa tronche quand la serveuse, Pam, lui a offert un verre d'eau d'un air désolé.

La serveuse justement, elle est bizarre. Elle le dévisage, pareil avec Cobrastar. Et puis il y a un truc familier chez elle. Elijah n'arrive pas à mettre le doigt dessus. Ce genre de femmes sublimes n'admet généralement même pas son existence. Il n'est pas à l'aise. Pas à l'aise du tout. Il tend son verre à Red, qui l'accepte les yeux humides. L'ancêtre n'en prend qu'une gorgée, mais Elijah sent qu'il a marqué des points avec le vieux pirate.

— Gironde, la nouvelle, hein ? se méprend Red.

— Ouais… Enfin, non, je veux dire que je me demandais juste pourquoi elle me dévisageait comme ça.

— À cheval donné on ne regarde pas les dents, mais je vois ce que tu veux dire. Tu sais, on voit peu d'Ostrakiens se balader dans le coin. C'est comme d'observer une p'tite bestiole qu'on aurait virée de son milieu essayer de survivre en terrain hostile.

— Complètement tordu !

— Je dis pas… Mais pour ce que ça vaut, dis-toi que t'es une sorte d'anomalie naturelle.

Elijah réprime un sourire, il manque une canine au vieux flibustier, ça lui donne un air de con.

*

Le premier coup le cueille au thorax, il a beau s'y être préparé, il en a le souffle coupé. Il se souvient de la première fois où il a vu son vieux cogner. Un type deux fois plus large que lui, et qui pesait son quintal de barbaque… Son dabe lui avait shooté dans les joyeuses avant de lui écraser la tempe du coude. Le gros s'était étendu comme ça.

Cobrastar accepte quelques frappes de plus, puis il relâche son bras gauche en passant sous la garde de Tito. Son poing caresse le menton du colosse, qui chancelle. Son pied enchaîne, s'écrase entre l'oreille et l'épaule, sonnant le vieux un bon coup. Le fils laisse le père se relever, et comme Tito réplique, John esquive de justesse le poing qui lui vise la gorge. Ce n'est pas le moment de s'endormir.

Le ballet dure depuis un moment déjà et le silence qui règne dans le bar est à couper au couteau. Pam a déjà eu son quota de rixes de bar, mais jamais rien d'aussi violent. John Hero n'a d'abord fait qu'encaisser et puis il s'est mis à se mouvoir de manière quasi surnaturelle, flottant entre les coups de Tito, offrant des ouvertures pour contrer sauvagement le vieux, qui commence à souffrir. Pam se surprend à penser que le spectacle est beau, ses années d'entraînement lui font apprécier la chorégraphie. Cobrastar joue sa partition en virtuose et Tito ne parvient plus à le toucher.

Un méchant crochet déjoue finalement les pronostics. Il y a comme une pause, le cœur des afficionados manque quelques battements, et John s'affale, comme s'il tombait, le corps mou et désarticulé. Trop épuisé pour continuer, le capitaine a visiblement perdu connaissance. Il était temps, se dit Pam. Le vieux Tito doit partager cet avis puisqu'il lève de nouveau le poing, prêt pour le coup de grâce.

Mais contre toute attente, le corps de Cobrastar, mû par une volonté propre, se détend alors d'un coup et propulse son crâne dans la mâchoire du vieux, qui part valdinguer contre le zinc. Sonné et chancelant, le gros essaye de repartir vers son fils, quand Daisy l'en dissuade, tapotant l'échine du colosse du bout de son petit blaster rose.

— *Tut tut tut*, siffle-t-elle du bout des lèvres.

De son côté, Cobrastar est à genoux, les bras lâches de part et d'autre d'un tronc fier, menton sur la poitrine. Red se rapproche et lui relève la tête. Il a bien perdu connaissance, mais derrière le masque boursouflé, le pirate sourit d'un air niais. Red se dirige vers le comptoir, tape amicalement sur l'épaule de Tito et lui murmure quelque chose à l'oreille. Daisy range son calibre et fait signe à Pam.

— Sers un verre de poison au patron pendant que je m'occupe de mon gamin. Puis, pour Elijah : Viens me filer un coup de main, tu veux bien, mon chou…

Eli, encore abasourdi par le spectacle, secoue la tête et vient se placer à côté de son capitaine, un bras sous son épaule. Ils relèvent Cobrastar qui se réveille à mi-chemin du comptoir en marmonnant.

Le temps d'arriver au zinc, Tito sirote déjà sa gnôle.

Daisy sert un verre à Cobrastar. La musique joue *I Put a Spell On You* pendant que Pam dévisage le pirate qui, assis à côté de son géniteur, lève à présent son verre en silence, et grimace quand l'alcool rentre en contact avec sa lèvre éclatée.

— Alors ? Tu le trouves toujours aussi sexy avec cette gueule de steak haché ? ricane Daisy.

— Faudrait pas les retaper un peu ? répond Pam, sans relever.

Daisy se baisse sous le bar pour en sortir une trousse de secours, qu'elle tend à Pam en souriant.

— Tu veux jouer la nurse sexy ?

DEAD MAN'S POINT,
DEUX SEMAINES PLUS TÔT

BlackFury est assise dans son petit intérieur rose, au téléphone avec sa mère, passée maître dans l'art de torturer sa fille.

— Trois heures, trésor ! Richard t'a attendue trois heures au Delicioso.

BlackFury peut entendre sa sœur fulminer derrière leur génitrice.

— Tu sais que sa mère est au comité horticole de Centrale ? C'est une amie, je lui avais promis que tu serais là.

— Oui, maman, je suis vraiment, vraiment désolée. J'ai été retenue par le boulot.

Merde. BlackFury se mord la lèvre. Ne jamais parler du taf, idiote, jamais !

— Un boulot ? Quel boulot ? Courir la galaxie pour attraper d'affreux criminels, tu appelles ça un travail ? Si tu veux vraiment travailler, rentre prendre la tête du conglomérat avec ton père, là où est ta véritable place.

— Maman, on en a déjà parlé…

— Non ! Tu en as parlé avec ton père, nuance.

— Elona peut…

— Elona ne peut rien ! Ta sœur a suffisamment à faire avec ses enfants et son mari pour seconder ton père, et puis, ce n'est pas la place d'une cadette.

BlackFury pense à sa sœur, qui entend tout. Cette chipie est une vraie plaie, mais elle est bien placée pour savoir que grandir sous l'égide de Mme Reine-Claude Mercer est une épreuve.

Elle laisse sa mère monologuer et sourit en aspirant une gorgée de whisky ménavien, l'une des passions qu'elle partage avec son père.

— … Ne t'en fais pas, trésor, rien n'est perdu ! Tu connais les Owens ? Le conglomérat ? Figure-toi que leur fils aîné est comme toi, un peu rebelle. Il a délaissé la direction de la firme pour faire carrière dans la marine à l'Union intergalactique, un poste prestigieux…

BlackFury secoue la tête. Merde… Troquer une laisse contre une autre. L'armée, en plus. Elle n'en répond pas moins pour calmer sa mère :

— Dis-moi tout, maman.

— Sa mère lui a déjà parlé de toi.

— En bien sans aucun doute.

— Suffit, jeune fille ! Il n'est pas plus enthousiaste, figure-toi. Sa mère a eu le bon sens de cacher ton métier. Puisque vous semblez l'un comme l'autre aussi ravis à l'idée de cette rencontre, vous aurez rendez-vous dans trois semaines chez les Owens pour un repas en tête à tête.

Avec l'affaire en cours, l'éventualité qu'elle soit libre à ce moment-là est des plus minces.

— OK, maman, je ferai ce que je peux. Je suis sur une grosse affaire...

— Très bien ! Si tu savais comme je suis ravie... Oh ! Attends, ta sœur aimerait te dire un mot.

BlackFury entend Elona fulminer derrière sa mère.

— Putain, Pam ! Trois heures et pas un mot. Richard était fou ! Tu savais que c'était un collègue de Patrick ! Tu fais chier, tu n'imagines pas les ennuis qu'il a au travail en ce moment, il n'avait vraiment pas besoin de ça !

— Tout doux, sœurette. Patrick n'a jamais eu aucun ennui au « bureau » : il travaille pour papa, personne n'irait faire des misères au gendre de M. Mercer. Garde ton cinéma pour la chambre à coucher, si tant est qu'il y ait encore quoi que ce soit d'intéressant là-bas.

Alors qu'elle raccroche, quelqu'un frappe à la porte. Mais pourquoi les gens n'utilisent jamais la sonnette à Dead Man's Point ? Putains d'arriérés...

*

C'est là, un vieil immeuble, miteux comme les trois quarts des bâtiments de Dead Man's Point. Tito suit Red depuis une dizaine de minutes en traînant des pieds. Son vieil ami l'a tiré du lit pour lui présenter une hyène de l'UI. Une chasseuse de primes, putain… Red s'est évité une mornifle préventive en arguant le retour imminent de son fils et un montant non négligeable de crédits.

— Elle veut juste récupérer des données volées par l'Orvet, elle est même prête à payer…

— Tu connais le gamin aussi bien que moi. À moins de cracher au bassinet elle ne récupérera jamais la marchandise. Et hors de question de le vendre à l'UI.

— Ouais, après tout c'est un capitaine comme toi…

La perche est grosse, mais Tito ne déçoit pas son vieil ami.

— Uniquement parce qu'il m'a baisé et volé mon vaisseau…

— Oh pitié, vieille barrique, je le connais par cœur, ton cinéma ! Oui, c'était le vaisseau le plus puissant du port et la possession du capitaine le plus redouté de tout Tartarus. Mais c'est ton fils, bordel ! Il ne pouvait pas faire moins que de s'attaquer au plus grand flibustier de la bordure ! T'en aurais pas accepté moins de lui.

Tito grogne. Évidemment qu'il est fier du gamin.

— Alors qu'est-ce que vous attendez de moi, tous les deux ? Je connais cette tête, tu t'es encore lancé dans un de tes plans foireux.

Les deux flibustiers se sont arrêtés devant l'immeuble. Tito relance son vieil acolyte.

— Alors ?

Red prend un air sérieux.

— Je crois que John a tiré de quoi te rembourser vingt fois *La Buse*, et qu'il s'est mis au passage l'ensemble de l'UI à dos. BlackFury…

— Qui ?

— La chasseuse de primes. Elle bosse pour le Secrétaire général en personne d'après ce qu'elle m'a dit.

Tito sourit, soulagé.

— Et c'est ça qui t'inquiète ? Tu sais à quel point les moutons aiment se vanter de leurs connexions.

— Pas cette fois, vieux. L'ensemble des gros conglomérats et même le Syndicat sont en chasse. Et tu sais que les nouvelles générations ne sont pas aussi enclines au respect des traités que nous autres vieux schnocks.

— Chierie.

Tito pénètre dans l'immeuble. Il ne compte pas rattraper les conneries du gamin, mais s'il ramène ce genre d'embrouilles sur Tartarus en tant que capitaine… Va pleuvoir de la merde sur toute la planète.

*

BlackFury ouvre la porte sur un improbable duo, un petit vieux sec comme un coup de trique accompagné d'un colosse à l'air pas commode. Elle a reconnu le patron du Tito's Pissing Bear et sait à quoi s'en tenir. Derrière ses airs de vieil homme de main sur le retour se cache un esprit assez affûté pour être l'un des capitaines les plus redoutés de Tartarus. Red a rempli sa part du marché.

BlackFury, silencieuse, les introduit dans son salon et leur propose de s'asseoir. Son appartement n'est pas fait pour recevoir, encore moins pour faire affaire. La moquette pêche, les rideaux en dentelle, le canapé rose bonbon et la montagne de coussins et de peluches ne correspondent pas tellement à l'esprit du coin. Ni à sa garde-robe, remarque-t-elle en s'asseyant face aux deux hommes. Red fait la grimace et se juche d'antiques lunettes de soleil sur le nez, un sourire au coin des lèvres.

— J'me ferai jamais à ton intérieur, gamine. La première fois ça pique la rétine, la deuxième aussi, pis les fois suivantes c'est toujours aussi douloureux.

Elle attend une remarque du colosse, mais le capitaine Tito a le bon goût de ne rien dire. Il attend, silencieux, et fixe la jeune femme avec intensité.

Red reprend :

— J'ai touché quelques mots de ton affaire à Tito et tu as piqué sa curiosité, alors nous voilà.

L'impassibilité du vieux pirate la met mal à l'aise, elle balancerait bien quelques saloperies pour le faire réagir, mais elle sait à quoi s'en tenir.

— Je vous remercie d'avoir accepté de me rencontrer, capitaine, commence-t-elle. Red m'a fait comprendre que votre aval dans cette affaire était indispensable compte tenu de la nature particulière des liens qui vous lient à ma prime.

— Droit au but, petite, j'ai pas toute la journée, grogne le colosse.

— Tord pas du cul pour chier droit, gamine, je lui ai déjà peint les grandes lignes, ajoute Red.

BlackFury soupire, soulagée.

— Pas besoin de prendre de gants alors ?

— On n'est pas dans un salon de thé sur Millenia, grogne Red.

— Capitaine, Cobrastar a…

— Qui ça ?

— Eh bien, Cobrastar, votre fils, le capitaine John Hero, répond-elle déconcertée.

— Red, t'étais au courant ?

— Pour le surnom débile ? Non, mais t'avoueras que ça ressemble bien à l'Orvet. Il a dû se dire que changer le nom du reptile effacerait le ridicule…

— Quel abruti ! poursuit Tito en secouant la tête. Mais qu'il est con…

Devant l'air perdu de BlackFury, Tito lui fait signe de continuer.

— Qu'est-ce qu'il a fait, ce crétin ?

— Il a volé des données que je devais transmettre au Secrétaire général de l'UI. Je ne sais pas exactement ce que contiennent ces données mais il a toutes les autorités à ses trousses, le Syndicat et sûrement les principaux conglomérats. Ça commence à faire beaucoup pour un seul homme, même pour un capitaine.

— Capitaine, grince Tito. Pour l'instant c'est un macchab en sursis tant qu'il ne m'aura pas remboursé.

BlackFury connaît l'histoire, Red lui a fait un topo et elle compte bien là-dessus pour s'attirer l'aide de Tito.

— Justement, si je rachète les données à Cobrastar il aura de quoi vous rembourser. Accepteriez-vous de jouer les intermédiaires ?

Tito regarde la chasseuse de primes.

— Je suis curieux, continue-t-il, comment a-t-il fait pour mettre la main sur ces données ? Raconte-moi, on verra le reste après.

BlackFury soupire intérieurement, elle espérait ne pas avoir à raconter le désastre de Terra. Elle commence son récit, les deux hommes ne la coupent qu'une seule fois, lorsqu'elle aborde le rôle de Plague Snyssken.

— Snyssken, hein ? murmure Tito en regardant Red. OK, continue.

*

— Je vois plusieurs complications dans ton scénario, gamine. Premièrement la nature des infos volées. Connaissant

John, il ne voudra pas s'en défaire et se lancera plutôt dans la chasse au trésor. S'il vient ici, c'est pour que je lui décode ces données, pas besoin d'être un génie pour imaginer qu'elles sont cryptées, et je suis le seul à pouvoir les craquer.

— Le seul qu'il connaît, le coupe Red avec ironie.

Tito ne relève pas.

— Ensuite le Syndicat n'osera jamais foutre la merde ici, poursuit le vieux capitaine, ils ont trop à perdre et le Kingpin tient ses troupes en laisse. Tes copains moutons par contre, j'en suis moins sûr, et il ne faudrait pas grand-chose pour que les grands capitaines se mettent en rogne. Personne ici ne souhaite un remake des guerres pirates, mais s'il faut calmer quelques chiens fous, Tartarus a encore de quoi faire trembler Centrale. Fais en sorte que ton Secrétaire général reçoive le message.

Le ton est glacial, BlackFury ne doute pas un instant du sérieux de la mise en garde.

— Je ferai passer, répond-elle. Mais êtes-vous certain que Cobrastar refusera ? J'ai une assez grosse somme à lui proposer.

— Combien ?

— Je peux monter jusqu'à cinq cents millions de crédits.

L'extravagance du montant laisse les deux pirates sans voix, mais seulement quelques secondes, pas question de se laisser impressionner plus longtemps.

— À ce prix-là, je le ratisse moi-même, répond Red.

Agacé, Tito le fait taire d'un geste.

— Ouais, à ce compte-là il pourrait bien accepter.

— Alors on a un accord ?

— Pas si vite. Je ferai pas l'intermédiaire. On négocie ses merdes en personne ici.

— Ce n'est pas à ça que m'a habituée Red, répond-elle du tac au tac. J'ai besoin de votre caution.

— Et tu l'auras, apaise Red. Mais là on ne parle pas de te livrer un mouton. Si c'est un deal avec un capitaine, tu dois le clore toi-même, c'est la règle. Je ne te mettrai pas de bâtons dans les roues, petite, et c'est déjà pas mal.

— Je ne vous suis pas, il y a quelques instants vous parliez d'éviter une guerre.

— On n'en est pas encore là. Et puis ma présence en tant qu'intermédiaire te desservira plus qu'autre chose. Avec la branlée que je vais lui mettre et son caractère de merde, mieux vaut que je reste en dehors du coup. Je t'arrange un moyen de le rencontrer, après tu te démerdes.

— Et s'il refuse ?

— Pas mes oignons. Le mieux que je puisse t'offrir, c'est de regarder ailleurs pendant que tu lui tires les données et ça va te coûter cher.

— Combien ?

— Je sais pas, gamine. C'est pas le daron qui te cause là, c'est le capitaine. Vu les répercussions possibles, je vais devoir en parler aux autres, et aucun doute, tu vas cracher.

À ces mots, il tape l'épaule de Red, se lève et prend la direction de la porte. Red retient la jeune femme et prend les devants :

— Il va appeler les autres capitaines. T'as rien à boire ? enchaîne-t-il.

BlackFury se lève et va chercher trois Old Tito's Piss au frais. Elle a toujours un pack sous le coude au cas où le vieux Red se pointe.

— Combien ça va me coûter ? demande-t-elle en lui tendant une canette.

— Les cinq cents complets. T'aurais vraiment dû réfléchir avant d'ouvrir ta mouille devant le gargotier, gamine.

BlackFury, un air de peste sur le visage, fait un clin d'œil au vieux.

— Oh ! Je vois, dit Red, finalement je suis arrivé à t'apprendre quelques petites choses. Combien l'UI t'a vraiment donné pour clore le deal ? Non, ne dis rien, laisse-moi rêver.

Le pirate prend une gorgée de bière et s'enfonce dans le sofa rose. Le regard au plafond, il se met à siffloter. BlackFury commence à le connaître, il ne dira plus rien avant d'avoir fini sa bière. Elle se débouche une bouteille et se love dans son fauteuil club de princesse.

Le capitaine Tito Hero Dionysès est rapidement de retour. Il s'assied, décapsule une canette avec les dents et sort un couteau aussi colossal que son avant-bras. BlackFury, habituée aux bizarreries des pirates, ne bouge pas un cil.

— Red, commence le capitaine, comme convenu tu seras l'otage de la gamine, je serai celui des capitaines. Tu seras aussi le témoin du contrat.

Prise au dépourvu, BlackFury se redresse, inquiète.

— C'est quoi, cette histoire d'otage ?

— Ton offre a été acceptée. Il te faut un garant au cas où tu ne respectes pas ta part du marché. Red s'est proposé avant de venir. Tu peux choisir quelqu'un d'autre mais ça m'étonnerait que tu trouves une personne sur la planète qui accepte. Si tu dois d'abord faire ton rapport à ton boss, on peut régler ça plus tard.

— Je suis mon propre patron, réplique-t-elle, vexée. Quels sont les termes de l'accord ? Et qu'arrivera-t-il si je ne respecte pas ma part du marché ? coupe la jeune femme, qui n'a aucune envie de se lancer dans un débat sur l'indépendance des chasseurs de primes.

— Les termes sont ceux convenus précédemment. Je t'aide à contacter mon rejeton. S'il refuse ton offre, libre à toi de le plumer, personne ne te fera chier, tu auras douze heures d'avance et un couloir spatial sécurisé pour te carapater. Le gamin doit rester vivant. Tu vires les cinq cents millions sur ce compte.

Il lui tend une unité com.

— Si tu romps le contrat, Red est démembré, on te retrouve et tu suis le même chemin. Si les capitaines ne respectent pas leur part du marché, ce sera pour ma gueule.

— Et t'es d'accord avec ça, Red ? s'étonne la chasseuse de primes.

Il doit tirer un sacré paquet de cette histoire, se dit-elle, ou lui accorder une confiance démesurée. Elle ne pousse pas ses réflexions plus loin que Tito s'entaille déjà la paume de la main et tend le couteau à Red, qui fait de même puis passe la lame à la jeune femme, qui s'entaille à son tour la main sans sourciller. La jeune femme et Tito se serrent la main et Red pose sa pogne par-dessus.

— C'est tout ? demande-t-elle.

— Ouais, grogne Tito. C'est déjà assez ridicule comme ça, on va pas en plus se réciter un serment ou un poème à la con.

« *And I think it's gonna be a long, long time 'til touchdown brings me round again to find…* »

OLD TITO'S PISSING BEAR

— J'ai besoin que tu décodes ça pour moi.

John pose le galet de données noir sur le zinc.

— Tu viens à peine de te prendre une fessée et on n'a pas encore abordé la question des mensualités pour *La Buse*…

— Écoute, Tito.

Cobrastar utilise rarement le terme « papa ».

— Non, toi, tu m'écoutes, gamin. Je sais ce que contient cette clé. Bordel, toute la planète et la moitié de l'univers savent de quoi il s'agit.

— Oh…

— Ouais, « oh ». Je vais partager avec toi un peu de sagesse paternelle. Refourgue ce truc à un courtier en infos, tires-en un max de fric et fais profil bas un moment.

Cobrastar serre la mâchoire pour laisser Pam lui étaler de la pommade sur un masséter bleui, tandis qu'une aiguille autonome s'active à lui recoudre l'arcade. La jeune femme, l'air enamouré, ne perd pas une miette de l'échange entre les deux pirates.

— Tu sais que je ne peux pas faire ça, Tito… Tech prothéenne, trésor antique, système planétaire non réclamé, ce qu'il y a sur cette clé pourrait offrir un avenir à la piraterie.

Tito branche la clé sous le zinc. Son œil s'illumine alors qu'un projecteur rétinien lui envoie les infos.

— Ça va sûrement me prendre un moment, grogne-t-il. Emmène Pam avec toi et va jouer plus loin, veux-tu ?

Cobrastar prend déjà la jeune femme par la taille, lorsque Daisy l'arrête.

— Choisis une table avec Eli et emmène ce sac à gnôle avec toi, fait-elle en montrant le vieux Red, qui a miraculeusement trouvé de quoi se payer une bouteille au fond de sa poche.

Elle ajoute pour Pam :

— Toi, tu bosses.

Elle pointe la salle, qui s'est remplie. Il semblerait que le retour du fils prodigue ait ramené du monde.

BlackFury reconnaît quelques visages du Syndicat et des spatiaux qui n'ont rien d'honnêtes commerçants. Elle gratifie Cobrastar d'un nouveau sourire plein de promesses et lui caresse la nuque du bout des lèvres.

— Plus tard peut-être…

— Quand t'auras fini d'exciter le petit, tu pourras peut-être prendre les commandes, conclut Daisy.

*

La journée s'en va tranquillement au rythme des bouteilles. Le bar ne désemplit pas, à croire que tout le monde veut sa part dans le retour de Cobrastar. Red a pris Elijah sous son aile et l'abreuve de vieilles histoires sur son capitaine et la grande époque de la piraterie. Le gamin boit ses paroles et chogne les plats que Daisy ne cesse d'envoyer à leur table. La barmaid, qu'il soupçonne d'être la cuisinière, est ravie. Son sourire grandit à mesure que les plats disparaissent.

En fin d'après-midi, Tito décolle de sa place au bar et rejoint le trio à table. Il s'assoit en marmonnant.

— Impossible à décrypter, lâche-t-il en arrachant la bouteille de gnôle des mains de Red.

— Comment ça, impossible ? se redresse Cobrastar, qui somnolait sur sa chaise. Tu ne peux rien faire ?

Généralement aucun cryptage ne résiste à son père plus d'une heure.

— Appelle Bambino ou Tiny Boom, propose Red.

— Qui ça ?

— Anjer Fälle, alias Bambino, et sa sœur, poursuit Red d'une voix pâteuse. Ils se sont installés ici après ton départ. Même business que ton vieux.

Tito tire une gueule de six pieds de long.

— Lequel ? Divertissement ou hacking ?

— Hacking, récupération de marchandises, piraterie au sens large.

— Ils sont bons ? Meilleurs que Tito ?

— Surtout plus chers, grogne ce dernier.

Red rassure Cobrastar :

— Meilleurs, mais ton vieux a du mal à encaisser qu'il n'est peut-être plus dans le coup.

Tito va chercher une nouvelle tournée au bar le temps que Red chante les louanges de la famille Fälle.

— Combien ça va me coûter ? reprend John.

— Aucune idée, faudra voir avec Bambino.

Daisy, qui sert la table derrière, tique au nom de Bambino et s'invite dans la conversation.

— Si tu comptes faire affaire avec Bambino, attends que Tito ait foutu le camp. Et je ne veux pas voir sa sœur ici. J'ai aucune envie de refaire la déco.

Cobrastar lève un sourcil, en attente de l'histoire.

— La dernière fois qu'ils sont venus ici, ces deux tarés ont vidé la réserve de gnôle avant de se foutre sur la gueule, de ravager le bar et la moitié du quartier par la même occasion. Red, le Barbu et Simonsen n'ont pas suffi à les calmer.

John est incrédule. Simonsen est taillé comme une armoire à glace, le Barbu est un Ergosan de deux mètres soixante et Red, malgré son gabarit, est un des rares pirates à avoir jamais physiquement tenu tête à son vieux.

— On a dû les calmer à coups de blaster, poursuit Daisy. Tu serais étonné de savoir le nombre de charges qu'il a fallu utiliser.

— J'aimerais autant éviter les désaxés. Il est tapé, ce Bambino ?

— C'est une crème. La petite sœur par contre, une vraie furieuse, ajoute Daisy.

— Ils bossent bien ?

— Pour ça, pas de souci.

— Red, tu peux me trouver ce Bambino ?

Red tète son verre comme un nouveau-né le sein maternel. Il hoquette et acquiesce.

— Maintenant ?

— Red, sois gentil et lève ton cul, le prie Cobrastar.

Le vieux sort du rade en tanguant un peu.

*

Elijah et John continuent à boire, servis par BlackFury qui fait tout son possible pour saouler Cobrastar. Avec un peu de chance, elle réussira à lui tirer les données avant que Bambino ne débarque. La voilà qui s'assoit sur ses genoux, lui mordille le lobe d'oreille et lui lèche le cou. Elle doit reconnaître ça au pirate, il a un sacré self-control, d'autres auraient explosé pour bien moins. Elle en est à lui proposer de passer chez elle quand Red revient.

— Alors ? interroge John.

— L'était pas chez lui, sa sœur est intéressée mais elle ne bougera pas tant que t'auras pas vu le frère.

— Et comment je le trouve, ce brave garçon ?

— T'en fais pas, j'ai fait passer le mot, si quelqu'un le voit il sera mis au parfum. Une brutasse pareille, on la rate difficilement, même ici.

Red lance un clin d'œil à BlackFury et ajoute :

— Pourquoi t'emmènerais pas le gamin faire un tour, le temps que Bambino se pointe ?

— Vas-y, mon chou. T'as bien mérité une pause, l'autorise Daisy. Reviens avant le coup de feu.

*

Le trajet jusqu'à l'appartement est assez rapide, même si Cobrastar en tient une sévère. Il tangue et s'appuie lourdement sur l'épaule de BlackFury, ses mains pleines d'entrain se promènent sur ses hanches et son cou. Malgré son état ce gros lourdaud est étonnamment délicat… Et les voilà à faire des haltes pour les galoches. L'empressement qu'elle met dans son propre rôle la surprend. Elle n'a plus flirté ainsi depuis son adolescence et elle trouve ça plutôt grisant, ça l'exciterait même.

Quand ils arrivent en bas de l'immeuble, Cobrastar lève la tête et se met à rire. BlackFury redoute soudain d'avoir été reconnue.

— Tu habites vraiment là ? glousse-t-il.

— Oui. Pourquoi ?

Un éclair passe dans les yeux de John.

— C'est ici qu'habitait ma vieille institutrice. Sœur Beurk, une Martienne aussi charmante que son nom.

Il se remet à rire.

— Je me demande ce qu'elle est devenue, ajoute-t-il plus bas.

Pam respire, elle est toujours dans la course. Elle s'arrête devant sa porte, se retourne lentement et transperce le garçon des yeux, un tube de rouge à lèvres dans sa main droite. Elle s'en applique délicatement, s'adosse à la porte et soupire langoureusement :

— Si le souvenir d'une vieille nonne martienne est plus appétissant que ce que je te propose, je peux rentrer au pub, siffle-t-elle, l'air faussement menaçant.

*

Cobrastar sombre instantanément, d'une respiration apaisée. Le soporifique du rouge à lèvres a beau être efficace, la bouche de BlackFury se colle à celle de Cobrastar un peu plus longtemps que nécessaire. Faut être bien sûr qu'il a eu sa dose, se persuade-t-elle. Ne reste plus qu'à le fouiller, à récupérer les données et à le jeter dans la rue en repartant vers l'astroport.

*

Elijah s'en met une ventrée. Il aimerait bien faire une pause, mais avec Tito et Red sur le dos, impossible de lever le pied. Entre les shots de gnôle, la picrate et la bière il ne sait plus où donner de la tête, sans parler des plats que Daisy fait pleuvoir sur la table. Ce n'est pas qu'il s'en plaigne, le gamin, il a toujours eu un bon coup de fourchette, mais à ce rythme-là il a peur de ressembler au dabe du capitaine en quelques heures.

— Assade[20] pas la boisson comme ça ! gueule Tito en lui flanquant une claque dans le dos. Prends-en des grandes lampées sur la boustifaille !

— La bière, ça se courle jusqu'à plus soif, hoquette Red, note que le vin aussi... Par contre la gnôle du vieux, tâche moyen de pas y aller tout de suite trop fort.

Comme pour se démentir, Red s'envoie une méchante rasade de décapant avant de se remplir le verre.

— Tu vois, mon gars, si tu suis l'Orvet, va falloir qu'on t'affranchisse sur quelques trucs. On va te faire un exposé rapide. Au commencement il y avait la liberté, annonce-t-il d'un air solennel.

Tito explose de rire.

— Désolé, le matru... On s'est p't-être un peu mis la caisse aussi, s'excuse Tito.

— Bon, reprend Red. Au début l'UI, c'était une 'spèce d'association de grosses planètes dirigées par des conglomérats. Ils ont pris de l'ampleur et se sont associés à de nouvelles planètes dans de nouveaux systèmes. C'est là que les choses ont commencé à merder pour eux. Tu vois, à l'origine, ils étaient

---

20. Boire à petites gorgées, déguster, minauder sur le liquide.

dirigés par ceux qu'ont du fric, un genre de puto-machin là.

— Ploutocratie, dit Tito.

— Ouais, c'est ça, putocratie ! Mais avec leur expansion ils ont assimilé des systèmes démocratiques, des trucs libertaires, des machins plus à cheval sur les libertés individuelles et ils ont dû serrer un peu la vis.

— Ils ont massacré à tout va, quoi, ponctue Tito.

— Ouais, aussi, mais on va pas leur jeter la pierre, hein ? sourit Red. Quoiqu'on n'ait jamais opéré à leur échelle.

— Et qu'on dézingue pas les gosses ! se met à gueuler Tito.

— Beurle pas comme ça, vieux con ! Chais plus ou j'en suis.

— À l'amissilation des systèmes démocratiques, bégaie Elijah.

— Ouais ! Ouais, c'est ça ! Alors ils amissilent, tu vois, ils pacifient les moutons. Et fatalement y en a qui veulent pas se faire sauter. Des planètes à la marge, des petits systèmes, les nomades aussi !

Là-dessus, il lève son verre et s'en renverse la moitié sur le bide en essayant de le finir. Elijah remarque qu'un silence respectueux s'est établi dans le bar, que seule une voix venue de l'entrée du rade rompt subitement. Une espèce de monstre appuyé au chambranle, rendant bien une tête à Tito, prend la parole :

— Et c'est alors qu'une partie de la flibuste, qui s'était lentement politisée, voulut fédérer les dernières planètes libres par la force et créer un empire dont elle serait à la tête. Ces pirates se rêvaient en maîtres d'un nouvel empire, le capitaine Phaetor et son bâtiment le *Gygès* à leur tête.

À la mention de ce nom tous crachent par terre d'un air dégoûté, Red et Tito les premiers.

— Seuls quelques pirates prirent le parti de rester fidèles aux traditions de la flibuste, poursuit le nouveau venu. La liberté, la rapine, l'indépendance. Les nomades eux aussi se désengagèrent du conflit. Ils décidèrent de quitter l'univers connu et d'aller s'installer plus loin. Pour ça, il fallait traverser les lignes de l'Union. Un traité fut signé et une flotte civile accompagnée de quelques pirates fut escortée par l'armée de l'UI aux frontières. La tentation devait être trop grande pour ces naves. La marine de l'Union, pensant sans doute éradiquer la menace pirate une bonne fois pour toutes, a trahi les accords et fait feu sur la flottille des Frères de la côte. Pas malin de leur part. Pris au dépourvu, pirates et nomades se sont battus vaillamment afin de sauver une flotte de non-combattants. Ce fut un massacre. Deux vaisseaux géants s'opposèrent à la flotte de l'UI et permirent à quelques-uns de s'échapper. Le redoutable *Ymir* du capitaine Titon Dionysès et le titanesque *Mycénion* du capitaine Agamemnon. Usant d'armes interdites, ils ont décimé la flotte de l'Union.

La voix du mastoc vibre d'une fierté étrange. Au nom de Titon Dionysès certains sifflent et applaudissent. Tito et Red semblent un instant ailleurs, puis le vieux poivrot s'adresse au nouveau venu :

— Vas-y, gamin, finis ta tirade, va, qu'est-ce qu'il a fait, ton Agamemnon, après le massacre de Vigès ? Tu réponds pas ? Je vais te dire ce qu'il a fait ! Il a fait demi-tour, fiolé de vengeance et a refilé le tueur de soleil à cette poutrasse[21] de Phaetor.

Se tournant vers Elijah :

— Parce que tu vois, petit, chez nous y a pas que des bourrins, chez les nomades non plus. Des calés, des génies, on en a ras les fouilles. On en avait en tout cas. L'Union, elle nous faisait doucement rire avec ces petits pétards. Et Agamemnon, c'tait un crack. Il avait inventé ce truc capable de t'éteindre une étoile comme tu souffles un briquet.

— Laisse filer, Red…, murmure Tito.

— Pas de ça, capitaine ! Les étoiles savent qu'on a notre lot de saloperies sur le dos mais pendant que tu t'escrimais à essayer de sauver ce qui restait de notre flotte, l'autre empaffé filait droit à Réon 5 refourguer sa saloperie à Phaetor. Réon 5, Elijah, c'était une petite planète et le principal chantier naval de l'Union intergalactique, c'tait là qu'attendait toute l'armada des moutons. Phaetor, avec le tueur de soleil installé sur son bâtiment, le *Gygès*, a décidé de détruire la planète.

Il crache de nouveau par terre.

— Un massacre pour un massacre, tu me diras ? Bah non, gamin, parce qu'il en avait pas besoin pour écraser l'UI, c'était déjà la débâcle avant qu'il utilise l'autre saloperie sur Réon 5.

---

21. Femme mal attifée, maquillée à la truelle.

Red fait une pause.

— Des milliards de vies qui s'éteignent d'un coup, comme ça, parce que Agamemnon ne t'a pas écouté, capitaine…

Et là le vieux poivrot écrase une larme, une vraie, et Elijah voit bien qu'il n'est pas le seul dans le rade. Ils sont plusieurs à serrer les pognes et les mâchoires.

— Laisse-moi finir pour toi, Red, déclare alors Tito. Agamemnon, c'tait un bon gars. Quand Phaetor a liquidé la planète, il s'est rendu compte de sa connerie. Un peu tard c'est vrai, reprend-il pour couper l'objection de Red, mais il a jeté son vaisseau sur le *Gygès* et anéanti l'autre pourri. La flotte de l'Union en charpie et la planète en miettes, on s'est tous débinés par ici. On aurait pu prendre l'Union, petit, on aurait pu tout prendre… Mais y a pas un jour où on ne pense pas à Réon 5. Appelle ça comme tu veux : de la honte, de la culpabilité… La flibuste s'est délitée. Finalement, on s'est pas barrés à l'autre bout de l'univers. On est venus se ranger ici, dans la bordure.

Le géant dans l'entrée vient s'asseoir à leur table. Tito serre les dents comme le grand s'adresse à lui avec déférence.

— Capitaine Dionysès…, salue-t-il.

— Tito ! claque ce dernier, y a plus de Dionysès depuis une secouée !

Red sourit et fait les présentations.

— Elijah, voici Anjer Bambino Fälle. Le type que ton capitaine voulait voir. Bambino, voici Elijah, un Terran.

— Mmh…

Le mastard s'essaie à lui sourire et Elijah en conclut que ce n'est pas son truc, la jovialité.

— Fais pas trop attention à ces vieux cons, lance Daisy au gamin tout en lui amenant un nouveau verre au contenu douteux.

— Oh non, pas de cochonneries à table ! geint Tito.

— Mouais, c'est pas naturel, cette merde, Miss Daisy, souffle Anjer Fälle.

— Vos gueules, les grosses ! Bois ça, mon chou, ça t'aidera à digérer.

— C'est quoi ? lâche Eli en tordant le nez sur la mixture.

— Qu'est-ce que j'en sais ? sourit-elle. Chuis pas toubib ! Mais ça marche, alors bois.

— Ouais ! rugit Tito. Et après tâte-moi ça, ajoute-t-il en lui lâchant une espèce de côte de porc commack sur la table.

— Et tu me pitancheras ça, ajoute Bambino en sortant une flasque de ses poches.

— Qu'est-ce que c'est que cette merde ? grogne Tito à la vue de la flasque. C'est un établissement correct ici ! Si t'aimes pas ce qu'on y sert, tu vas lichetrogner plus loin !

— Calme, capitaine ! rétorque le monstre. Il est de chez toi, ce fioul ! Du Tito Réserve spéciale !

Des sifflements dans la salle accueillent l'annonce. Le patron lui-même se pare d'un doux visage amoureux. Elijah a l'impression que le vieux va se mettre à chialer.

— Je croyais que t'avais expédié tous tes fûts depuis soixante ans, vieille barrique ! explose Red.

Mais Tito ne l'entend plus, il regarde la bouteille, tout à la contemplation du contenant magique. Il lève les yeux vers Bambino et murmure un « Je peux ? » timide.

— C'est toi qui l'as distillé, non ? Mais attends que le microbe y goûte. Une première fois c'est particulier. Ça perd de son charme d'emprunter du défriché.

Coup sur coup, le gamin vide la mixture de Daisy et mord dans le cuissot de gibier que Tito lui a quasiment mis sur les genoux. Il serre les pognes, ferme sa glotte à double tour avant de partir en arrière en se tenant le bide à deux mains. Le liquide vert lui brûle les tuyaux. Il en chiale. Et puis ça monte, il sent que ça monte, le rot, le gros gaz, le coup de grisou de la menteuse. Faut qu'il le libère, qu'il lui rende sa vie nomade au nuage moléculaire ! Ça brûle tout du long et ça sort, beauseigne ! Il est même en couleurs, iridescent comme une flaque de sans-plomb. Dans le rade tout le monde pousse des « Ahh !! » de ravissement. C'est comique de voir ces durs se la jouer minots au feu d'artifice, se dit Daisy. Mais c'est vrai que c'est beau.

Elijah, lui, a à peine le temps de rouvrir les yeux que Red lui remet d'autorité la flasque aux lèvres.

— Pour parfaire le tout, t'as plus qu'à péter la céramique des chiottes ! ajoute le patron.

Bambino se penche sur Elijah, la gueule interrogative. Ça lui fait une drôle de face au gigantopithèque. Il grogne, menaçant :

— Au fait, qu'est-ce que je fous là, microbe ?

C'est Red qui répond :

— C'est comme qui dirait le second de l'Orvet. C'est lui qui voulait te parler d'un job.

L'Orvet ? Mais c'est pas Cobrastar, son blaze ?

— Eh bah merde, grand singe ! T'es bien le premier à lui donner ce nom sans te marrer, s'étonne Red.

— C't'un capitaine, non ? Alors il a droit à son titre !

Tito grogne un poil.

— Écoute, le gnome, quand ton capitaine reviendra, vous aurez qu'à sonner chez nous, dit Bambino, Red connaît le chemin. De toute façon je prends pas de taf sans en dégoiser un minimum avec ma frangine.

— Vous ne pourriez pas attendre quelques instants ? propose timidement Elijah. Cobrastar est parti faire un tour avec Pam, il ne devrait sans doute pas tarder.

— Pam ? La serveuse ?

Il marque un silence puis déclare :

— Tu veux un conseil, petit ? Fais tes bagages et retourne sur ton Ostrakia. Ton capitaine est déjà en route pour Paulson ou Centrale et les geôles des services secrets unionistes.

— Qu'est-ce que c'est que ces conneries ?

— La connerie, c'est que cette barmaid a fait ses armes au Bureau des primes. BlackFury, c'est ce qu'il se fait de mieux. Pourquoi tu crois que j'ai pas foutu les pieds ici depuis deux semaines, Daisy ?

— Trop classieux pour toi ?

L'homme se lève et va pour sortir. Devant le silence des vieux flibustiers, Elijah panique et se rue à la suite du pirate.

— Vous savez où elle habite ? On a peut-être le temps de…

— Écoute, petit, je bosse pas gratos. Ça m'étonnerait que ton capitaine ait de quoi me payer et rien ne prouve qu'il soit toujours sur la planète. De toute façon c'est un capitaine, si BlackFury s'avise de lui faire du mal, elle va se retrouver avec un gros paquet d'emmerdes sur les bras.

Le mastard s'arrête, jette un œil aux vieux et ça fait tilt ! Tito, Red, pas même Daisy, aucun n'a protesté. Ils savaient pour BlackFury ! Il gueule :

— Les coups de salopes dans l'entre-soi, c't'une chose, mais fricoter avec l'Union ! Merde, c'est du gros dégueulasse ! Désolé, minus, je peux rien pour toi.

Elijah le retient par le bras et, comme dans un état second, lui susurre un mot à l'oreille. Toute la physionomie du gros se métamorphose. Il regarde Elijah avec déférence, opine du chef, et annonce finalement d'une voix forte :

— OK, on va chercher ton capitaine.

Il se tourne vers la salle, fusille du regard la flibuste vieillissante et franchit la porte. Elijah, l'air absent, marque une pause. Lorsque Red lui demande ce qu'il a dit à Bambino, il se détourne du zinc et enfonce les battants du rade d'un coup de grollons en beurlant :

— T'occupe !

APPARTEMENT DE BLACKFURY, RENDEZ-VOUS GALANT

Rien, bordel ! Ce con a les poches vides, elle aurait pourtant juré l'avoir vu enfourner le galet de données dans son fute. Au lieu de ça, elle se retrouve avec un vieux chewing-gum mâché, quelques pièces de monnaies inconnues et d'autres saletés dont elle n'ose pas imaginer l'origine. Elle le retourne sur le ventre et s'attaque aux poches arrière. Que dalle ! BlackFury enrage, se lève et lui file un coup de talon dans le fondement pour faire bonne mesure et passer ses nerfs. Tout ça pour ça ! Où est-ce qu'il a bien pu foutre ces données ? Il n'a pas pu les planquer sur le chemin, elle ne l'a pas quitté un seul moment. Elles ont dû rester au bar, c'est la seule explication. Soit avec le morveux, soit avec Tito. Avec le second elle peut négocier. Avec le premier, vu le gabarit, une pichenette devrait suffire.

Elle se retourne vers Cobrastar, toujours allongé au sol, et mate rapidement son boule. Lequel se met d'ailleurs à frétiller péniblement. Sous les yeux médusés de la jeune femme, il se hisse tant bien que mal, à moitié paralysé et parvient à s'asseoir dos au mur.

Sourire enjôleur du pirate :

— Tu m'aiderais pas à me poser sur ce ravissant canapé de princesse en poil de licorne ? J'ai dû boire un truc de trop, j'ai du mal à bouger.

La chasseuse de primes met la main à la poche et prépare quelques fléchettes tranquillisantes. Avec la dose de soporifique qu'il s'est prise, il aurait dû en avoir pour une soixantaine d'heures, minimum… Tirer à travers son pantalon ne lui pose aucun souci, reste à savoir si les doses seront suffisantes. De son côté, John a quasiment récupéré toutes ses facultés, même s'il feint d'être encore un peu groggy pour se ménager un avantage. Ce n'est pas la première fois que ses années d'écolier à se mithridatiser chez la vieille Beurk lui servent à quelque chose.

— Sève de séria, non ? sourit-il de nouveau.

— Oui. En quantité, comment…

— Pour les poisons, j'ai eu une éducation très classique, école privée chez les sœurs, tu vois le tableau…

— Pas du tout.

— Alors, dis-moi, BlackFury, j'ai une petite idée de ce que tu veux, mais tu pourrais quand même me faire une proposition. Et au passage, ton camouflage est du tonnerre mais je dois t'avouer que je te préfère nettement au naturel.

À ces mots, la chasseuse de primes désactive le camouflage optique et retrouve son apparence. Beauseigne ! Il avait oublié les proportions de la fille.

Pam s'assoit sur le canapé en face de John, la main dans la poche, toujours prête à faire feu. Elle retrouve son assurance. Il ne peut pas lui échapper.

— Depuis combien de temps sais-tu ?

Ni Red ni Tito n'ont pu la balancer, et personne d'autre n'était au courant. Alors qui ?

— Depuis ton arrivée, par ma vieille.

— Daisy ? Mais comment ?

— Que Tito balance une bombasse au bar ça peut arriver, mais en général il les étrenne d'abord. Et t'es pas le genre. Sans compter que tu te pointes deux semaines avant mon retour…

— Pourquoi Daisy a-t-elle marché ?

— À mon avis ? Parce qu'elle t'aime bien. Et puis je lui ai demandé de jouer le jeu.

— Pourquoi ?

— Parce que j'ai besoin de toi. Je me suis empianché dans une affaire pourrie. Les données seront bientôt décryptées et je te veux dans mon équipage.

Cobrastar, pour tout dire, il n'en mène pas large. Le soporifique lui tourne encore la tête et ses réflexes sont amoindris, un peu trop pour espérer s'en tirer en claquant la donzelle. Surtout qu'il a perdu tout contact avec Lucy, il ne la sent plus au fond de son esprit, en veille.

BlackFury, elle, se garde bien de laisser paraître quoi que ce soit. Elle ne sait pas s'il faut jouer le jeu en attendant de mettre la main sur les données. Et elle a cette désagréable impression de s'être fait repasser depuis son arrivée sur Tartarus.

— Je suppose qu'un gros paquet en échange des données ne t'intéresserait pas ?

— Pas tellement, non.

— T'as l'UI, le Syndicat, le Bureau des primes et sûrement un paquet de conglomérats au cul. Et tu comptes t'en sortir quand même ?

— L'Union et le Bureau, tu t'en chargeras. Ils ont tout intérêt à temporiser, et toi aussi, que tu acceptes ma proposition ou non. Quant au Syndicat et aux conglomérats…

— Je pourrais aussi te dessouder tout de suite.

— Tu pourrais essayer, mais après tout ce qu'on a vécu, tu ferais ça, toi ?

— Je suis capricieuse.

— On recommence à minater, ma belle ?

— À quoi ?

« *Hmm, shit baby, you got me mesmerized! Let me sing it for you…* »

*

Anjer Fälle les conduit rapidement le long de ruelles dégueulasses. Ils passent devant quelques bordels, du premier choix, du second, du bizarre. Des putes propres, des bien sales, aliens, genres variés. Pour se faire une idée de la population dans ce coin de l'univers, un jeune anthropologue ne pourrait pas rêver mieux. Mais Elijah ne pourrait pas s'en foutre plus. Pour le moment il suit un colosse dont les épaules raclent les murs des ruelles. Un type qui a choisi de lui venir en aide sur un seul mot soufflé par Lucy. Elijah n'arrive même pas à se rappeler ce qu'elle lui a dicté pour décider le géant, il faudra qu'il ait une petite discussion avec elle dès qu'ils auront regagné le vaisseau.

Bambino est dévoué à la tâche. Déjà trois crétins d'assommés pour ne pas s'être ôté du chemin plus rapidement et, à en croire la récente apparition de cinq mastards aux gueules de porte-bonheur, ce n'est que le début.

— On continue, c'est à l'angle, marmonne le géant.

Les deux hommes rentrent dans l'immeuble de BlackFury et montent les étages en silence. Arrivés devant la porte de la chasseuse de primes, le gros commence à ricaner. La porte est blindée, genre Fort Knox, Elijah est impressionné. Si le capitaine est là derrière ça va être coton de se faire ouvrir. Bambino lui pose une main sur l'épaule, lui fait signe de se taire et s'approche de la porte. Il sort un genre de téléphone portable de sa poche, tapote dessus et le range.

— Fais pas cette gueule, le biniozet[22], j'ai juste fait sauter le système d'alarme. Maintenant on peut défoncer la lourde.

— Tu parles de ce monstre-là ? Qui doit faire un mètre d'épaisseur ? Écoute, Anjer…

— Bambino !

22. Un gamin pas bien grand, un poil niais.

— … Bambino, je suis pas du coin mais même moi, je me ferais pas d'illusion sur nos chances de défoncer cette putain de porte.

— C'est justement parce que t'es pas du coin, peau de zob ! Regarde les montants, bazut[23] ! Je sais pas qui est l'entrepreneur qui a installé ce merdier mais il s'est bien foutu du proprio. Vu l'état du ciment et le poids de la lourde, c't'un miracle qu'elle ait pas encore emporté la totalité du mur.

— Qu'est-ce tu proposes ? balance Eli.

— Je vais faire péter les gonds, recule.

— Tu peux pas juste la déverrouiller ?

— Non, fermeture manuelle… Rien d'électronique là-dedans et en plus c'est plutôt le rayon de ma frangine, ça. Maintenant si tu permets, j'aimerais assez que tu fermes ta gueule pendant que je pose mes explosifs.

Là-dessus il continue de marmonner qu'il n'aime pas se servir de cette merde, qu'il aurait dû emmener la chieuse et que de finir les doigts en purée n'a jamais fait partie de ses choix de vie. Elijah le regarde poser des trucs indistincts autour de la porte.

Bambino l'attrape par l'épaule et lui fait signe de se plaquer à l'angle du couloir. Une explosion dantesque assourdit l'espace. L'étage se couvre d'une brume blanche psychédélique. Elijah a eu le temps de fermer les yeux mais est resté la bouche

23. Crétin, débile.

ouverte comme un con. Il expectore quelques catoles[24] de plâtre en toussant. Bambino lui tape gentiment dans le dos et l'entraîne vers l'appartement. Le spectacle vaut le coup d'œil.

*

— Alors, beauté ? Qu'en dis-tu ?

— Du flirt ? minaude-t-elle.

— Entre autres.

Elle va répondre quand la porte explose vers l'intérieur. La déflagration l'assomme à moitié. Elle perd connaissance au son d'un éclat de rire gigantesque. La porte a emporté une partie du mur de chaque côté, continué sa route, retourné un fauteuil dans lequel devait se trouver Cobrastar et l'a projeté sur BlackFury, assise dans le canapé en face.

Elijah avise son capitaine, la tête entre les jambes de la jeune femme. La porte qui l'a envoyé aux anges en lui laissant un bel œuf sur l'arrière du crâne repose à son côté. Bambino éclate de rire. Un air extatique barre le visage de BlackFury pendant que la radio ânonne : « *I want to spread the news that if it feels this good getting used oh you just keep on using me until you use me up…* »

— Bon… Maintenant qu'on est là, qu'est-ce qu'on fait ? lance Bambino qui finit de se bidonner.

— Je suppose qu'on embarque le capitaine.

---

24. Croûtes de saleté, bouts de saloperies.

— Et BlackFury, lui souffle Lucy.

— Et BlackFury !

— La chasseuse de primes ? Pourquoi ?

Elijah n'en a aucune idée et interroge Lucy qui lui répond par l'équivalent d'un haussement d'épaules psychique. Il prend l'initiative.

— Parce qu'on ne sait pas qui a les données, que je n'ai pas envie de les fouiller dans ce merdier, et que je retournerai bien boire un coup…

— Comme tu veux, microbe. Et on va où ? Le chemin jusqu'au Tito's Pissing Bear risque d'être long avec ces deux poids morts sur les bras si on rencontre des hommes du Syndicat.

— T'as une meilleure idée ?

— On va chez moi. C'est à deux blocs. S'ils ne se réveillent pas d'ici là, j'aurai de quoi baby-sitter l'une et réveiller le second. Et n'oublie pas ce que tu m'as promis.

Elijah qui n'en a toujours pas le moindre souvenir se contente de hocher la tête en espérant que Lucy voudra bien lui expliquer. Bambino dégage les deux corps inconscients des décombres. Il charge Cobrastar sur une épaule et la chasseuse de primes sur l'autre. Bon Dieu ce que ce type est large !

FÄLLE'S MANSION, UN PEU PLUS TARD

Le bitognot[25] de la famille Fälle est loin d'être dégueu. De l'extérieur, c'est un bâtiment bas, plus que les autres dans ce quartier dont les maisons clincos[26] ne dépassent pas les deux étages. La façade est légèrement décrépite, trouée d'une unique porte, massive, la gueule rouillée, mais John ne se laisse pas avoir. Il n'a jamais trop traîné dans le coin étant jeune, un poil trop fils à papa pour lui. Il les connaît, les habitants du bloc, grands capitaines, fortunes de Dead Man's Point et consorts.

La lourde s'efface pour les laisser entrer. Bambino jette BlackFury sur un canapé cossu dans une entrée proprement gigantesque. Elle a dû en prendre un sacré coup sur la caboule, pas encore un store d'ouvert. Bambino leur fait signe de le suivre.

— On la laisse comme ça ? s'étonne Cobrastar.

— T'inquiète pas, au premier mouvement on sera au courant, surveillance génétique... Je vous ai déjà intégré dans le système de sécurité, toi comme invité, elle comme prisonnière. Une connerie et elle se déguste une décharge incapacitante.

— Pas inquiet d'un piratage ?

---

25. Petite maison, cabane pourrie, appentis.

26. Chic, huppé et kitsch.

— De sa part ? M'insulte pas, capitaine.

Cossue, la turne des jumeaux : tapis tissé main au sol, guéridon à côté du sofa, le vestibule en jette, mode vieil intérieur britannique. Sans les fausses fenêtres holographiques, Elijah se croirait dans l'entrée d'une *mansion* de la perfide Albion. Et ça fait effet sur le capitaine.

— Eli, ça t'ennuierait de dépoiler notre invitée ?

— T'es pas malade, Cobrastar ? balance Bambino.

— Capitaine, si je devais avoir des limites, on y est, ajoute Eli.

Le temps que le colosse et le maigrichon se regardent, l'air bête, John se met à tripoter BlackFury.

— Faut vraiment être con pour s'imaginer des trucs pareils ! J'ai juste planqué les données sur la chasseuse de primes pendant qu'on se pelotait… Bande de bas du front !

Pam se réveille, les yeux à quelques centimètres d'un beau comédon sur le front de John. Il a une main dans sa poche revolver. Il lui sourit, les sourcils qui jouent au papillon, elle sourit aussi et semble fondre comme un iceberg sous son regard de braise. Juste avant qu'elle lui bronque[27] les joyeuses d'un coup de genou et pousse un cri indigné en comprenant qu'elle avait les données sur elle depuis tout ce temps. Elle va pour doubler son coup de genou d'une manchette à la tempe quand une décharge incapacitante lui fait danser une moche crise épileptique sur le tapis.

---

27. Casse, frappe.

L'une se compisse, l'autre se dégouème sur les genoux. Elijah hésite entre le rire et la consternation, Bambino se penche pour ramasser le galet de données qui a miraculeusement échappé au jet de gerbe. Il passe un bras sous l'aisselle de John qui se masse l'aine en louchant encore un peu.

— Allez, suivez-moi, on va voir la frangine. Voir ce qu'elle a à dire de votre proposition. D'autant que les nouveaux termes du contrat risquent de changer pas mal de choses.

— De quoi y jacte, le monstre de foire ? grince John en aparté.

— Faudra voir avec Lucy. Elle m'a utilisé pour lui faire passer un message, et je ne me souviens plus de rien…, chuchote Elijah.

— Ouais, putain, je déteste quand elle fait ça !

*

Ils débarquent dans un sous-sol aux allures de garage spatial. Des bouts de moteurs à antimatière côtoient de la tôle ondulée, des caisses d'explosifs dégueulent leur contenu sur le béton, des armes démontées jonchent le sol, des grenades et même des mines spatiales traînent çà et là. Un effroyable fourbi de machins et de bidules auxquels Elijah n'entrave rien mais qui ont l'air de foutre les favettes[28] à son capitaine.

28. Les miquettes, la trouille, les jetons.

Au fond de cette casse souterraine une porte entrebâillée laisse échapper un filet de musique.

« *It ain't me, it ain't me, I ain't no senator's son !* »

La lumière intermittente d'un poste à soudure emplit l'ouverture en rythme avec la musique. Bambino arrête la bande d'un geste et s'avance de trois pas en prenant soin de ne pas mettre les pieds n'importe où. John suit son évolution, une goutte de sueur sur la tempe, puis se tourne vers Eli qui l'interroge du regard sans sourciller. Cobrastar gonfle ses joues et soupire.

— Heureux les simples d'esprit.

— Quoi ? demande Eli.

— Il y a assez d'armes et d'explosifs ici pour faire péter la moitié de Tartarus.

— Oh…

— Ouais, et comme tu devrais t'en rendre compte, le rangement n'a pas l'air d'être la première qualité de la maîtresse de maison.

Bambino gueule :

— Tiny ! On a du monde !… Tiny, bordel ! Sors de là qu'on cause !

Autant causer à un porc qui s'encourcoule[29] sa ration de glands. La lourde ne bouge pas d'un centimètre, la musique et le rythme de soudure ne faiblissent pas.

— L'est p't-être sourde, la frangine, chuchote John.

---

29. Manger avec délicatesse et maintien.

Et il jette un regard éloquent aux explosifs. Cette fois Anjer Bambino Fälle y va de sa grosse voix :

— Bon Dieu, Tiny Boom Fälle, ramène ton cul de merdeuse ! Y a p't-être des nouvelles du patriarche…

Le monstre n'a pas le temps de finir qu'un elfe crasseux s'éjecte par l'encablure. L'apparition vient s'arrêter en titubant à un doigt de pieds d'une mine à plasma, laquelle, à en juger par le clignotement sur sa face interne, est armée. À l'intérieur d'un bleu de travail couvert de cambouis on devine une silhouette vaguement humaine. La combi est trop grande de trois tailles, l'elfe a coupé les manches et les jambes, ça s'effiloche de partout. Tifs rasés sur les tempes, le haut du crâne s'orne de longs cheveux en pétard étonnamment propres. Des lunettes de soudure noires ceignent un bandana de tête graisseux qui devait être rouge au siècle dernier. La tête penchée sur le côté et les yeux écarquillés comme s'il s'était envoyé un méchant shoot, le lutin dévisage son frère. Il approche en sautillant au milieu des engins de mort, complètement dégui-nianché[30], mais souple. Il se plante à deux centimètres du blair de Bambino et le bigle les yeux fous, la tête toujours de travers, un sourire enfantin extatique, craignos, sur la bouille crasseuse.

— T'as des nouvelles de pépé ?

— Ça se pourrait, faut qu'on en discute avec le capitaine Cobrastar là-derrière.

---

30. Disloqué, déhanché ; les articulations qui se font la malle.

L'elfe se penche sur le côté, les pieds plantés au sol et le buste à presque quatre-vingt-dix degrés. La voilà qui louche sur John en se concentrant et ça lui fait une drôle de tronche. Elle reprend la danse qui semble lui servir de moyen de locomotion et se plante devant Cobrastar. Elle essaye de se redresser. On sent l'effort, la concentration, l'énergie surhumaine, l'univers qui tente de passer par le chas d'une aiguille et qui y réussit presque. Elle se la joue nippone, salue en se baissant et hurle :

— Oh putain de merde de salope ! Enchantée, capitaine ! C't'un honneur de vous rencontrer !

Et puis elle tourne sa tête à cent quatre-vingts degrés vers son frère, sourire triomphant genre « T'as vu comme je sais me tenir ?! » ; cent quatre-vingts degrés retour.

— Vous connaissez papi Agamemnon, capitaine ?

— Qu'est-ce que c'est que ce bordel ! Z'êtes les piozous[31] d'Agamemnon ? éructe John.

Elijah se met à baver alors que sa mémoire se débloque.

— C'est ça qu'a promis Lucy par mon intermédiaire ! Des infos sur leur grand-père contre de l'aide !

— C'était le deal, en effet ! grogne la brutasse.

Tiny Boom découvre à cet instant Elijah, qu'elle n'avait pas encore vu, planqué derrière les deux pirates. Y a comme un court-circuit dans ses hauteurs, un de plus en tout cas. Elle se met à trembler, Creedence qui fournissait encore le fond

31. Les petits, les chiares, ici les petits-enfants.

sonore à travers de grosses enceintes dégrapelées se met à déraper et laisse tendrement la place :

« *Say my name, say my name. If no one is around you. Say baby I love you. If you ain't runnin' game. Say my name, say my name.* »

L'elfe des casses autos se glisse vers Elijah, elle virevolte, la danse est saccadée autour du garçon. Elle s'immobilise dans son dos et lui renifle la nuque avant d'expirer d'extase, le buste renversé en arrière et les yeux révulsés. Elle se met accroupie puis se relève en lui tournant autour pour inspecter chaque centimètre du gamin. Il n'en mène pas large.

— Tu sens bon, toi, tu me plais, pis, t'es beau ! T'es qui ?

— Elijah, un membre de mon équipage, répond Cobrastar, hilare.

Le « Salut » d'Elijah lui reste pendu à la glotte comme un alpiniste qu'embrasserait une stalactite des deux piolets.

— Salut, beau mec ! poursuit Tiny. Capitaine Cobrastar, tu me le donnes ?

— J'ai bien peur que ça ne soit pas possible, Tiny. Il vient d'une Ostrakia…

Sursaut de l'elfe :

— J'le veux !

— … Et j'ai une dette de responsabilité envers lui.

— Ohhh, fait-elle, dépitée.

Elijah n'a pas tout compris mais il est bizarrement soulagé et déçu à la fois. Tiny Boom repart vers son frère, sautillant en marche arrière au milieu du bordel explosif de sa réserve.

Elle ne quitte pas Elijah du regard et lui jette clins d'œil et baisers maladroits. Le cœur de John rate quelques battements, la dingue va foutre le pied sur un truc à pas toucher et tous les envoyer chiquer les barabans[32] par la racine. Elle arrive miraculeusement aux côtés de son frangin sans que personne n'ait perdu de membre. Elle lui chuchote à l'oreille, il fait non de la tête et elle fait la bobe. Il se penche, chuchote à son tour à l'oreille de sa sœur, s'ensuit un conciliabule silencieux durant lequel la petite crasseuse gesticule, jongle avec une grenade, divers explosifs, l'air concentré sur ce que lui dit son frangin. Elle est aussi survoltée que son frère semble posé.

John n'en revient pas de tomber sur des descendants d'Agamemnon. Ce dernier n'a pas eu d'enfants, de mémoire commune en tout cas, et il est mort à bord de son vaisseau en baisant Phaetor, alors en ce qui concerne la reproduction à la sauvage après la guerre, il pouvait repasser. Dur de jouer à la bête à deux dos éparpillé dans l'espace en tout petits morceaux. Clonage ? Non, aucun des deux ne ressemble aux portraits du vieux, et puis ils se réclament de la troisième génération. Comme tous les pirates, Agamemnon devait bien avoir une régulière et des amours passagères, mais il n'en a jamais entendu parler. Un mystère à dénouer avec son père. Ou plutôt avec Lucy, qu'est-ce que c'est que cette combine qu'elle leur monte ? Il ouvre son esprit et sollicite son second. L'IA comprend en un instant et se manifeste en gloussant.

---

32. Pissenlits, très surfaits en salade.

— J'ai des infos sur Agamemnon qui peuvent nous éviter de sortir des crédits que nous n'avons pas.

— T'en as d'autres, des comme ça ? Des infos que je devrais avoir mais que t'oublies commodément de mentionner ?

Lucy a l'habitude de pirater toutes les banques de données qui passent à portée de ses capteurs, à dire vrai elle doit posséder plus de dossiers compromettants et d'histoires croustillantes que la Rumeur lui-même. Il se souvient de son comportement boulimique quand il l'a tirée du labo où elle était confinée, elle s'est jetée sur toutes les banques de données de *La Buse*, puis sur l'extranet. Elle a même failli s'y paumer.

La joute familiale prend fin quand Tiny Boom rate un énième numéro de jonglerie. Une grenade dégoupillée roule par terre. Tout le monde s'aplate au sol. Tiny se baisse, ramasse la machine à viande hachée et la balance dans un cuchon de merdes à l'autre bout de la pièce. Une barrière cinétique s'élève autour et la pièce s'illumine d'un bleu à vous filer des piquerlles. La barrière tombe, ça pue l'ozone, plus de tas de cochonneries, sol, murs et plafonds sont noircis, enfoncés. Et la gosse regarde tout le monde l'air réjoui. Elle s'en va défaillir, Tiny Boom, pour un peu elle tomberait dans les vapes tellement c'était beau. Elle ne saisit pas pourquoi tout le monde est au sol et John comprend le « Boom » dans le prénom. Complètement fondue, la gamine.

— C't'OK pour moi, cap'taine ! On vient avec vous !

— Comment ça, vous venez avec nous ? geint Cobrastar.

Elle se remet à danser vers son antre, ses sourcils font la vague en direction d'Eli.

« *I have often walked down this street before, but the pavement always stayed beneath my feet before...* »

*

Ils se retrouvent dans une pièce cossue qui fait office tout à la fois de salon, de musée de la piraterie, de bureau et de fumoir. Le temps de remonter de l'antre de la frangine, BlackFury s'est pris une demi-douzaine de décharges incapacitantes. Elle a toujours la force de jurer et essaie de sauter à la gorge de Cobrastar, qui se penche sur elle pour prendre des nouvelles. Pour le bien de la jeune femme et celui du tapis des Fälle qui ressemble de plus en plus à un De Kooning de sécrétions humaines variées, Bambino décide de la placer dans une cellule commodément située non loin de l'entrée.

Le salon recouvert de tapisseries à la gloire de batailles variées est hérissé de maquettes de navires pirates sous verre.

— Y a pas, l'a une sacrée collection, le Bambino !

John est penché sur les maquettes. Il connaît tous ces navires de nom, mais n'en a jamais vu aucun qu'en peinture ou en diagrammes incomplets. Il n'y a que celui de son vieux qu'il connaît à fond. Presque toute la flotte pirate des grandes guerres est présente, des vedettes rapides aux croiseurs les plus imposants, même sa petite *Buse.* Il y a là des centaines d'années d'histoire pirate. Dans des niches aux murs, des fragments d'uniformes, des armes de poing de légende. Il s'arrête devant un vaisseau superbe, un monstre de plus de huit cents mètres. Il le connaît sans l'avoir jamais vu. Son père lui en bat les roustons depuis qu'il est capable de tirer de la bouffe de ses narines. Les courbes et l'armement. Celui-là trône à une place de choix dans la collection des Fälle, légèrement surélevé.

— Le *Mycénion*… Y a juste une couille au niveau des tuyères d'échappement. Trop proches des batteries secondaires. Elles étaient situées plus en arrière, dérivées vers les ponts supérieurs.

— C'était pas sur les plans…, s'étonne Bambino.

— C'est mon vieux qu'a fait les modifs. Agamemnon était trop occupé par son labo… De l'ingénierie pratique, qu'il lui manquait à ton grand-vieux, d'après Tito. Il passait plus de temps à corriger les conneries de son vaisseau qu'à s'occuper du sien, qu'y dit… Si c'est bien ton grand-père…

— Il l'est. Elijah le sait, pourquoi pas toi ? C'est toi, le patron, non ?

— C'est un peu plus compliqué. Disons que mon officier des communications resté sur *La Buse* et qui s'occupe aussi du renseignement avait oublié de me tenir au courant. Il a prévenu Eli quand il t'a réclamé de l'aide. Moi, j'étais disons… indisponible…

C'est à ce moment que Lucy se manifeste.

— On y est, John, il va te demander les infos que nous lui avons promises sur son grand-père.

— Et quelles sont-elles, ces informations, ma toute belle ? crache-t-il tout haut.

Bambino hausse les sourcils. Il se passe un truc. L'officier des renseignements doit être en train de se faire engueuler. Et ça lui court un peu au grand frère Fälle, parce que aucune communication extérieure ne devrait pouvoir passer chez lui.

— L'emplacement de l'épave du *Mycénion*.

Équivalent d'un silence dans la tête de John, puis explosion de colère vite maîtrisée.

— Eh bah, ma caraque, tu manques pas de culot ! Tu notes la politesse ? Je t'ouvre un peu plus mes pensées ou ma rogne te paraît suffisamment claire ?

— Je suis désolée, John, ça fait partie d'un passé dont on avait convenu de ne jamais parler.

— Commence à me les briser menu, ton passé, tes petits secrets itou. Va vraiment falloir qu'on reparle de cette association. J'ai comme l'impression que tu pioches bien plus librement dans le vide intersidéral entre mes deux cages à miel que tu ne partages ce qui te sert de mémoire. L'épave du *Mycénion* ! C'est le genre de trucs dont je pourrais rêver la nuit ! Quelle épave d'ailleurs ? Il est censé s'être disloqué en heurtant le *Gygès* de Phaetor ! Pas de survivants ! Explosion mini-supernova !

— Il ne reste pas grand-chose mais suffisamment pour que les Fälle réclament leur héritage.

— Un héritage ? À part mon dabe, la plupart des capitaines en veulent encore à Agamemnon. Il a rien laissé si ce n'est une bile populaire qui leur sera difficile à digérer, tout tabazuts[33] qu'y soient ! Attends, attends… C'est pour ça que la petite drouille du sous-sol a dit qu'ils nous accompagnaient ?

— Tu as besoin d'eux, capitaine.

— Tu donnes dans le titre maintenant que t'es dans la merde ?

— Il te faut un équipage un peu plus étoffé qu'un psychotique qui ne se contrôle que les deux tiers du temps et une IA cachottière.

— OK, OK…

Elle se traite elle-même d'IA. On fait pas pire contrition pour Lucy. John respire.

— Et tu sais vraiment où obtenir ce qu'ils veulent ? Et dans un état qui les satisfera ? J'ai pas besoin de membres d'équipage mécontents.

— Ne t'en fais pas, un morceau de coque leur suffirait. Je n'ai jamais rencontré d'êtres aussi avides de reconnaissance. Même toi, tu joues petit.

— Mouais… S'agirait pas que les Fälle me plantent dans le dos parce qu'ils ont eu l'impression de se faire agourrer[34].

---

33. Fous, tarés, perchés, vrillés, etc.

34. Repasser, tromper, arnaquer.

L'échange avec Lucy n'a duré que quelques secondes, ô magie du temps psychique ! Bambino le regarde avec une drôle de gueule.

— Je vais pas te demander comment ton officier des com a pu passer mes sécurités et te contacter ici, mais un tel crack devrait pouvoir s'occuper de tes données…

— C'est compliqué, mon bouju[35]… Mais j'ai besoin de vous, effectivement. Mon équipage est un peu léger et vous seriez un atout de taille. Pour les données, le paiement sera l'épave du *Mycénion*. Si vous signez avec moi, ce sera le contrat standard des Frères de la côte. Et comme me l'a fait remarquer Lucy, mon officier des com, vous mettre sous mes ordres lorsque votre ascendance sera vérifiée vous protégera de pas mal de rancœurs.

— Les conditions sont correctes, capitaine.

— Te précipite pas. Je ne sais pas du tout ce qu'on va trouver à l'emplacement du *Mycénion*. Si ce que tu cherches n'y est pas, hors de question que tu nous en tiennes pour responsables. D'après mon officier, le site est inviolé depuis l'explosion du *Gygès*. Ça peut être de la poussière comme un pôv' bout de carcasse…

— Ça nous va. On n'en demande pas plus.

Il est bougon, le mastard, mais il est convaincant. Malgré lui, John commence à s'attacher à ce misfit. Pour la sœur, il ne sait pas encore. Comme le lui a fait remarquer Lucy, il a déjà

---

35. Bon gros.

un baril de poudre en la personne d'Elijah, alors un deuxième, encore plus trépané qu'Eli… Mais ils ont les codes de la flibuste chevillés au corps, ces Fälle, et sans être intégristes. Ils collectionnent les souvenirs, bien sûr, mais ils restent assez souples sur les règles. Surtout sur le paiement de leurs services, et vu l'état des finances, ça l'arrange plutôt.

— Restent donc la question des données et celle de l'embarquement à bord de *La Buse*. On sera serrés, vous n'emporterez que le strict nécessaire, quelle que soit la destination. Et ta sœur laisse ses marottes explosives ici !

— Bien, capitaine. Je lui parlerai.

— Et ça suffira ?

— Laissez-moi m'en charger.

— Tu passes au vouvoiement ?

— Sauf si ça ne vous convient pas.

— Restes-en à « tu ». Alors ces données ?

— Elles sont traduites.

— Quand…

— Pendant qu'on discutait, j'ai lancé un programme.

— Tu rigoles ? Mon vieux y a passé une après-midi sans rien en tirer !

— Ouais, c'est bizarre. Je suis meilleur que lui, mais il aurait dû y arriver. Je pense qu'il ne s'est pas donné la peine.

— Voyez-vous ça…

— Ton père aurait voulu te mettre en cheville avec les Fälle qu'il s'y serait pas pris autrement, les interrompt soudain Eli.

Les deux pirates le biglent, estomaqués. Ils avaient complètement oublié sa présence.

— … Et puis ton tête-à-tête avec BlackFury… Franchement, pas besoin d'être un génie pour relier les points, sans compter que personne n'a essayé de te sauter dessus depuis ton arrivée. Maintenant que t'as la chasseuse de primes, les données décryptées et un semblant d'équipage, la merde va pleuvoir par baignoires.

Cobrastar ne s'arrête pas de fixer le gringalet.

— Lucy ? Tu jactes par sa bouche ?

— Je n'y suis pour rien.

Bambino sursaute et regarde dans tous les sens. Il a été intégré à la conversation par Lucy maintenant qu'il fait partie de la bande. Et vu comme il se détranche les gobilles, l'IA a dû accompagner ça d'un cours accéléré sur sa nature et sa fonction au sein de l'équipage. D'ailleurs elle poursuit comme si de rien n'était :

— Je crois que notre Eli a une intuition analytique bien supérieure à la tienne, John…

— Manquait plus que ça. Ben, mon petit Eli, tu vas peut-être pouvoir me dire quel sera notre prochain coup ?

— Payer Bambino et Tiny Boom ?

Un regard à la brutasse confirme à John que le gamin a vu juste.

— Tu me donneras pas les données avant, c'est ça ?

— Même pas en rêve, capitaine. Je peux seulement te dire

qu'une fois récupérées, tu auras encore besoin de mes talents.

— Hmm ?

— Les données qu'on a ne sont pas exploitables en l'état. C'est comme un puzzle, il manque des pièces.

John grogne. La Rumeur, l'immonde petit tas de merde… Il voulait sûrement faire cracher un peu plus de fric à l'UI et aura divisé les données. Et ce taré de Snyssken qui l'a coupé en deux…

— La Rumeur est cané, Snyssken l'a étripé devant nous. Comment on récupère le reste ? lâche Eli.

— Vous avez croisé Snyssken ?!

— Pour les détails, demande à Lucy. Mais c'est plus ou moins grâce à lui que j'ai les données et qu'Eli est vivant.

— M'est avis qu'il va me falloir un paquet de détails.

— Lucy ? Une idée pour la Rumeur ?

— Dans une de ses planques ? Il était censé en avoir un peu partout.

— On va p't-être pas se farcir tout l'espace de l'Union à la recherche de planques probablement fictives.

— La principauté helvégasque, assène calmement Bambino. J'ai déjà dû hacker la Rumeur à plusieurs reprises.

Des sourcils se lèvent.

— Je lui ai peut-être vendu des programmes de chiffrage.

— En laissant une porte de derrière ouverte au cas où t'en ai besoin, c'est ça ?

— T'as vu ma frangine ? Pour la sortir de cabane mieux

vaut avoir un paquet d'options. Et la Rumeur avait tout un tas d'infos utiles, et de comptes discrets…

— Je te jette pas la pierre, vu la drouille[36]. Moi, j'y aurais vidé ses comptes et vendu au Syndicat.

— En tout cas je me souviens clairement de gros mouvements de données dirigés vers la lune de Stentor, du débit à sens unique. Il doit y avoir son serveur et sa planque principale. C'est là qu'il stockait en majorité.

— Maintenant qu'il est vaporisé, l'accès va pas être simple. Et puis ça fait un moment que j'ai pas mis les pieds sur le Caillou.

— C'est quoi, cette principauté ? s'étonne Eli.

— La version rupine de Dead Man's Point, le concept de neutralité en plus, le charme pirate en moins et du fin de race qui te lubrifie au caviar avant de te chercher les amygdales depuis le fondement, crache Bambino.

— Toutes les saloperies que tu imagines enrobées d'un joli verni.

— La grande majorité des capitaux de l'économie parallèle passe par là. Esclavagistes, gros bonnets du Syndicat, politiques, conglomérats… Tapis rouge avec la bénédiction de l'UI. Mériteraient qu'on y lâche un bousat de quelques kilotonnes…

— Pas faux, mais si je me souviens bien, nos vieux avaient trouvé plus judicieux d'y faire ponctuellement leurs emplettes.

---

36. Saloperie, saleté, chose malpropre et sale.

De toute façon, tu oublies, on n'a ni les effectifs ni la puissance de feu pour ça.

— Suffit de demander à la frangine, capitaine.

— M'en veut pas, le simien, mais je vais passer sur ce coup-là. La crasseuse, tu la tiens loin des explosifs. Le plus urgent, c'est le *Mycénion*, ma part du marché.

— On est raccord sur ce point, capitaine.

*

— Tu te payes ma grogne ? Le plus formidable navire pirate jamais conçu est planqué ici, sur Tartarus ? Il a fait le chemin depuis Réon 5 ? Estrapané[37] aux trois quarts pour se poser pépère en plein cœur de la plus dangereuse zone de tempêtes électromagnétiques de l'univers connu ?

La conversation sur les émoluments des Fälle prend un tour intéressant. Cobrastar marque une pause.

— Et tout ça, tu l'as appris… ?

— En piratant ton père.

— D'accord…

Cobrastar vide le verre de gnôle que Bambino lui a servi et se passe les moufles sur le museau.

— Faut vraiment qu'on ait encore cette discussion sur la vie privée ?

37. Défoncé, abîmé, en perte d'intégrité.

— Mais, John…

— Ouais, je sais ce que j'ai dit. En général on s'en bat, mais pas la mienne.

— C'est celle de ton père.

— T'as toujours du mal avec le concept de famille, hein ?

Le problème avec Lucy, c'est qu'elle ne réfléchit pas comme son capitaine. Son plus gros défaut, c'est ça. Et c'est pas faute de farfouiller dans son crâne quand il pionce. Mais faut croire que ça ne l'aide pas à saisir le fonctionnement du pirate. Eli, ça va, il est cassé, c'est comme faire de la couture ou du crochet. Relier des points, les consolider, reprendre les mailles les plus faibles. Bien sûr il est opaque à sa façon mais il fonctionne presque comme son propre réseau neuronal. Ça l'aide à le rafistoler. Bambino est assez simple, pour un humain. Tiny Boom… Lucy n'a fait qu'effleurer la surface et s'est pris la seule et unique mandale de sa vie.

— Mais tu es content que j'aie trouvé ces informations ?

— Ouais…

— Capitaine, tu es complètement incohérent.

— … T'as les coordonnées du bordel ?

— Une approximation, mes senseurs ne peuvent pas passer les tempêtes.

— C'est gentil comme réponse, parce que avec *La Buse* on peut pas s'approcher de l'œil de l'ouragan. Je me trompe ?

— Non, capitaine, et je tiens à rappeler qu'on ne sait pas ce qu'il reste du *Mycénion* non plus.

— Dis voir, le gros ! T'aurais pas une idée pour récupérer ton paiement ? Parce que ça me paraît mal emmanché, cette histoire.

Bambino ne l'ouvre pas. Ça fait des dizaines d'années qu'aucun vaisseau ne s'est risqué dans les tempêtes.

— Moi, je sais ! Moi, je sais ! C'est qui, qui sait ? C'est MOAAAA !!! Vous, madame la comtesse ? Vraiment, mon bon, je vous assure ! D'une simplicité enfantine !

Tiny Boom s'est miraculeusement glissée dans le salon sans se faire remarquer, elle parle à une peluche mitée, un accent de la haute aux lèvres.

— Touche pas ma cervelle, punaise ! Capitaine, dites-lui de pas triforgner dans ma tronche ou elle va finir berchu[38], la Lucy !

Un cri d'indignation psychique résonne dans les têtes. Il semblerait que la gamine sache se défaire assez facilement des indiscrétions de l'IA.

— Vite, vite ! Racontez-moi tout, comtesse Petit Koala rose ! Oh !!! Rien de plus simple, ma chère, il suffit de récupérer une vieille navette d'exploration météo nomade ! Prodigieux, ma chère, mais où trouver pareille merveille ? Figurez-vous que j'en ai acheté une à ce cher duc Red qui la vendait pour le compte de l'un de ses métayers pas plus tard que le mois dernier. Fabuleux, comtesse ! Et vous nous la prêteriez ? Mais bien évidemment, cher amour, je ne peux

38. À qui il manque une ou plusieurs dents.

rien vous refuser, vous le savez bien. D'toute façon, je voulais y cloquer des lanceurs Hermès mais j'arrive pas à trouver de têtes nucléaires. Par contre, elle est cafie[39] de pétards et mon blindage nomade renforcé résisterait à trois neunœils apocalyptiques de Tartarus ! Fouilla, ma chère, vous êtes vraiment un pur génie ! Non, non, c'est si peu de chose, je vous assure ! Mais non ! Mais non ! Tout cela est positivement fascinant, et par curiosité, comment comptiez-vous monter des lanceurs nucléaires sur un navire faisant un tiers de la taille de chaque lanceur ? Eh bien, ma douce, c'est là toute l'astuce…

Personne ne moufte. On se regarde, la petite a clairement pris un coup sur le gandeau[40], mais elle est loin d'être débile. Elle continue ses explications avec la charogne qui lui sert de peluche, se raidit d'un coup et beurle à l'adresse de Lucy :

— Oh, la babielle[41] ! Fouille-moi ça, c'est les spécifications du barlut[42] !

Elle retourne à son dialogue et se met en devoir de présenter Eli, gentilhomme ostrakien de son état, à sa pelure mitée qui trouve décidément au garçon une mine et un port fort convenables. Des traits d'une haute naissance, assurément ! Cobrastar se tourne vers Bambino :

— Qu'est-ce t'en dis, brutasse ?

---

39. Rempli, plein à ras bord.

40. Petite gamelle en fer-blanc.

41. Commère.

42. Bateau de pêche.

— C'est pas une navette météo. Un gros parpaing avec un moteur anti-grav au mieux…

— Les modifications de la « comtesse » sont néanmoins remarquables, coupe Lucy.

— Ça volera ?

— Difficile à dire, capitaine. Mais Tiny sait ce qu'elle fait quand il s'agit d'ingénierie. Le but de ces navettes était à l'origine l'exploration de la planète. Elles étaient déjà capables de traverser le gros du maelström à leur fabrication. Les modifications de la petite comtesse ont ajouté un surplus de puissance et des armes… Beaucoup d'armes. La navette sera bien plus difficile à piloter mais elle protégera ses occupants.

— Je suppose que son interface ne te permettra pas de te coupler aux systèmes pour nous filer un coup de main.

— Non non non, c'est moi qui pilote ! J'adore piloter ! la ramène Tiny. Tu verras Eli, je suis la meilleure pilote de la galaxie.

— Je ne pourrai pas vous assister, John, reprend Lucy.

John n'aime pas ça. Il sait pouvoir compter sur l'IA en cas de pépin. Et là, dans une petite navette avec tous ces phénomènes de foire et une pilote complètement barrée… Beauseigne ! Va pas être jojo, le viron dans la tempête.

CEINTURE D'ASTÉROÏDES DU SCORPION, DANCING MITEUX

Une cagne à l'entrejambe, et l'officier dégouème son petit déjeuner, la gueule dans les tripes de son supérieur éviscéré.

— Doucement, on a besoin de noms, Saturday ! Les Nakatomi n'ont pas d'autre piste que ces sacs à merde.

Le grand qui fait preuve de tant de sagesse, c'est Boogie, le frère de Saturday. Il relève légèrement son patte d'eph au niveau des cuisses et se cale à cacasson au-dessus du capitaine. Ou peut-être du major ?… Il s'en cogne, il n'a jamais rien pané aux grades de la soldatesque. En tout cas, le type repart pour une autre tournée de bile. Boogie penche son afro sur le visage bigleux du mercenaire. Faut reconnaître ça au petit, il a plus de kiwis que son supérieur. Il lui colle son calibre dans l'orbite, duquel pendouille un globe éclaté. Il fourrage un poil dedans, laisse gueuler l'autre une ou deux secondes avant de retirer l'arme et d'en essuyer le canon sur la chemise du macchab en puissance. Il range son feu sous le veston en daim qui épouse sa chemise à jabot violette. Ça lui va au teint. Si son frère est blanc comme un cul, lui est noir comme de la graisse au molybdène. Saturday s'est penché à ses côtés et regarde le pauvre gars se vider. Boogie, ça l'a toujours épaté, ce genre de mec. Il aurait pu faire carrière dans la régulière avec une paire pareille, il aurait fini décoré, héros de guerre. Mais non ! Il a choisi le mercenariat et le voilà borniquet, une bastos dans le genou et p't-être bien une torsion testiculaire en sus. Sûrement le cadet de ses soucis, d'ailleurs.

— Allez, sois raisonnable, gamin, on sait que t'as pas participé au massacre des scientifiques ni au vol des données. On n'est pas si carne que ça, dis-nous ce qu'on veut et on te jette à l'hosto, entreprend Saturday.

— Tâche moyen de t'en tirer vivant, petit, renchérit Boogie. T'es jeune, t'es con et tu le serais encore plus de caner pour des niaiseries pareilles.

Le mercenaire redresse légèrement la tête. Saturday voit dans son regard qu'il aimerait lui chier une platée de cramaillats[43] sur la permanente mais il en peut plus, le gosse. Et ça lui fait de la peine. Voir vaciller et s'éteindre la flamme dans un regard comme le sien, c'est toujours triste. Mais ça finit toujours comme ça, toujours. À eux aussi, ça leur est arrivé, mais si on le veut on la retrouve, cette flamme, et alors là, le Disco ne vous quitte plus. Saturday se déloque une flasque de la poche et colle le goulot aux lèvres du gamin. Il s'étouffe à moitié mais il boit.

— Courles-en mieux, petit ! Ça te fera du bien.

Il prend ensuite un mouchoir de soie doré assorti à ses lunettes étoilées et le tend au mercenaire qui s'en empare le

43. Glaire, molard, crachat.

regard vide. Celui-ci s'essuie les lèvres. Les frères se regardent, il va parler.

— C'est la Rumeur qu'a tout organisé. Il avait plusieurs acheteurs potentiels. Des conglomérats, l'UI, le Syndicat…

— On sait tout ça, petit. Ce qu'on veut savoir, c'est qui était directement impliqué.

— La Compagnie du Désespoir… Nous.

— Ça, c'est réglé, fait Boogie en regardant le carnage dans la boîte de nuit. Qui d'autre ?

— Un Space Marshal. Thondon, je crois.

— Thompson ? rectifie Saturday en jetant un regard lourd à son frère.

— Oui, c'est ça.

— Qui d'autre ?

— Personne à ma connaissance, je vous jure.

— C'est bien, gamin, pitanche un coup de plus.

Il lui donne une nouvelle rasade et fait un signe à son frère.

Les Disco Boys se relèvent et font quelques pas au milieu de la barbaque.

— Alors le patron des Space Marshals ?

— Mouais…

— Ça devient fatigant, ce taf.

— Bof, on le chopera comme les autres. Tu crois qu'on prévient Nakatomi ?

— Je vois pas pourquoi, d'abord un contrat sur la Rumeur puis il nous balance les infos sur la Compagnie du Désespoir.

Tous ceux qui ont trempé dans le truc, il a dit. Pour un type comme lui, le directeur des Space Marshals, c'est du kif. Tu verras que le prochain sera le prince héritier helvégasque…

— Ça me dérangerait pas. Rancunier, le vieux.

— Ouais.

— Et le gamin ?

— Tu veux lui en coller une ?

— Non et toi ?

— Non, il me plaît. Il en a et puis il fait pas vraiment partie du contrat. File-lui une dose de medikit, je le traîne dehors. On le jettera à l'hosto en partant.

Saturday stabilise le gamin et Boogie se le carre sur l'épaule. Ils sortent tous les trois du bâtiment. Saturday revient quelques instants plus tard dans la salle. Il pose un gros Boombox à l'entrée et deux jerrycans.

« *When you wish upon a star your dream will take you very far, but when you wish upon a dream life ain't always what it seems…* »

Il arrose généreusement les murs et les cadavres du contenu des jerrycans. Impossible de savoir comment il s'y retrouve avec ses lunettes noires. Il danse au taf, Saturday, il évite une flaque de rouge, tourne sur lui-même, dégaine et farcit un crâne de plomb, il en défonce un autre et reprend l'arrosage en dansant. S'agirait de pas faire cramer un type vivant, on n'est pas des bêtes après tout. Une allumette en sortant de la place forte. Boogie démarre, ils ont un gamin à poser chez le véto. Il y a comme un gros *boom* dans le fond.

TARTARUS, EN PLEINE TEMPÊTE

Il n'aura pas fallu longtemps pour convaincre le capitaine. Les voilà à charger le parpaing rose de Tiny dans un hangar que le frère et la sœur ont acheté au spatioport. La navette vaut le détour. Têtes de cochons dessinées sur la coque, au milieu de drapeaux de pirates stylisés, du noir, du rose, beaucoup de rose… Des princesses, licornes et bisounours rencontrent les griffes de la nuit et les abattoirs locaux en une fresque psychédélique et flippante. Sur un côté, peinte en grand, une immense pin-up à cheveux roux joue à la dînette avec des peluches miteuses. Vêtue d'un bleu de travail qui ne doit pas l'aider, vu comme il lui moule l'arrière-train et sa poitrine généreuse comprimée, elle vous balance un regard à enflammer le frigo qui vous porte direct au cerveau reptilien. Elijah en est si remué qu'il rate les mots « *Tiny's secret garden* » calligraphiés à la sauvage sous la fresque, il bloque sur les formes de la belle mécano. Cobrastar aussi a dû rater la légende :

— C'est qui, la somptueuse rouquine qui prend le thé au milieu des charognes ?

Tiny devient toute rouge.

— J'comprends pas, Cap !

Cobrastar s'apprête à préciser sa pensée, quand il voit enfin la légende de l'œuvre.

— C'est rien, Tiny, j'appréciais juste ton coup de pinceau, belle représentation, tout en couleurs et tout et tout…

Il s'éloigne de la partie frappadingue de la famille Fälle et effectue une retraite prudente. Eli, qui a fini par saisir, mesure l'abysse séparant l'artiste de son autoportrait. Voilà Tiny qui, au ralenti, part en arrière et pose ses mains au sol pour faire un pont. Elle recule tranquillement dans cette position vers Eli et le bigle par en dessous :

— J'te plais ? Je veux bien jouer quand on aura le temps, beau gars. Mais il faudra que tu demandes la permission à Bambino.

Eli n'a pas le temps de répondre que Bambino renvoie la gamine aux préparatifs de la navette. BlackFury regarde tout ça du banc de touche. Une trêve fragile s'est installée entre Cobrastar et la chasseuse de primes. Il évite de s'approcher d'elle et, de son côté, la jeune femme refrène ses pulsions violentes.

*

Pour le confort on repassera. Il en a mal au cul avant même le décollage, Elijah. En plus, il se retrouve assis à côté de la chasseuse de primes furax. En face, Bambino difficilement sanglé sur un banc prévu pour trois personnes l'observe sereinement. Il est aux aguets, l'air de rien. Elle ne voulait pas monter, la barmaid, elle faisait la difficile. Seuls un calibre sur la tempe et une messe basse de Tiny ont eu raison de ses réticences. Dans le cockpit, Tiny bavasse en continu. Ça ne le rassure pas des masses, Elijah.

Le bordel se déclare sans crier gare. Il n'y a pas de hublots dans la brique volante, ça gigote et c'est tout. Eli fait connaissance avec le mal des transports, l'intestin grêle sur les molaires. Bambino, les yeux étrécits comme avant la sieste, s'avachit un peu plus sur son banc à chaque secousse.

Ça les a cueillis dans un trou d'air et c'est venu du sol en ronflant. Un petit grognement de bourdon, ça schlingue l'ozone, Cobrastar et Tiny beurlent en même temps. Tir de plasma lourd. Ça réveille BlackFury et distraie Eli de ses crampes de bidon, mais pour le gigantopithèque, que dalle. Il ronfle. Une seconde explosion qui éventre un coin de la soute lui soulève un store lourd comme un supertanker. Un air saturé d'électricité et de particules métalliques se rue dans le moellon planant. Bambino coule un regard bovin et ennuyé à la brèche et reporte son attention sur la chasseuse de primes, qui commence à hurler. Il hausse les épaules et sourit à Elijah, complètement dégrisé par l'explosion. Le gamin sent la navette chuter et les efforts de Tiny et de Cobrastar pour amortir le désastre. Soudain, la voix calme d'une hôtesse de l'air rugit par-dessus la gueulante combinée du vent et de BlackFury.

— Madame, messieurs. La pilote, grande comtesse du Petit Prout, est au regret de vous informer qu'un crash imminent est sur le point de vous claquer le beignet. Veuillez vous mettre en position de sécurité. À cette fin, passez votre jambe droite par-dessus l'épaule droite, la main gauche sous les fesses. Pour plus de sûreté, il vous est fortement conseillé de faire des vagues avec le bras droit. Renversez la tête en arrière et videz-vous les gants de toilette en beurlant comme des déments.

Une embardée fait taire Tiny Boom, qui imprime à la brique un virage bien serré. La voix d'hôtesse reprend :

— Madame, messieurs, veuillez serrer votre cul-cul, va y avoir du pétage de fion dans pas plus tard que tout de suite !

*

— P'tain ! L'encore intact, le cuchon, sergent !

— Je vois ça, trou de balle ! répond une voix dans la radio.

— J'y balance une autre boule de neige ? demande, placide, un Végien à l'air consanguin qui relève la tête de son lance-plasma lourd.

— Bouge pas, Potame, reprend la voix du sergent. Raton ! Préviens la base qu'on ramène une navette météo. Une tire qui résiste au lance-pierre de Potame, on va se gêner pour la dépiauter !

Le groupe hétéroclite s'approche de la brique volante. Ils sont une vingtaine à faire la gueule sanglés dans leurs combinaisons. Une demi-douzaine de Végiens, huit Ergosans et six humanoïdes d'origine inconnue, y compris pour leurs propres géniteurs. Une accalmie dans la tempête a autorisé certains à tomber leur capuche. Et ce ne sont pas des gueules de porte-bonheur : des dents manquent, les gobilles se disent merde, les fronts plats sont surmontés de cheveux luisants d'huile, les oreilles sont de toutes les tailles et il n'est pas rare qu'un gros herpès suppure sur la moitié de la face. Du syndrome d'alcoolisation fœtale poussé à son paroxysme.

Quand du parpaing écrasé s'élèvent des gratouillis de banjos, les super-moches relèvent leurs armes. Un geste du sergent : quatre mastards plantent leurs boucliers énergétiques dans le sable. La troupe s'y abrite et couche la navette en joue. Les gestes sont professionnels. Ils attendent en biglant l'épave.

— Sergent ? demande le gros Potame à ses côtés.

Maintenant la musique joue à fond. On n'a jamais entendu un truc comme ça aussi loin dans les terres, ici la musique habituelle c'est la beurlante du sable et du vent, celle des éclairs, de l'électricité statique qui vous dresse la toison fessière, des fulgurites qui naissent en vous vrillant les cloisons auditives.

— Allez, les erreurs de la nature ! On rabat son masque et on se prépare à gagner sa pitance, gueule le sergent avant de déployer son propre bouclier. M'est avis qu'on va devoir la mériter notre boustifaille, ajoute-t-il derrière son masque à tête de mort.

Il est inquiet, le patron, ça fait des dizaines d'années qu'aucun vaisseau ne s'est aventuré aussi loin de Dead Man's Point. À part les sondes secrètes de l'UI en mal d'infos qui se désagrègent au contact des tempêtes, peu de choses se risquent dans le ciel de Tartarus. Les rares ravitaillements et les nouveaux effectifs arrivent soit par tunnel soit par convoi terrestre. Les navettes météo nomades comme celle-ci ne volent plus depuis un bail. Ils auraient été prévenus en cas de vol régulier. Or ils n'ont reçu aucun ordre des grands capitaines. Ce qui l'inquiète le plus, le sergent, c'est la tronche du taxi : blindage renforcé, systèmes d'accroche pour armement lourd… Ce truc est là de son plein gré. Rien que ça, ça schmoute les emmerdes. Putain ! Le tir du gros aurait dû réduire la navette en flaque de métal en fusion.

Et maintenant, la porte de la soute qui s'ouvre… Le sergent serre le poing sur sa hache énergétique et tire le chien de son revolver en déglutissant.

*

Le capitaine s'est bouffé la planche de bord et pisse du naze sur les commandes. Tiny se secoue la tête, les pensées encore plus embrouillées que d'habitude et l'envie de danser, il lui faut bien ça pour se remettre la casquette en place. Le frangin et la pétasse ont dégusté. Ça ne l'inquiète pas. Bambino, il est costaud, quant à la poutrasse, elle s'en badigeonne le bas du dos. Elle voit le trou dans la carlingue : un tir de plasma. Elle avait confiance en son blindage maison, mais elle se trouve quand même géniale : un barlut qui résiste à un lance-plasma lourd ! Elle avise enfin la tronche d'Elijah… Il a du sang plein la bouille, son prince. « *Drinking all night working all day this is our life so heaven can wait…* »

Une tapinette sur l'ouverture, après un coup d'œil sur les senseurs. Tiny ouvre un compartiment planqué où elle garde ses jouets préférés. Un fusil à pompe aussi lourd qu'elle dans la main gauche, une arbalète énergétique dans le dos, chevilles et hanches coquettement parées de revolvers roses, grenades et mines en bandoulière. Elle se carre enfin une clé à molette taille adulte dans la pogne droite. La soute est quasi ouverte, la gamine se resserre le bandana sur les tempes. Le bouclier énergétique qu'elle a installé à l'entrée se met à briller. Les bourrins, là-dehors, ne prennent aucun risque et balancent la sauce sur la navette, elle se baisse les lunettes sur les yeux et active son bouclier personnel, un des rares souvenirs de papi Agamemnon. Elle s'en est inspirée pour le bouclier de la soute, on n'en fait plus des comme ça.

Les locataires de la carlingue récupèrent lentement, ils ont juste le temps d'apercevoir la silhouette d'un diablotin surarmé qui se détache sur fond de feu d'artifice avant de disparaître à l'extérieur en hurlant joyeusement.

Bambino est le premier à reprendre vraiment ses esprits, une histoire de masse sans doute, il doit avoir l'éponge mieux protégée que les autres avec son gros crâne. Eli tousse et se tâte les ratiches du bout de la langue, elles sont toutes là, le goût de sang dans sa bouche provient de sa lèvre éclatée.

Au fond, Cobrastar s'extrait de son siège avant de s'écraser au sol blair en avant. Le mastard ramasse le capitaine et continue de gueuler dans sa direction mais Eli n'entend rien. Il se masse le crâne, les prothèses ne sont plus là. Putain, il serait sourd ? Le crash aurait arraché les prothèses ? Ça le fout en pétard. Il tire son surin, chope un calibre dans le coffre à jouets de Tiny et saute par l'ouverture.

*

Finalement, ça se passe assez vite. Le sergent a à peine le temps de coucher la microbe en joue qu'elle a déjà dessoudé trois de ses hommes. Verni dans son malheur, il s'agit des trois pires salopes qu'il ait jamais eu à commander. Mais Trollinette, parce qu'il semble s'agir d'une femelle, s'avance un poil trop près. Potame et lui défouraillent à bout portant, le bouclier de l'assaillante éclate de lumière, les aveuglant quelques secondes. Un temps suffisant pour qu'elle descende deux hommes de plus. Et puis elle se fige et regarde, extatique, à côté du sergent. Il ne peut pas s'en empêcher, il sait bien qu'il devrait la garder en vue, lui tirer dessus de nouveau, maintenant que son bouclier est mort, mais la gamine qui s'arrête en plein massacre pour sourire comme ça, c'est plus fort que lui, il tourne la tête. À trois mètres, il y a Potame sur le dos, une de ses mains n'est plus qu'un moignon fumant et sur le ventre une tique taille humaine le larde de coups de couteau en riant. La furie s'est assise, elle a posé sa clé à molette dans le crâne éclaté de Zardov et semble profiter du spectacle. Les hommes du sergent sont aussi paumés que lui, plus personne ne tire, tout le monde regarde le moustique sur la panse à Potame. Une magistrale leçon de charcuterie. Le sergent se décide enfin à balancer sa hache quand un mastodonte fait gicler le moustique d'un revers de main. Une voix lui susurre à l'oreille :

— Bonjour, ma beauté. Tu vas lâcher ta cognée et dire au dernier crétin qui nous tire dessus de faire de même. Après, si t'es sage, on prendra le thé tous ensemble et tu m'expliqueras pourquoi t'as fumé ma navette.

Le sergent s'exécute. Il y a des voix qui ne trompent pas, et celle-là lui dit de pas broncher. Il a six hommes à terre, enfin cinq parce que Potame remue encore. Trois hommes ont les mains en l'air, tenus en joue par une bombasse à l'air contrarié. Ne reste qu'Irmatzt, planqué derrière son bouclier.

— Jette ton arme, Irmatzt !

— Z'êtes sûr, sergent ?

— Jette, j'te dis ! S'ils voulaient nous cramer, ce serait fait.

— Et c'est toujours une option ! Hein, Cap ? T'as vu c'qu'ils ont fait à mon vaisseau ? Et à mon Eli, t'as vu, dis, t'as vu ? J'l'ai cru tout estrapané, mon prince !

— Et c'est pour ça que t'as foncé comme une tabazut ? T'es sous mes ordres, la drouille ! Si Bambino te file pas une correction, je m'en chargerai, saloperie de tarée ! Tu crois pas qu'y avait mieux à faire que de défourailler sur la garde ? T'obéis aux ordres ou tu caltes ! Et si je suis pas en état, tu demandes à ton frangin !

— Mais Eli…

— M'en fous ! Maintenant tu vas tâcher moyen de rafistoler le gros manchot là-bas et je veux plus entendre ta mouille ! Bambino ! Fury ! Vous me surveillez ces destronchés pendant que j'cause avec l'affreux.

Le temps qu'il finisse sa phrase et les quatre hommes restants finissent dans les vapes, la gueule dans le sable.

— J'ai dit surveiller ! Pas… Oh et puis merde ! Toi, la terreur, tu te retournes lentement et tu me vires ton masque de carnaval. J'aime bien voir la gueule de mes interlocuteurs.

*

Une longue enfilade de couloirs et de pièces, un mobilier fait de bric et de broc, des cuchons de merde dans tous les coins : le camp de la garde ressemble à un immense bidonville croisé avec un bunker souterrain, un bâtard fantastique qui grouille de vie. Dans l'environnement le plus hostile, la garde a réussi à s'aménager une existence supportable. Le complexe est immense, trop pour les effectifs de la garde. Ça cane vite et moche dans le coin, pas le temps de défaire son paquetage. Des chambres entoilées de soie d'araignées témoignent de disparitions soudaines.

Cobrastar et son équipage suivent en râlant le sergent Spencer dans ce labyrinthe. Ça pue le renfermé et la promiscuité, les chambres n'ont pas de portes, on croise du monde. Ce que les gardiens ont perdu en attractivité physique, ils l'ont gagné en armement. Tiny trépigne chaque fois qu'ils dépassent un dépôt d'armes et Bambino exsude un silence cathédralesque en posant les yeux sur le matériel électronique qui court sur les murs. Même l'infirmerie est digne des meilleurs centres hospitaliers de l'UI. C'est un Unioniste vieilli prématurément qui réceptionne Potame. Un clope anti-radiation au bec, il sirote à même une boîte de conserve déchiquetée une substance non identifiable. Couleur mélasse, ça fleure le fioul dans toute l'infirmerie et il courle ça sans se racler la gorge. Comme tout bon médic, il a des lunettes sales, une blouse maculée de bidoche, un stétho autour du cou et l'air blasé que se doit d'arborer le side-kick de la Faucheuse.

— V'là le doc, présente sobrement Spencer. L'a l'œil vitreux pour le moment mais c't'un génie de la rafistole. Oh, Doc ! Y a du trèpe à retaper !

L'homme de l'art ne relève pas la tête de la tasse qui lui cisaille un morceau de lèvre.

— F'chier ! P'tain ! F'chier ! Sertico ! Sertico ! Occupe-toi des macchabs du sergent et chope-moi un kit de suture, je pisse encore du raisin dans ma tasse.

— Sont vivants cette fois, Doc.

— Ils le sont toujours.

— Doc…

— Qu'est-ce tu nous ramènes ? Tu t'es abistrogné avec des loups de Tartarus ? Un vieux Mézoar ? Paraîtrait que le colonel en a vu un la semaine dernière…

Le Doc est coupé par une tornade crasseuse.

— Y a des Mézoars ? OH ! OH ! OH ! Vous entendez ça, princesse Petit Pet ? J'ouïs fort bien, ma bonne comtesse ! Il ne fait aucun doute que ce crocodilien de soixante-huit tonnes ferait un compagnon de jeu idéal. J'y papouillerais dans le cou, on se promènerait ensemble, on irait pique-niquer… Une batterie lance-plasma sur le dos, des écorcheurs sur les pattes, une nacelle anti-grav fixée sur la colonne ! Cap ? Cap ? Cap ?

— Même pas en rêve, la drouille ! Ce genre de saloperies te croque une navette de reconnaissance comme une chips. Oublie, Tiny…

— Frangin ? papillonne-t-elle avec les yeux de Bambi. Mon prince Eli ?

Repapillonage et clin d'œil coquin en sus.

Le Doc a fini par se retourner, intrigué par le tourbillon Tiny et la placidité de ses camarades. Il avise la masse de Potame sur l'épaule de Bambino, qui ne semble pas incommodé du tout. Il se lève lentement et dévisage l'air de rien les nouveaux venus.

— F'chier ! F'chier ! P'tain ! Pose l'affreux sur cette table.

Il embrasse d'un coup d'œil le reste du groupe, jauge les blessures et relève un sourcil.

— Y te manque un paquet de gars, Spencer… J'vais finir par croire à c't'histoire de Mézoars.

Il remonte ses bigleuses et inspecte le gros Potame que Bambino a posé avec une surprenante délicatesse sur une table d'auscultation automatisée.

— Merde ! F'chier ! F'chier ! P'tain ! Qui m'a salopé le boulot ? Je te l'ai déjà dit, sergent, si tu ne peux pas faire du travail potable en première ligne, laisse-les crever dehors.

Et il commence un inventaire à voix basse :

— Un avant-bras, perforations multiples… C'est qui, les nouveaux monstres de foire ?

— Ton Mézoar, Doc, et l'infirmier de Potame.

— Laissez-moi deviner, l'infirmière, c'est toi ?

Avant que Bambino ait pu l'arrêter, Tiny est déjà au cou du Doc.

— C'est beau, hein ? J'y aurais bien ajouté quelques améliorations mais j'avais plus rien sous la main, rapport au crash et qu'y fallait se magner la durite. C'est toi qu'as vu le Mézoar ?

Tu me dis où il est et je te plante pas. J'aime moyen comme tu traites tes blessés !

Elle a une lame sur la carotide du Doc et une goutte de sang perle sur le fil.

— Mamzelle Fälle, s'il vous plaît ? demande le sergent. Capitaine ?

— Je suis assez d'accord avec Tiny, sergent. Lui ou pas de médic, c'est du pareil au même, et puis avec le matos automatisé qu'il y a ici, pas besoin de lui.

— S'il vous plaît, capitaine ?

— OK. Lâche le déchet, Tiny.

— Et mon Mézoar ?

— Fais pas la bobe, frangine, chuis sûr qu'c'est du flan, viens plutôt voir ce chirurgien neural.

L'attention de la fée clochardette détournée, le Doc reprend :

— Ils flinguent la moitié de ton effectif et retapent l'autre... Doit bien y avoir une continuité dans cette logique mais je m'y retrouve pas.

— C'est compliqué, Doc...

— Mouais. Et maintenant ? Je rafistole tes gars ou on s'enfile en chantant ? Parce que les sutures en forme de cœur et les scarifications de licorne dans le cou, je pense que ça plaira pas des masses au gros Potame. Enfin s'il s'en sort. Y a vraiment que ce gros sac à merde pour continuer à respirer avec autant de trous dans la panse. Parce que vous l'avez pas raté. Capitaine... ?

— Cobrastar.

— Tu m'en diras tant… F'chier ! F'chier ! P'tain de con de pirates avec leurs surnoms et leurs titres à la con. Encore aspirant capitaine ? Hein, gamin ? On cherche à faire ses preuves ?

Cobrastar se contente de lui sourire.

— Depuis peu j'ai l'impression de ne plus avoir à faire mes preuves.

— Mouais, maintenant tirez-vous que je rafistole cette bande d'abrutis. F'chier ! F'chier ! P'tain !

Pendant ce temps, les hommes du sergent, routiniers de la procédure, se sont allongés sur les médi-lits automatisés. Ils suivent les échanges pendant que les diagnostiqueurs et les machines les rafistolent. Le seul à avoir besoin du Doc, c'est gras du bide, pour les autres, c'est bénin. BlackFury s'est allongée de son côté, bien décidée à profiter des soins de pointe qu'offre ce trou à rat.

Le sergent Spencer sait à quoi s'en tenir. S'il n'a jamais entendu parler de Cobrastar, BlackFury et les Fälle par contre, c'est autre chose. On a beau être coupé du reste du monde on a toujours les infos-vid, et les notes que les grands capitaines font parvenir depuis Dead Man's Point. Spencer a prévenu le colonel Cynnamon de leur arrivée. Elle est la seule à ne pas être ici sur condamnation. Dans le coin, la hiérarchie, c'est le désert d'abord, et puis elle juste après.

*

— Écoute, Cynnamon, j'ai juste besoin d'un petit délai. Je suis capitaine, merde ! J'ai le droit d'aller dans la zone interdite.

— Tu ne m'apprends rien, John. Tu as même le droit de réquisitionner tous les hommes de la garde que tu veux, mais tu ne le feras pas pour autant, je me trompe ?

— Tu rigoles ? T'as vu les engins que je me trimballe ? Pas besoin d'un tordu de mieux…

— L'une de tes tordues est plutôt gironde, non ?

— Ouais, c'est aussi une chasseuse de primes. Elle me retapissera dès qu'elle en aura l'occase…

— Alors rien de personnel avec cette BlackFury ?

— Doucement, « commandant », pour un peu je croirais que tu me fais du rentre-dedans.

— Et si c'était le cas ?

— Qu'est-il arrivé à la fille de la haute ? Tu sais, la gamine de capitaine nomade qui se pinçait le tarin en nous croisant dans les ruelles du vieux spatioport ?

— Cinq ans à la tête de la garde, ça soigne de pas mal d'idées préconçues. Et puis, je ne t'ai pas toujours laissé indifférent. Si je me souviens bien, ça t'a même valu quelques corrections de la vieille Beurk.

Fille du plus riche capitaine nomade de Tartarus, Cynnamon est dotée d'un physique à réveiller la libido d'un panda et d'une intelligence redoutable.

— Note que je cracherais pas sur quelques hommes et du matériel vu que tes bas du front ont démoli ma navette.

— Voilà ce que je te propose, l'Orvet, sourit-elle. Un transport, des armes et une escouade de volontaires. Je ne peux pas faire mieux en termes d'effectifs. En ce qui concerne les grands capitaines, je peux attendre ton départ pour les prévenir. À condition que…

— À condition ?

— Que tu me débarrasses d'un Mézoar qui fout le bordel dans nos zones de patrouille.

— OK, OK, ça marche. Mais un Mézoar… ?

— J'ai perdu dix patrouilles en quatre jours. Des vétérans. Pas de la bleu-bite. Le monstre n'a rien à faire dans le coin. Pour l'instant, sa présence empêche tout étranger de fourrer son nez dans la région mais ça fragilise la zone interdite et ça décime nos rangs. J'ai un désert de la taille d'une planète à surveiller en plus de la zone interdite.

— Mais putain, qu'est-ce qu'il y a dans cette zone ?

— J'en sais rien et je m'en fous. Je veux juste que tu me ramènes cet enfoiré sur son territoire de chasse.

— Et je fais ça comment ? Je sais même pas à quoi ça ressemble un Mézoar.

— Pareil que dans les contes pour gamins. Trente à quarante mètres de haut, la peau aussi dure que la pierre, un poil soupe au lait. Tu fais ça et je te file une chenillette blindée et tout le nécessaire pour maîtriser la bête.

— C'est bon, c'est bon… Et une escouade, tu dis ?

— Des volontaires seulement… Je manque déjà d'effectifs.

TARTARUS, ZONE INTERDITE

— C'est beau le désert, hein, cap'taine Cobra ?

— C'est beau, c'est beau, faut le dire vite, t'as pas la menteuse pleine de chiure, gamine !

Il lève la tête, c'est vrai que c'est pas dégueu comme panorama. Le sable gris et oxydé qui recouvre tout pourrait être monotone mais il souligne les détails, les arêtes des roches, les courbes de la déclivité où ils ont atterri après leur expulsion de la chenillette. Au fond, à un demi-kilomètre, les ruines de vieux bâtiments bouffés par les tempêtes leur jettent des coucous rouillés. Tiens, ça ressemble au bled d'Eli, remarque Cobrastar. La merde de Mézoar en plus. Il pourrait presque se rêver sur une plage. Presque. Difficile de faire abstraction de la frangine à Bambino, qui s'excite à côté.

— Cap ! Cap ! Cap ! Où qu'on va, mon cap'taine ? On se tire toujours plein nord ?

— Oui, Tiny.

— Pourquoi, mon cap ?

Cobrastar se gratte une molaire du bout de la langue et glaviote un peu de merde de Mézoar restée coincée dans son râtelier. Il souffle, pas la peine de se foutre en rogne. Elle est contente, la gosse. Quand le Mézoar a éventré la chenillette de minage et que la ceinture de la gamine a cédé, il a vraiment cru qu'elle était foutue. Il a quand même détaché la sienne pour rattraper le troll. S'il n'avait pas essayé… « P'tain ! P'tain ! Chier ! » aurait dit sa nouvelle recrue hydrocéphale. Rien que la dépression causée par la deuxième attaque du monstre les a aspirés hors de l'engin et propulsés en pleine tempête où des vents de six cents kilomètres-heure ont pris le relais. Sans le bouclier de Tiny, ils auraient été déchiquetés. C'était beau, comme ils dansaient dans l'ouragan, il y avait de la poésie à se faire jeter comme ça dans tous les sens. Si seulement l'affreuse ne l'avait pas lâché dans un bousat de Mézoar à la fin de l'orage… Maintenant il mâchouille de la merde, il a les orbites défoncées et du sable plein la raie. Tiny, elle, fredonne. Toujours opérationnelle, la quinarelle[44].

— Eh bien, mon petit bijou stellaire, le territoire de la bête est au nord.

— Oui, Cap ! bien, Cap ! Mais le bestiau, l'est au sud-est, non ? On doit pas le capturer ? Un truc dans le genre ?

— J'ai dit à la colonelle que j'attirerais la bête loin de ses lignes de patrouille. Je suis pas candidat au suicide. T'as vu ce qu'il a fait de la chenillette ? Je veux savoir pourquoi il a quitté son territoire. On trouvera peut-être comment le ramener.

— On va comme qui dirait enquêter sur place, Capi Cap ?

— Voilà.

---

44. Instrument de musique criard.

— Et les autres, Cap ?

Elle n'a pas l'air inquiète du tout, l'elfe cradingue. Elle chante même : « *Babe babe babe I'm gonna leave you…* » Ils s'en sont sortis par miracle mais elle semble persuadée que le reste de l'équipage s'en est sorti aussi bien. Faudrait pas doucher son enthousiasme !

— Ton frère devrait suivre le même raisonnement que moi. Et si par miracle il a encore la chenillette en état de marche, il nous récupérera au passage.

— Va pas être là de sitôt, le Bambino. Vu la brise tape-cul qu'on s'est mangée, on a dû dériver sur deux cent cinquante, trois cents kilomètres.

— Ben voyons, et tu peux pas être plus précise ?

— Vu la vitesse du vent au moment de l'attaque, la portance moyenne de nos deux corps et compte tenu des impacts sur mon bouclier quand on a rebondi au sol, ce serait plutôt deux cent quatre-vingts kilomètres environ. Peux pas être plus précise, désolée, cap'taine.

Cobrastar secoue la tête d'incrédulité et fait un point rapide de la situation. La dépression où ils ont atterri a servi récemment de bivouac au Mézoar. Si les estimations de gnominette sont justes, ils devraient être en plein territoire de chasse du monstre. Et ça ne le rassure qu'à moitié. Parce que nourrir un engin pareil nécessite des proies, des grosses proies tout en dents et en piquants qui se boufferaient volontiers une escouade de gardes pour le goûter.

— C'est quoi, ça, cap'taine ?

Trollinette fouille la merde, littéralement, à pleines mains. Elle en a jusqu'aux coudes et passe sûrement l'un des meilleurs moments de sa vie d'adulte. Elle insiste et tire sur un truc d'un mètre cinquante de long. C'est solide, avec quelques bouts de barbaque et des tendons encore attachés dessus.

— Cap'taine Cobrastar ! C'est à qui, ça ?

— C'est le fémur d'une bestiole.

— Une bestiole ?

— Me souviens pas du nom scientifique ! C'est l'en-cas préféré des Mézoars. L'une des pires saloperies de la région. Une vraie merde. J'espérais vraiment pas tomber là-dessus.

— Oh, chic, chic, chic !

— Tiny, l'en-cas des bestioles, c'est nous. Et avec ton bouclier HS, j'espère ne pas en croiser. Comme les bestioles sont également charognardes et scatophages, on va se tirer d'ici en quatrième vitesse. La bouse était intacte avant que tu me lâches dedans…

— Désolée, chef, j'ai glissé.

— Mouais, on en recausera. En attendant, on va s'éloigner du drive-in à bestioles et je vais essayer de me laver au mieux.

— Parce que si tu sens la merde de Mézoar…

— Tout juste, abrutie ! Je vais les attirer. Et à en juger par le fémur que t'as en main, les bestioles du coin sont plutôt balèzes.

Là, il y a comme un silence et Cobrastar en profite pour se rouler dans le sable et se frotter avec, histoire d'enlever le gros de la sanie. Mais un silence, avec Tiny, c'est jamais bon. Il a remarqué ça, John. Faut pas la laisser inoccupée, la petiote, ça lui porte à l'imagination et fatalement elle en vient à faire un truc con ou dangereux, voire les deux. Faut qu'il l'occupe, il reprend sa papote sur les bestioles, ça a le mérite de l'intéresser, c'est toujours mieux que de la laisser sans supervision.

— Pour tout te dire, j'en ai jamais vu. C'est ma vieille instit à l'église martienne qui nous faisait des cours sur la faune. Imagine-toi un hybride de grenouille vénéneuse géante et de loups spartiens, qui crache du poison et paralyse ses victimes avant de les bouffer vivantes.

— Du poison ? Oh, ouais, Capi Cap !!!

— Bah, pense au poison, une neurotoxine paralysante qui s'adapte à l'ADN de la victime et lui chatouille méchamment les nerfs.

— Ohhhh ! Re-ouais !

— C'est fini, la drouille ! Attends de revoir Eli pour te foutre en chaleur. Le poison, j'ai testé et y a pas de quoi en mouiller ton froc. Enfin pas de cette façon.

— Oh, mon beau prince terran…

Suffisait de lui parler de sa marotte *number one* pour la calmer.

— Pendant que tu cogites à ton futur mariage de tordus avec Eli, on va se diriger vers ces ruines là-bas. On trouvera peut-être des indications sur le Mézoar.

— Et de quoi couvrir l'odeur p't-être aussi ?

— Venant de toi, j'en déduis que je dois vraiment refouler. C'est un brise-cœur de dire ça, mais je te fais confiance. Mes glandes olfactives se sont fait la malle y a déjà bien dix minutes.

Ils avancent en silence vers les ruines. Les tempêtes se sont calmées et il leur reste un moment avant le retour des perturbations. Ça signifie aussi que les prédateurs sont en chasse et que se planquer est la première chose à faire. Les ruines semblent être celles d'un vieil avant-poste pirate de la dernière guerre, mais même les matériaux des Frères de la côte ont eu du mal à résister aux conditions extrêmes du coin. Certains murs sont fissurés, d'autres tombent en ruine, et la plupart des plafonds se sont affaissés. Quelques bunkers à demi enterrés ont l'air d'avoir tenu le choc. John n'a jamais entendu parler de ce lieu, il ne croyait même pas possible de survivre par ici. Les blindages des bâtiments sont plus épais d'une dizaine de centimètres qu'à Dead Man's Point, et l'alliage ? Il ne le reconnaît pas.

Tiny jette un œil de son côté et à en croire l'éclat dans ses yeux elle a trouvé le Graal des blindages, même pas besoin de lui poser la question.

— Connais pas non plus, cap'taine ! Mais nos dabes savaient y faire !

Là-dessus, elle sort un mini-laser de découpe et essaie de prélever un morceau. Peine perdue. Elle se console en ramassant un éclat déjà tombé, un bout de parpaing d'une dizaine de kilos. Autant pisser dans un violon, mais John lui fait remarquer que se traîner une brique dans leur situation n'est pas forcément la meilleure chose à faire. Cela dit, elle est musclée, Tiny. Elle se carre le truc sur l'épaule et lui emboîte le pas en sifflotant.

Ils font une pause à l'entrée d'un bunker, le temps de voir si John peut déverrouiller l'entrée. Ils commencent à avoir soif et le bunker ressemble à ces petits dépôts de fournitures qu'on trouve sur le spatioport de Dead Man's Point, le genre de baraque remplie de vivres et d'armes en temps de guerre. Le panneau de contrôle est défoncé, Cobrastar essaye de le remettre en route. Il s'affaire avec toutes sortes de petits outils sur la serrure, du travail d'orfèvre. Pour un peu il en tirerait la langue de concentration.

— Tu permets, Cap ?

Et v'là le troll en action : moins de douceur, des étincelles, beaucoup de bruit, et ça s'ouvre. Enfin, ça s'ouvre… Disons que la porte est déverrouillée et qu'il faut pas mal d'huile d'aisselle pour délourder en grand. John s'y colle, c'est pas que Tiny manque de muscles mais à peine le verrou défoncé elle retourne au papouillage de parpaing.

— Tiny ! Ramène ton cul là-dedans et regarde si tu trouves un truc intéressant.

— Y a de l'eau, Cap ?

— Que du dégraissant, et avant que tu demandes, non, c'est pas buvable.

— Ohhh…

— Au moins, je vais pouvoir me laver.

— Ouais ! Cap'taine qui pue va redevenir cap'taine sent-bon !

— Qu'est-ce tu baves ?

— Rien, patron ! Y a des armes ?

— Tu rigoles ? Y a que ça. Sabres, haches énergétiques, flingues… Je croyais que t'étais déjà outillée, gamine.

Cobrastar sort, une bombe de dégrippant à la main et un sabre énergétique à la ceinture, une vraie gravure de pirate. Il commence à s'asperger en grognant. Tiny, qui s'est glissée dans le réduit, en profite pour faire un inventaire rapide. Elle en ressort deux minutes plus tard avec une espèce de centrifugeuse, genre presse-agrumes pour bouffeur de graines. Elle est fière à s'en taguer les incisives.

— Laisse tomber la tronche de faramelan[45] et accouche, c'est quoi ?

— Bah, c'est une boîte à flotte !

— Ouais ?

— Tu mets des trucs là-dedans et ça en tire l'eau et la traite.

— Et à part des cailloux, tu vois des trucs à mettre, petit génie ?

— Y a toujours la gnôle qu'il y a dans le cuchon de merde là-derrière.

— De la gnôle ? T'es pas folle ? Sors-moi ça en vitesse que je vérifie l'état du stock.

---

45. Prétentieux, gros malin.

Cobrastar a les yeux brillants, son dernier remontant date un peu et s'il s'agit de fioul de la dernière guerre ça doit caresser le sublime.

— C'qu'est marrant, Cap, c'est que c't'engin marche aussi avec les cailloux.

*

Une casse, une immense casse… La chenillette les a lâchés après une vingtaine de tonneaux. Selon Anjer Fälle, la faute au coup de queue du Mézoar. Il leur a fallu la moitié de la nuit pour dégauchir un abri dans la tempête et ils ne sont plus que deux. Eli et Doctor Death ont dû se paumer dans l'ouragan.

BlackFury n'a aucune idée de l'état du capitaine ni de celui de Tiny. De tout ce qui lui arrive, c'est bien ça qui la mine le plus. Se faire attaquer par un monstre dévoreur de vaisseaux, déambuler dans un décor de fin du monde de la limaille de fer plein la bouche, faire équipe avec le plus costaud et le moins bavard de la fratrie, tout ça, elle peut s'en accommoder. Mais imaginer que le galet de données est quelque part au milieu du désert sur le cadavre de Cobrastar, ça ne passe pas. Elle n'a pas trimé autant pour paumer les données maintenant !

Ils ont pu récupérer les vivres et leurs armes dans la chenillette de minage. Et jusqu'à présent, la tempête est la pire chose à laquelle ils se soient confrontés. Mais elle sent que ça ne va pas durer. La chanson d'un supplicié les a réveillés, l'agonie lente et sale d'un être pensant qui hurle sa douleur.

Il y a de l'animal dans la mélodie. Bambino a l'air de connaître la chanson, il fait signe à BlackFury de se taire et se concentre sur le son. Les cris reviennent deux fois avant que le gros ne pointe une direction à la chasseuse de primes. BlackFury attrape son calibre, fait rouler la culasse avec professionnalisme et acquiesce pour lui dire d'ouvrir la marche. Armé d'un lourd blaster à plasma et d'une grosse batte de métal, Anjer Fälle se baisse et commence à se déplacer au ras du sol comme un primate. Il ne fait pas un bruit. À côté de lui, BlackFury a l'impression de se trimballer tout le Philarmonique centralien sur le dos.

BlackFury a du mal à pointer l'origine du son. Ils sont dans une espèce de cimetière de navires, une casse spatiale à ciel ouvert. Certains bâtiments sont complètement rongés par les tempêtes, d'autres ont miraculeusement survécu et tous affichent les ans passés dans ce mausolée. Ce qui la tracasse, c'est les décorations tribales à base de crânes humanoïdes. Blanchis par les tempêtes, les bouts d'os semblent délimiter un terrain vers le centre duquel ils se dirigent à bonne allure. Elle vient de là, la gueulante. Ça sent le feu et les hydrocarbures, le sable berce la langue d'une touche ferreuse et donne à la bave une saveur sanguine. BlackFury essaie de se rincer la bouche en crachant mais rien n'y fait. Il fait chaud, sa tête est une éponge suintante, des fleuves de transpiration charrient la crasse et s'écrasent sur le sol sablonneux. Elle continue de suivre le mastoc et tente de se faire aussi discrète que lui.

Bambino lui fait signe d'arrêter. Redressé, il marche à pas mesurés et entre au beau milieu d'une allée bordée de carcasses de vaisseaux crevés. Les cris continuent et des grognements d'excitation s'y ajoutent soudain. Bambino enlève le cran de sûreté de son blaster et attrape la batte dans son dos. Il effectue plusieurs moulinets, roule ses épaules et s'assouplit le cou plusieurs fois. Les grognements se font ricanements et cris d'animaux.

D'où elle est, BlackFury ne peut que deviner la source du boxon. Elle va pour s'approcher, quand Bambino lui indique de contourner sa position par la droite pour prendre l'ennemi à revers. Il camoufle ses consignes en roulant des mécaniques et en faisant saillir ses muscles. La main de BlackFury s'affermit sur la crosse de son fusil. Elle contourne tant bien que mal l'attroupement invisible en passant derrière de vieilles épaves. Un coup d'œil par-dessus la paroi qui la sépare du raffut lui montre un bûcher aux braises mourantes sur lequel une forme vagissante se contorsionne. Au-delà, un groupe d'humanoïdes gesticulent avec toutes sortes d'outils cauchemardesques en main. Haches, lames rouillées, massues d'os, un paradis d'anthropologue tordu grimace et gesticule devant Bambino. On dirait une harde de primates carnivores. De profil, certains arborent des dents anormalement effilées, c'est une flopée de canines qui leur remplit la gueule, ça leur blesse même les mâchoires, comme s'ils s'étaient taillé les dents en pointe. Ils ont le dos scarifié, des cicatrices habillent les corps, certaines récentes suintent encore. Ils n'ont pas un poil, nulle part. Du cuir leur ceint les hanches et épargne à la chasseuse de primes la vue des sexes eux aussi scarifiés. Le cuir a la même couleur que leur peau tannée par les vents et les soleils tristes. Les braises ont déjà servi, une carcasse gît par terre, entièrement dévorée, sa peau est tendue sur un chevalet de tannage. Bambino les a dérangés avant qu'ils ne puissent peler leur prochaine victime. La chasseuse de primes peut renifler leur haleine de chacal d'ici. Bambino n'a pas bougé, sa carrure semble les impressionner. Ils ne savent pas quoi faire de cette apparition. Le pirate continue de les fixer en roulant des muscles jusqu'à ce qu'ils aperçoivent sa camarade. Un monstre fait un pas en avant, lève le bout de métal pourri qui lui sert d'arme et se tranche l'oreille avant de la balancer vers le pirate.

L'enfer se déchaîne.

*

Cassés par la chaleur, les deux pirates se déplient lentement. Comme s'il avait du sable plein les rotules, John grince en se relevant. Tiny, elle, se redresse comme un plastique à mémoire de forme, c'est tout élastique, bizarrement ferme et désarticulé. Elle a son parpaing en main, elle ne l'a pas quitté de la sieste, John jurerait même l'avoir vue lui causer pendant la pause. Un bruit va en s'amplifiant, entre le cri du tyrannosaure et les couinements du cochon de lait qu'on saigne à blanc, le sol tremble un peu.

— Cap, c'est quoi, ce bordel ? Peux pas me reposer, moi.

— Prends de quoi fumer une escouade du Syndicat et colle-moi au derche.

John se baisse, sur les talons, et se coule le long de la rue en direction des cris. Les secousses se font plus fortes et les cris aussi. On distingue nettement plusieurs bêtes. Le temps de ramper derrière un pan de mur défoncé pour jeter un œil, et Cobrastar s'est fait une idée. Il se planque et pose sa main sur la bouche de Tiny avant qu'elle ne dise une connerie. Elle a regardé aussi mais ne fait toujours pas montre de la plus élémentaire parcelle d'autopréservation.

— Je crois que j'ai compris ce que fout le Mézoar aussi loin de chez lui…

— …

— Désolé, Trollinette, que t'ouvres ta gueule maintenant, je le sens encore moins que d'habitude. Ça, dehors, c'est le petit de maman Mézoar. Elle a dû le perdre, je sais pas comment, ce qu'est sûr, c'est que les bestioles qui sont là vont s'en payer une tranche et maman va pas retrouver le sourire de sitôt. Alors on va se tirer en silence en espérant qu'elles aient assez à manger pour la semaine. Cligne des yeux si tu as compris.

Tiny cligne lentement des yeux et se tend en prévision de

la retraite. John enlève sa main et fait trois pas. Derrière lui, Tiny n'a pas bougé. Elle jette un dernier coup d'œil sur la mise à mort et regarde John d'un air navré.

— Désolée, cap'taine.

— Quoi, désolée ? NON, TINY !!!

La gamine a sauté par-dessus le muret et se rue sur les bestioles en beurlant :

— Bouge pas, frangin, ce soir kebab de bestiole ! C'est moi qui régale !

En trois enjambées et un bond dément, Tiny est sur la première dont elle défonce le crâne avec le parpaing qu'elle n'a toujours pas lâché. Elle s'acharne sur la tête de l'animal en gueulant, un coup à droite, un coup à gauche, elle en fait de l'omelette. Cobrastar armé de son sabre énergétique la suit de près, il aurait dû s'attendre à une couille du genre. Les bêtes prises au dépourvu ont un moment d'hésitation. Ça ne dure pas longtemps, quelques centièmes de seconde, juste ce qu'il faut au bébé Mézoar pour en trancher une d'un coup de mâchoire. Le monstre ne perd pas de temps, il chope tout ce qui passe à portée. Tiny se prend un gros cramaillat dans la tronche alors qu'elle défouraille de ses calibres roses. Le temps de finir la cracheuse, l'elfe des stations d'épuration se trémousse au sol. Elle manque de finir en boustifaille mais Cobrastar sectionne les membres d'une nouvelle bestiole, qui s'écroule à terre. C'est un nouveau ballet du capitaine. Tiny, paralysée de douleur, n'en est pas moins fascinée par la grâce de son patron. Il fait des pointes, se coule entre les griffes, les souffles glaireux le caressent juste. Il glisse au ras du sol et chaque geste porte la mort. Ce n'est pas qu'il soit économe de ses mouvements, le patron, ce serait plutôt le sabre qui dirige, qui se met là où il faut pour être efficace, comme s'il entraînait le bras du capitaine.

Il ne lui faut pas longtemps pour se faire un carpaccio de deux nouvelles bêtes. Il récolte quand même une belle estafilade au passage, une grande balafre qui part des omoplates pour se terminer en raie du cul. Bébé Mézoar de son côté a un genou à terre et se finit un petit monstre d'un coup de dents. John et le bébé ne se quittent pas des yeux, le capitaine n'a pas rangé son arme et le lézard le jauge, la gueule ouverte et menaçante. Cobrastar chope Tiny par le col et la tire lentement loin du petit. Ce dernier, une jambe paralysée par une sacrée dose de poison, regarde Trollinette et ferme la gueule en soufflant. On dirait qu'il se marre, le con. D'un coup de sa gueule de cauchemar, il balance un cadavre de bestiole aux pieds des pirates.

C'est là que John prend la mesure de l'animal. Loin d'atteindre la taille de maman, il atteint déjà une bonne demi-douzaine de mètres. Il n'a pas la peau minérale des adultes, sa chair ressemble plutôt à une espèce de caoutchouc blindé, un truc qui doit l'isoler lors des tempêtes électromagnétiques. Le corps musculeux, la gueule flippante, ça vous trancherait un mètre de blindage spatial sans forcer. Ce qui l'impressionne le plus, c'est le regard de l'engin. Il n'a pas l'air débile du tout, le gros lézard. Le petit Mézoar a un regard perçant et intelligent, presque régalien.

Cobrastar s'assoit lourdement et éclate de rire. Le monstre prend un air vexé, quand John ramasse une carcasse de bestiole pour la lui envoyer à son tour. Et il se détend, il s'allonge et se met à respirer lentement, les yeux voilés par une paupière transparente.

— Merde ! J'espère que maman va pas tarder, on va pas jouer les baby-sitters toute la journée, surtout que la nuit va tomber. Qu'est-ce t'en dis, gamine ?

— Gnnn ! Gnnn ! Gnnneuh !

— Ah oui, toujours paralysée… Ça te fera les pieds, merdeuse ! Quand je dis qu'on se barre, on se barre ! Bordel ! On aurait pu y rester ! Et c'est pas fini, chiure de mouche !

— Gnnnhein ?

— Tu crois pas que les deux tabazuts qui se sont tirés vont en rester là ? Un paquet de bouffe comme Bébé, ça se néglige pas dans le coin. Et avec nous, y-z-ont même les hors-d'œuvre…

— Gnn ! Gnn ! Gnneu gnneu gniii ?

— Pas faux, c'est vrai qu'après la trifouillée qu'ils se sont prise, ils vont prendre leur temps. Et avec les tempêtes nocturnes ils ne sortiront pas. Nous, par contre, faut qu'on se mette à l'abri.

— Gnnnnnn !

Là-dessus, John biche un coup de tatane dans les côtes de Tiny. L'insubordination, faut que ça se paye un minimum et la paralysie nerveuse ne lui paraît pas un châtiment suffisant, au capitaine.

— Reste là le temps que j'aille chercher de quoi faire cuire des bouts de bestiole.

Cobrastar se marre et se dirige en vitesse vers l'abri récupérer quelques bricoles. Tiny, pendant ce temps, regarde le ciel et ouvre grand ses feuilles, elle entend son gros frangin de lézard respirer à la cool. Il leur fait confiance, il sait bien, lui, que le Cap et elle ne le laisseront jamais tomber. Quand il sera sur pied, il se laissera bien greffer une selle et deux, trois armes de destruction massive sur le dos. Elle se voit déjà en chef de guerre sur le dos de son sauropode fou. Elle aura une coiffe d'écailles qui lui descendra jusqu'aux pieds, des crânes de bestioles pour épaulettes, un top moulant en peau de bête et un shorty coquin pour allumer son Eli.

*

Ça fait un moment qu'il marche dans la tempête. Il ne sait pas exactement quand il a lâché les autres et il a vite perdu toute notion du temps. Il est tout seul dans sa tête, Eli, vraiment tout seul. Ça ne lui est pas arrivé depuis un moment. Comme si la tempête jugulait ses plaies et faisait taire le gouffre en lui. Il ne serait pas contre la présence rassurante de Lucy mais il sent qu'ici au milieu des vents, il peut se passer d'elle et fonctionner. Il est alerte, concentré. Il se dirige dans la bonne direction. Il ne sait pas pourquoi ni comment, mais il sait qu'il va au bon endroit. Ça ne l'empêche pas d'être crevé. Marcher dans le sable contre le vent a cet effet-là sur les gens après quelques heures. Quand il tombe sur le corps de Doc Death, il ne se pose pas de questions. Il se le charge sur l'épaule. Malgré l'absence de pouls, il décide qu'il est vivant et commence à se le coltiner sur sa route invisible.

Des heures qu'il avance avec le vieux toubib sur le dos. Encore un taciturne, avec Bambino, ils font la paire. Il ne sait pas grand-chose de la nouvelle recrue de Cobrastar, juste que Bambino et BlackFury semblent s'en méfier comme de la peste. Si le gigantopithèque s'en méfie plus que de la chasseuse de primes il ferait bien de l'avoir à l'œil aussi. Pour l'instant ils n'ont pas tellement l'occasion de tailler le bout de gras. Faut dire aussi qu'il y a plus bavard qu'un macchab. La tempête commence à se calmer et Eli décide de se poser un moment, histoire de roupiller. Il jette le corps du Doc à l'abri d'un rocher et s'accroupit sur lui. Doc Death est vêtu d'un grand imperméable bourré de poches. Entre la veste de Josey Wales et le manteau de l'inspecteur Gadget, d'un cuir gris, graisseux et élimé, qui racle le sol. Il est plein de médocs, d'instruments de cauchemar. Eli trouve même une espèce de scie à os. Le Doc a une entaille sur le torse, poisseuse de sang séché et couverte d'un liquide visqueux, des éclats de verre sont pris dans la blessure. Une des fioles s'est éclatée contre sa chemise pendant la tempête. Ça pue le médoc, il est peut-être pas cané en fait, juste shooté. Par contre il n'y a pas une trace de flotte dans son imper. Il installe le médecin en position fœtale et décide de s'en servir d'oreiller le temps d'une sieste.

*

Bambino défonce les cages thoraciques à coups de botte. Les tirs aux genoux qui n'ont pas calmé les affreux sont suivis de coups de batte sur la grogne. Ça beurle de partout, les agonisants agonisent en grinchant, les vivants s'excitent et certains scarifiés se mutilent davantage. Quand BlackFury entre en jeu et commence à les arroser dans le dos, les écorchés redoublent de hurlements. Même sans savoir compter, ils voient bien que le rapport de force est d'un contre beaucoup. Mais plus ça va, plus les rangs des incestueux en folie se clairsèment. Au final, la trentaine de zombies consanguins se réduit à peau de chagrin, et les survivants se taillent en emmenant chacun un macchab pour le repas du soir. Ne reste que le supplicié sur son feu mourant.

— C'était quoi, ça ?!!

— J'en sais autant que toi, Fury.

— Tu as vu ces gueules ? Végiens, humains, Ergosans ?

— Un peu de tout ça, et pas mal de mutations. Les conditions de vie dans le coin expliquent sûrement les faces de fond de burne.

— Et lui ?

BlackFury pointe le rôti fumé qui commence à s'agiter sur son pal. Il n'est pas plus beau que ses congénères. Mêmes dents limées, scarifications et mutilations. Il est costaud, ç'a dû être coton de l'attacher là.

— Quoi, lui ?

Comme s'il saisissait qu'on parlait de lui, le Musclor des morgues entame une partie de séduction et sourit aux deux pirates. Enfin, il essaie. Entre les dents en pointes de flèche, la tronche couturée de partout, les nerfs faciaux qui savent plus où ils crèchent, les yeux infectés et suintant de liquide verdâtre, c'est une revue de dermatologie à lui tout seul. Il ne quitte pas BlackFury des yeux, il la bouffe du regard, littéralement, on pourrait voir pousser des ratiches à ses globes oculaires.

— Eh bien, oui ! On ne s'est pas donné toute cette peine pour le secourir ?

— Non. Je me disais que c'était p't-être Eli ou un autre.

— Mais quand tu as vu que c'était pas lui, pourquoi tu…

— J'avais besoin d'exercice.

Fin de la conversion. Bambino retombe dans son mutisme et commence à faire l'inventaire du camp des affreux. Enfin, si deux pauvres tentes en peau peuvent être qualifiées de camp.

BlackFury se retrouve seule avec la dermatite géante qui s'excite de plus en plus sur ses liens. À force de tirer, le zombie arrive à se détacher. Il y laisse une bonne partie de sa peau et se traîne aux pieds de BlackFury. Il fait un bordel pas possible à ramper hors du feu. BlackFury le regarde avec un peu de pitié dans la prunelle. Il lui sourit, il a la dalle. Il y a quelque chose de fascinant chez cet être difforme et rampant. Au-delà du physique de cauchemar, il doit souffrir le martyre, l'animal, et la seule chose qui l'obsède est de manger, de se remplir, de sauter sur le sac à viande que représente la chasseuse de primes. À croire qu'il a raté la dernière demi-heure quand la jeune femme foutait une méchante branlée à ses congénères. Elle a la main sur la gâchette mais elle est hypnotisée par l'absurdité de cette bête.

« *… with an uptown girl! You know I've seen her in her uptown world…* »

Bambino chante et la mâchoire inférieure du monstre se détache sous le coup de batte, il couine une dernière fois quand le pirate lui écrase la nuque du talon. Le corps tressaute encore un peu, comme des haut-le-cœur de crève-la-faim et puis il s'immobilise.

— J'ai rien trouvé, mais on doit pas être loin du terrain de chasse du Mézoar. Surtout avec ce genre de gibier à proximité.

BlackFury ne l'écoute pas, elle continue de fixer le cadavre frais. Elle pose ses mains avec réticence sur le dos du mort et tire sur la colonne.

— Ça y est, t'as viré dingo ?

— Regarde ça, Bambino. Là, sur la colonne vertébrale, il y a un truc.

— Chuis pas véto, moi, l'anatomie des phénomènes de foire…

— S'il te plaît, viens voir.

Bambino finit par la rejoindre en soupirant. Il y a bien un truc sous la peau, vissé à une vertèbre. Il sort un poignard, incise et écarte les chairs. Il fouille, tire et parvient à extraire l'objet. Il l'essuie tant bien que mal et l'examine un moment. La jeune femme y jette un œil rapide.

— On dirait un récepteur…

— Tout juste, Miss Fury. Cette plaque métallique qui enserre la vertèbre est associée à ce réseau neuronal électronique ici. C'est assez primaire mais relié à la moelle épinière, ça doit permettre d'accéder au cortex cérébral. Chuis pas médic mais le comportement du sujet doit pouvoir être contrôlé à distance. Faudrait montrer ça à Doc Death. Et à Tiny évidemment, elle en rêve, de ce genre de merde…

La plus longue phrase qu'il ait prononcée devant la chasseuse de primes depuis qu'elle le côtoie. Ça la défrise encore plus que le contenu de la phrase elle-même.

— C'est pour ça qu'il n'avait pas l'air de souffrir de ses blessures quand il s'est traîné vers moi.

— Ouais, un tordu à l'autre bout de ce truc lui a dit de te becqueter tellement fort qu'il en a oublié d'avoir mal.

— Ça signifie aussi que ses copains risquent de nous retomber sur le dos dans peu de temps.

— On décarre ?

— Avec plaisir, monsieur Fälle.

*

Au réveil, trois bestioles montrent les crocs. Il n'a jamais vu ça, le gamin, mais il sent qu'il est dedans jusqu'au cou. En termes d'armes, il est un peu court, le surin qui apparaît dans sa main fait approximativement la même taille qu'une griffe de monstre. Il a bien une petite merdouille qui ressemble à un pistolet à eau, un automatique que Tiny lui a filé amoureusement au moment de partir du camp de la garde. « Je te présente Petitkoalamauveéviscérateurdamour, tu vises, tu tires, il t'accompagnera avec tout mon amour, partout où tu iras… » et bla, bla, bla de psychopathe. Il le sort en espérant que Petitkoala fasse autre chose que de cracher des paillettes. Elles doivent maîtriser l'ironie, les bestioles, parce que au lieu de se jeter sur lui, elles se retroussent les babines en une espèce de rictus stupide. L'arme à la hanche, Eli appuie sur la gâchette sans trop y croire.

Le recul lui remonte le bras dans le dos, il manque de faire un tour complet autour de l'épaule. Ça l'envoie tournoyer en arrière, il s'écrase le nez sur le crâne du Doc. La douleur finit de le réveiller et il commence à voir rouge. La pirouette involontaire lui permet d'éviter les premiers jets de bave. Lorsqu'il se relève, l'une des bestioles est déjà sur lui, les crocs dans son épaule, elle a manqué le cou de peu. Il a l'impression que sa chemise saigne. Le monstre qui s'est mangé le premier tir ressemble à une andouillette de Vire avant cuisson. Petitkoalamauveéviscérateurdamour est une vraie furie. Heureusement pour lui, le rocher à l'abri duquel il a dormi le protège de la seconde bestiole, Eli n'en a donc qu'une à se coltiner pour le moment, et c'est amplement suffisant. Il a laissé s'échapper le pistolet à eau de Tiny et se rabat sur son surin. Il en larde l'abdomen du monstre, il est vite recouvert de liquides qui schmoutent mais la bestiole lâche lentement prise. Elle finit par se raidir quand Eli atteint sa colonne, le bras plongé jusqu'au coude dans le bide de la créature. Il sent la dernière bête farfouiller le corps de son camarade, quand sa main rencontre Petitkoalamauveéviscérateurdamour. Il tire à travers la carcasse en espérant blesser la saloperie. Un arc-en-ciel de couleurs lui brûle les yeux, des milliers de gouttelettes glaciales lui piquettent la peau avant de lui ruisseler dessus, un mariage gluant entre fluides corporels d'origines variées.

Il faut un moment à Eli pour retrouver le contrôle de ses sens, et se relever au milieu d'une soupe de bestioles.

Il remet la dépouille du Doc sur son dos et reprend sa marche, sans un coup d'œil à la scène de cauchemar qu'il laisse derrière lui. Il fait un premier pas d'un air concentré, puis un autre, il mâche de la viande de bestiole dont il s'est rempli les poches. Un clochard céleste recouvert d'une croûte de sang et de sable. La couche craquelle au fur et à mesure qu'il avance et des écailles s'en détachent de temps en temps. C'est son crâne qui offre le spectacle le plus saisissant, à douter de son humanité : les cheveux ébouriffés par paquets forment des flèches noires et carmin et sur son visage recouvert d'hémoglobine séchée, le blanc des yeux et des dents lui donne des airs de Baron Samedi. Le décor change à mesure qu'il avance, le sable laisse place aux rochers. Il passe dans des dépressions, vestiges de très anciens cours d'eau, il tire le Doc par les bras le long des pentes caillouteuses et racle son joli cuir, mais comment faire autrement ? Ce con est incapable de rester sur son dos.

*

— Je sens rien, Cap.

— Avec la dose de bave que tu t'es prise, c'est pas étonnant.

— Non, je veux dire que je sens rien du tarin.

— Ah…

— À moins que je ne sente mes crottes de nez…

— Tes crottes de nez ?!

Merde ! L'erreur ! Ne pas la relancer. Trop tard, elle a pris l'exclamation pour une demande de complément d'information.

— Bah oui, Cap. J'ai jamais senti mes morves mais elles sont là tout le temps. Donc peut-être que quand je ne sens rien je sens quelque chose en fait. Mes crottes de nez ! L'absence d'odeur, ça peut pas exister si on a des Mickeys ! Qu'est-ce que t'en dis, Cap ?

Faire semblant de dormir, il faut qu'il fasse semblant de dormir, elle va peut-être se lasser. C'est peut-être pour ça que Bambino est aussi taiseux, un mécanisme de survie. Les tempêtes se calment dehors, ils vont bientôt pouvoir reprendre la route. Maintenant que le petit est tiré d'affaire, il va falloir attendre que maman le retrouve, l'idéal serait de l'attirer. Mais le moyen lui échappe encore. Peut-être qu'en tirant un peu plus vers le nord…

*

Ils suivent le nouveau frangin de Tiny depuis deux jours. Impossible de diriger cette tête de mule, le petit a ça en commun avec Trollinette. Juste ça, parce que pour le reste il est étonnamment silencieux, tacticien même quand il s'agit de trouver à bouffer. C'est assez affligeant quand on compare la taille de Tiny et du petit Mézoar. Oh, elle ramène bien à bouffer aussi, mais sa technique est un poil plus brouillonne. Elle fait ce qu'elle fait le mieux, court en beurlant : « À table, 'tites bestioles ! Princesse Petit Pet au p'tit dèj !

Première salope arrivée, première servie ! » Et quand les bestioles arrivent, elle défouraille. P'tit se la joue plutôt mort silencieuse, genre ninja lézard géant. P'tit, c'est comme ça que John l'appelle, il trouve ça drôle… Il essaie bien de refréner la tornade à couettes mais depuis que P'tit est là et qu'il n'a plus besoin de lui sauver le cul toutes les deux minutes, il se repose un peu. Plus ils s'éloignent vers le nord, plus les bestioles se font rares. Depuis quelque temps, ils sont entrés dans une espèce d'immense casse spatiale. Des carcasses de vaisseaux recouvrent le terrain, des antiquités de la dernière guerre dans un état lamentable. Tiny gueule, ça lui fend vraiment le cœur, toutes ces beautés qui crèvent dans le sable. Si elle avait le temps, elle te retaperait tout ça, prendrait le réacteur de celui-là pour le greffer à celui-ci, remonterait cette rampe de lances du démon sur cette corvette de reconnaissance, doublerait le blindage du demi-cuirassé juste pour le fun. Finalement elle décide de faire ses emplettes et d'utiliser P'tit comme chariot. Il ne lui faut pas deux heures pour fabriquer un harnais à bébé lézard et pas une minute au saurien pour manifester son désaccord en broyant ledit harnais. Depuis, P'tit et Cobrastar sont heureux, Tiny a opté pour une charrette à bras qu'elle se coltine et remplit en route. La moyenne en prend un coup mais ils sont relax, les grands frères. Sans Bambino, l'elfe des casses se cherche vite un substitut et elle a fait coup double, l'un a le gabarit et l'autre est à peu près de la même espèce.

Cobrastar, depuis quelques kilomètres, est un peu moins relax : il a senti de la tension chez P'tit et Tiny a rapporté pas mal d'objets usuels, des lames grossières récemment utilisées, de quoi faire cuire de la bouffe et des ossements déformés. Ils sont tombés sur des carcasses tout juste vidées par leurs occupants. Un coin qui pourrait presque sembler habité, mais là, personne en vue. Quel que soit le machin qui arrive à survivre dans le coin, son absence est tout sauf une bonne nouvelle. P'tit a l'air de trouver ça louche aussi, il s'est fait discret à leur entrée dans le cimetière de vaisseaux et maintenant il déambule faussement relax.

*

À la tombée de la nuit, Eli est arrivé dans un petit cirque de rochers, la déclivité s'adosse à une butte plate qui s'étend sur un kilomètre environ. Le garçon décide d'établir le camp contre le mur de rocher afin d'avoir une vue dégagée sur l'entrée du cirque. Il pense qu'en se ménageant des microsiestes il arrivera à surveiller efficacement son campement de fortune. Il continue de mordre dans des morceaux de viande de bestiole à moitié lyophilisés par le vent dessiccant du désert. Il se sert du Doc comme tabouret et ne lâche pas l'entrée du cirque des yeux. Il attend, il sait qu'elles vont venir. Une douzaine de ces choses au minimum, elles vont entrer par là les crocs à l'air et la faim au ventre, comme lui. Il en a l'eau à la bouche, mâchouiller des morceaux de bestioles toute la journée lui a ouvert l'appétit. Il est arrivé à destination, il ne lui reste que ça à faire. Défendre sa peau et celle du Doc sous son cul. Il ne sait pas si ces monstres sont nécrophages mais pas question qu'ils touchent à Doc Death. Même avec le flingue de Tiny, les chances sont plutôt minces de s'en tirer, sans compter qu'il commence à sentir sa blessure à l'épaule.

Un gros bousat d'épuisement et d'émotions lui tombe d'un coup sur la gueule. Eli tremble, il ne devait pas crever là. Il a les mains moites et le cœur aux tempes, ça lui cogne au visage. Il serre l'automatique de Tiny et se prend la tête dans les mains. Les coudes sur les genoux, il entend les cris se rapprocher. La première bestiole pénètre dans le cirque, ses puissantes pattes arrière retournent le sable alors qu'elle s'immobilise en sifflant. Elle est vite rejointe par ses congénères. Elles sont treize, il le sait et il sourit, la tête toujours baissée. Il lève la tête et dévisage les bestioles, le flingue dans une main et sa lame dans l'autre, y a plus qu'à…

« *There have been times that I thought I couldn't last for long. But now I think I'm able to carry on. It's been a long, a long time coming. But I know a change is gonna come, oh yes it will.* »

*

— Alors c'est ça, le *Mycénion*…

— Mmmh…

— C'est pas censé être une épave ?

— Mmmh.

— Mais là il est entier, non ?

— L'a l'air…

— C'est tout ? Le *Mycénion* ! Le légendaire vaisseau pirate, celui de ton grand-père. Intact et en état de marche. Et tu n'es pas plus excité que ça ?

— J'ai un peu de mal, là…

Bambino se retourne et indique la masse grouillante de scarifiés baveux qui les encercle. Il y en a partout, derrière eux, sur les pentes autour du vaisseau, d'autres qui sortent des soutes du *Mycénion*. C'est l'heure de la grosse fessée, ils vont passer un sale quart d'heure, quoique ça ne devrait pas durer longtemps. L'IA renégate et folle du *Mycénion* a rassemblé toutes ses troupes pour les choper. Deux jours maintenant qu'ils sont poussés vers le vaisseau par des hordes de scarifiés, et vingt-quatre heures qu'ils ont récupéré un zombie parlant après un petit accrochage. Il n'en reste pas grand-chose mais suffisamment pour communiquer avec l'IA.

— Je suis navré, maître Fälle, votre aïeul n'a laissé aucune consigne vous concernant. Le *Mycénion* est à moi. Mais rassurez-vous, nous restons en famille. Vous serez bientôt l'un des nôtres.

— Autre chose, l'affreux ?

Bambino balance un formidable coup de batte à la tête du scarifié qui s'apprête à répondre. Le crâne, toujours attaché à sa colonne vertébrale, décrit une lente parabole au-dessus des zombies en contrebas. On siffle le début de la rencontre. Dos à dos les deux pirates font feu sur les vagues de monstres qui leur sautent dessus. Et l'IA a dû convaincre les baveux qu'ils sont vraiment affamés parce que aucune blessure ne les ralentit.

— La tête ou la colonne, Fury ! Les premiers morts devraient les ralentir un peu.

— Tu déconnes, Bambino !

Les vivants escaladent les morts, quand ils n'ont pas d'armes, ils empruntent les membres de leurs camarades morts et se ruent sur les pirates en hurlant. Le bruit est assourdissant, des centaines de cordes vocales qui beurlent en même temps leur pètent les tympans. Les détonations de leurs armes rajoutent à la cacophonie et la fumée des canons qui surchauffent leur pique les gobilles. C'est un beau champ de bataille et Bambino se sent bien, il n'est pas tout seul, il a une équipière à protéger. Et pour une fois l'équipière en question ne se met pas dans des situations impossibles. Elle est disciplinée, elle vise-tire-recharge et recommence. Elle le couvre même quand vient son tour de recharger. Elle a un revolver à la ceinture et une machette grossière plantée à ses pieds. Le corps à corps n'est pas pour tout de suite mais elle est prête. Elle sait ce qu'elle fait, il peut se concentrer à descendre un maximum de ces saloperies sans s'en faire pour elle.

— Bambino, à deux heures ! Le piton rocheux, tu le vois ?

— Bien vu !

— Ça devrait nous permettre de tenir un peu plus longtemps, non ?

— En route, Fury !

— Appelle-moi Black !

Les deux pirates commencent à se diriger vers le promontoire. Un groupe de décérébrés leur barre le chemin mais une fois sur place ils devraient bénéficier d'un surplomb intéressant pour arroser les horreurs. Elle a l'œil, la chasseuse de primes, un sixième sens de soldat. L'accès au piton se fait par un chemin escarpé, pas de quoi passer à deux de front, une position défensive parfaite. Encore faut-il y arriver. La batte de Bambino fait des merveilles, secondée par sa masse et son calme de colosse elle dégage de larges espaces en décapsulant les corps de leurs crânes superflus.

BlackFury est un petit peu plus brouillonne mais sa lame et son revolver suffisent à couvrir leurs arrières. Ils arrivent bientôt au sentier et se retrouvent vite à l'abri en hauteur. Fury, essoufflée, tombe à genoux, elle reprend sa respiration et attrape son fusil par-dessus son épaule. Le souffle court, elle commence le tir aux pigeons, Bambino se place sur le chemin et joue de la batte sur les têtes de nœuds. Le travail pénible est pour lui. Pas le temps de s'en inquiéter, elle aura tout le loisir de se rattraper quand leurs armes tomberont en rade. Ce qui ne devrait pas prendre trop de temps étant donné la cadence à laquelle ils tirent depuis vingt-quatre heures.

Elle ne connaît pas l'océan, la chasseuse de primes, mais cette horde de zombies lui fait penser à des plages pleines de crabes pendant le frai. Ici les animaux ne sont pas excités par l'accouplement, juste stimulés par une IA tarée qui a eu plus d'un demi-siècle pour perfectionner sa folie sur les êtres vivants trouvés dans le coin. Les choses qui leur sautent à la gueule n'ont plus rien d'humain. L'ordinateur de bord du *Mycénion* les a remontées à l'envers, exacerbé les instincts les plus tordus, amplifié à outrance les besoins physiques de base. Les robots qui s'écroulent dans sa lunette n'ont pas même de lueur dans l'œil, rien pour les animer, aucune flamme, un néant vertigineux dans la prunelle, une mauvaise imitation du vivant. Quelque part, ça la rassure, BlackFury, de faire un carton pareil sur des marionnettes. Dans ces conditions, dézinguer à grande échelle, ça vous culpabilise un peu moins.

De son côté, Bambino se pose moins de questions, il est au practice. Il s'agit d'améliorer son swing à chaque tête de gland. Il est chanceux parce que l'arrivée des zombies sur un chemin aussi étroit lui offre des cibles aux postures sensiblement identiques, de quoi réellement améliorer son geste. Bambino est un esthète de la décapitation batteuse, un crâne qui vole en ligne droite, un autre légèrement frotté, une belle course en cloche, un tir tendu… Il n'est pas encore fixé sur ses préférences.

*

Elijah est allongé, la tête sur le corps du Doc épargné par les bestioles. Le cirque est plein de carcasses décortiquées, comme des gants de toilette de chair retournés. Un dernier corps relativement complet sert de couverture au Terran. C'est une passoire entaillée de toute part mais qui lui tient chaud, et ça tombe plutôt bien parce que la température chute à grande vitesse. Les deux dernières bestioles se sont fait la malle aux premiers coups de tonnerre. La tempête de la nuit s'annonce carabinée. Il fait de plus en plus froid. Eli est trempé, peut-être qu'il a plu. La nuit tombe et les éclairs s'éteignent sur ses prunelles aveugles.

*

— Ça pissait dru sur les falaises, les éclairs déchiraient le voile de la nuit et les loups pergasques eux-mêmes avaient cessé de hurler. Trempés jusqu'à l'os, les pirates se passaient le rhum en silence et affûtaient leurs armes. À ce moment rien d'autre ne comptait que la bataille qu'ils allaient devoir mener pour sauver leur peau. Ils avaient le vide dans le dos et des hordes de squelettes affamés les défrisaient depuis le bas de la butte où ils avaient trouvé refuge. Transpercés par ces regards flamboyants de haine, les flibustiers ne trouvaient de réconfort qu'en la perspective d'emporter le plus grand nombre de ces horreurs en enfer avec eux. De l'autre côté de la vallée, sur la colline, leurs camarades luttaient déjà depuis Dieu seul sait combien de temps. Ils étaient leur unique espoir de ne pas crever seuls. L'incroyable capitainesse Méga-Pet, sa clé à molette fétiche en main et un revolver petit poney entre les dents, attendait le signal du grand Cap Cobrastar. Elle était juchée sur son Dinostrier de guerre, le titanesque P'tit, armé jusqu'aux dents de ses griffes et canines. La visibilité presque nulle et la sueur…

— Tiny, tu veux bien la boucler ?

Vingt minutes qu'ils sont arrivés en haut de la cuvette en rampant dans des roches aux arêtes effilées et tranchantes comme des hachoirs à viande pour ne pas se faire repérer par la horde abominable qui gueule en contrebas. Ils ont eu le temps d'admirer l'habileté de Bambino à la batte et la précision des tirs de BlackFury. Le champ de bataille se compose d'une vaste cuvette close de collines et d'un vaisseau gigantesque que John a reconnu. C'est de là que s'échappe la marée de saloperies qui s'en prend à ses membres d'équipage. P'tit et lui ont remarqué le bordel bien avant d'y être confrontés et le lézard a su les guider à l'abri. Même Tiny a eu le bon goût de fermer sa gueule pendant l'approche. Maintenant c'est autre chose, elle est excitée comme un morbaque sur un hémophile.

Cobrastar plongerait bien dans la masse pour participer aux réjouissances mais il lui manque une bonne cinquantaine de pirates bien flingués du rachis pour ça. Même P'tit fait profil bas sur leur promontoire. Seulement, BlackFury vient d'arrêter de tirer au fusil. Elle est adossée à la corniche qui leur sert de refuge et Bambino bosse de la batte en double pour tenir les saloperies éloignées. Ils ont besoin qu'on leur relâche un peu la pression. La nuit commence à tomber et avec elle les tempêtes vont arriver. S'agrogner là-dedans relève du suicide. Bizarrement la masse de saloperies ne reflue pas avec les premiers éclairs. Elles devraient pourtant savoir qu'une nuit dehors est inenvisageable, la peau nue dans un ouragan comme ça, c'est la mort assurée.

Il a peu de temps pour récupérer Bambino et BlackFury, si les horreurs ne les boulottent pas avant. Et sans refuge, la nuit finira le travail.

— Tiny, qu'est-ce t'en jactes ?

— Rien, Cap, c'est toi le cap.

— Comment ça, c'est moi le cap ? Depuis quand tu fonces plus comme une drouille hydrocéphale vers une mort certaine ?

— Bah, entre les clowns en bas et la tempête qui arrive, j'le sens pas…

— Tu le sens pas ?! Tu préférerais prendre le thé avec une de tes peluches de films d'horreur ? Et ton épopée y a deux minutes ?

— Un récit héroïque, c't'un récit héroïque, et les héros, ça crève. Non, mais regarde, Cap ! Même P'tit fait son timide.

— Et dans le cuchon de merde que t'as ramassé, t'as rien pour nous ventiler la populace ?

— C't-à-dire qu'il est en bas et que les pierres sont coupantes.

— Merde, t'as décidé de jouer la feignasse maintenant ? Maintenant ?!

— Bon, OK, mais ça va me prendre un moment pour monter un truc utile.

— Fais au mieux, ton frangin est costaud mais y va pas tenir très longtemps. Tu as besoin d'un coup de main ?

— PUTAIN ! PERSONNE touche à mon matos, Cap ! PERSONNE, PUTAIN !

— T'as une heure, la drouille ! Après, j'y vais.

— Et P'tit ?

— Il est pas con, il aura le bon sens de se planquer.

Un regard à la bête lui apprend que P'tit risque d'être aussi borné que lui. C'est comme si l'animal avait parfaitement saisi l'échange avec Tiny. John jette un regard à Bambino, une heure ? Il a été un peu généreux avec la princesse Petit Pet, il devra probablement s'y jeter avant s'il veut avoir un équipage à récupérer. Dans le cratère, John repère plusieurs carcasses propres à les mettre à l'abri pendant la nuit, à condition de se débarrasser d'abord de la horde grouillante. Il n'a pas grand-chose sur lui à part son sabre énergétique mais Tiny lui prêtera peut-être un de ses pistolets roses.

« *War, huh, yeah ! What is it good for ? Absolutely nothing !* »

*

Elle est épuisée. Ça fait un bon moment qu'elle a laissé tomber la carabine pour tirer au revolver. Le dos à la corniche, elle se contente de couvrir Bambino du mieux qu'elle peut. Merde, il est increvable, le mastoc.

Elle sourit, voilà qu'elle parle comme eux maintenant. C'est vrai que depuis une heure, il souffle un peu plus fort et semble parfois trembler sur ses cannes. À part ça, il a l'air de s'amuser. En tout cas il éclate régulièrement de rire. Elle en vient à se dire qu'il n'est pas tout seul dans sa tête, ça doit être de famille. Elle ne vise même plus. Bam ! Il allait croquer la cheville du colosse, celui-là ! Bambino lui fait un signe de la main pour la remercier. Elle mate rapidement le ciel. La nuit arrive et les éclairs sont déjà là. Elle comptait là-dessus pour être débarrassée des scarifiés mais elle est en train de revoir sa copie.

Un frémissement caresse alors la horde, au début c'est assez léger, des scarifiés qui sont moins concentrés, certains qui s'immobilisent en plein assaut, d'autres qui se battent, et enfin c'est un cri qui monte, de centaines de gorges écorchées. Et d'un coup, un hurlement monstrueux. Elle a déjà entendu ça, il n'y a pas longtemps, mais l'intensité n'est pas la même. Un Mézoar. Elle se lève, Bambino se tourne et la marée tout entière marque une pause. À quelques centaines de mètres, un gigantesque sauropode déchiquette les scarifiés. Dix mètres devant lui une silhouette élastique élague souplement les zombies. Juste ce qu'il fallait pour lui redonner du cœur à l'ouvrage. Elle ne sait pas où Cobrastar s'est déniché un Mézoar de poche, mais ils ont peut-être leur chance après tout. Bambino a repris ses swings et il sourit. Elle épaule son fusil et pointe la lunette sur le jeune capitaine, il est difficile à suivre, trop rapide, elle arrive quand même à dégommer deux zombies à côté de lui. Concentré sur sa danse, il a dû comprendre le message parce qu'il lève rapidement la main et fait le signe des commandos pour « Tout va bien ». Elle arrête de le déconcentrer, d'autant que le Mézoar a l'air de surveiller ses arrières, elle continue.

— Bambino ?

— Ouais, j'ai vu.

— On va s'en tirer ?

— J'en sais rien. Secondé par un Mézoar, chier ! Il danse bien, non ?

— Peux pas te dire, je suis un peu occupée à te sauver les miches !

— Menteuse… Je vais te dire, gamine, moi je trouve qu'il danse bien !

*

Complètement ébravagé[46], ce lézard ! Les armes des zombies ont beau ne pas traverser son cuir du premier coup, elles

46. Trépané, lobotomisé.

sont nombreuses, les horreurs. Mais il ne va pas se plaindre. P'tit aplanit pas mal de difficultés, sans lui Cobrastar n'aurait pas tenu aussi longtemps. Ils sont à mi-pente, à la moitié du chemin pour la corniche de BlackFury, et Tiny n'a toujours pas donné signe de vie. Quand il s'est jeté dans la baston, la drouille était déjà en train d'assembler une merde informe à la tronche improbable. Les seuls points familiers étant une crosse et une gâchette, il en déduit qu'il s'agit d'un fusil. Comme si ça ne suffisait pas, les orages prennent leur temps pour s'installer. Il évite un bras décharné, passe dessous, se fend et sépare le corps de l'Ergosan miteux en deux. Un Végien de cauchemar l'attaque par la droite, il pare de l'avant-bras et décapite l'importun. Dans le coin, il y a toutes les races de l'univers en plus moche. P'tit se met à rugir, et la voix amplifiée de Tiny résonne dans le cratère :

— MÈCHE COURTE, CAP'TAINE !

Cobrastar a juste le temps de plonger au sol et c'est la fête des sens.

*

John tente de se relever mais ne dépasse pas le quatre-pattes. Il se secoue la tête, ça sent l'ozone. Il a le crâne chewing-gum, l'impression que P'tit lui a mastiqué l'encéphale. Les yeux fermés, il voit encore les couleurs, pire, il arrive à les goûter… Une main s'appuie sur le manche de l'épée fichée dans le sol. Il se soulève à demi, monte un genou, pose un pied et relève la tête. Il a les yeux ouverts, il le sait, mais c'est dur de faire le point sur ce qu'il voit. Ça brille comme de la lumière dans un prisme et lui éblouit directement la rétine. Enfin, il distingue une frange sombre, ses cils. Au-delà, l'arc-en-ciel s'éteint et c'est le pommeau du sabre qui retrouve son noir un peu passé. Sa peau le démange, il voudrait se rouler par terre et se vautrer comme un goret. Il entend gémir, un gémissement caverneux. En prenant appui sur son épée il arrive à se retourner et cherche P'tit du regard. Couché sur le flanc, complètement déboussolé, le saurien balance sa tête au-dessus du sol en bavant, il a les yeux retournés. Un tyrannosaure épileptique. Autour, les corps sans vie des zombies jonchent le sol en autant de caricatures de pantins désarticulés. Plus bas, un trou monumental défigure le cratère. Une soupe fluorescente en tapisse le fond, le liquide ruisselle depuis le haut du trou. John en aperçoit l'origine : les corps des zombies les plus proches du trou se liquéfient en une masse gélatineuse qui s'agglomère pour former le bassin génétique du fond de cratère.

Il lève le regard vers la position supposée de Tiny : elle est là, l'affreuse, la furieuse en bleu de travail. En haut de la pente, elle fume ce qu'il devine être une cigarette anti-rad. Elle lui fait un grand signe de la main, un sourire lui barre la gueule, un bazooka sur l'épaule elle lui demande s'il a besoin d'un deuxième tir. Elle écoute de la musique : « *Turn your love around, don't you turn me down…* » John espère que son incrédulité lui défigure le visage. Et puis il s'essaie à gueuler :

— ÇA VA ALLER ! MERCI ! ET RENDS-MOI SERVICE.

— TOUJOURS, CAPI CAP !

— NE TOUCHE PLUS JAMAIS CE LANCE-ROQUETTES DE FIN DU MONDE !

Un atomique ! La petite a fabriqué un atomique et l'a balancé dans le trou. L'explosion elle-même a nettoyé des centaines de zombies, ses franges en ont liquéfié une ou deux autres centaines et le reste est étendu et tremblant. On dirait des robots en reboot.

Va falloir se faire une cure d'anti-rad, avec la dose qu'ils se sont mangée, ou leur espérance de vie va en prendre un coup. Ce qui l'ennuie, c'est P'tit. Les Mézoars sont costauds, il se relève d'ailleurs déjà en s'ébrouant et en jetant un regard furieux à Tiny. Mais il ne sait pas comment l'espèce gère les radiations. Pas le temps de s'en soucier pour le moment, il fait signe aux assiégés. Bambino est frais comme un gardon, il a déjà une anti-rad au bec, à croire que les atomiques sont une obsession de la mini-Fälle et que son frangin s'attendait à une urgence du genre. BlackFury par contre a l'air dans les vapes. Bambino lui a collé une clope sur la bouche et la maintient d'une main.

— ÇA VA ?

— ÉVANOUIE. JE LA DESCENDS.

Le temps que Bambino le rejoigne, P'tit s'est placé entre lui et Cobrastar, il boulotte quelques zombies et surveille le frère de Tiny du coin de l'œil. Quand il trouve que celui-ci s'est assez approché, il grogne un avertissement. Pas fou, enfin pas plus que d'habitude, Bambino arrête. Tiny aussi s'est mise en route. Maintenant que les zombies sont calmes, le trajet est rapide. Il faut pas mal de temps pour convaincre P'tit que Bambino n'est pas un danger pour John. Quand Trollinette les rejoint, BlackFury est penchée sur un rocher et gerbe son ventre vide. Tiny lève un sourcil interrogateur.

— Ton feu d'artifice et les clopes anti-rad de ton frangin. Je vais pas t'allumer maintenant parce qu'on a autre chose à foutre, mais Tiny… Un ATOMIQUE ?!! Un putain d'atomique ?!!

Le capitaine est très fâché. Elle n'est pas sûre de tout saisir, sûrement qu'elle n'a pas été assez rapide. C'est vrai qu'elle a peaufiné l'assemblage du détonateur. Et puis graver ses initiales et celles d'Elijah dans la munition, c'était peut-être un peu superflu.

— Tiny, tu m'écoutes ? Compris ?

— Clair sur cinq, cap'taine !

Cobrastar quémande un peu de soutien d'un regard à Bambino.

— Plus mon problème maintenant qu'on est dans ton équipage.

— C'est ta sœur !

— Ton équipage !

— Tu seras heureux d'apprendre que je t'ai promu bosco, et tu me gères ça.

— Ouais. Merde.

La discussion pourrait s'éterniser mais BlackFury, revenue d'entre les morts, attire leur attention sur l'entrée du *Mycénion*.

— Y a du mouvement là-bas.

Elle regarde dans la lunette de son fusil.

— Une nouvelle cargaison de scarifiés.

— Des scarifiés ?

— Rapport à leur peau d'écorchés vifs. Ceux qui arrivent sont nettement plus vivaces que ceux-là.

Elle met un coup de botte dans une carcasse que P'tit a commencé à becqueter. Celui-ci grogne d'indignation.

— Je craignais qu'il y ait des renforts, lâche Bambino, l'IEM générée par l'atomique n'a pas grillé leur connexion avec l'IA du *Mycénion*, la coque les a protégés.

— L'IA du *Mycénion* ?

— Une IA rebelle, elle sait que nous sommes les piozous d'Agamemnon. Elle aimerait nous ajouter à son armée. Elle est restée seule trop longtemps.

— Ben voyons… Et c'est là qu'on va. Il vous faut une preuve à montrer aux grands capitaines. Et une preuve de filiation de cette taille, ça va faire son petit effet. Faut juste se débarrasser de cette nouvelle armée de scarifiés.

— J'y rebalance une lampée, Cap ?

— Elle a rien écouté de ce que je lui ai dit, hein ?

— Je crois pas que le souci se situe au niveau de l'écoute, soupire BlackFury.

Ils n'ont pas le temps d'en débattre qu'un éclair monstrueux s'écrase au milieu de la masse grouillante. La nuit arrive enfin et les tempêtes avec.

— On serait pas mieux à l'intérieur, Cap ?

— Avec une IA rebelle et son armée de zombies ? Oui, sûrement. Sois gentille maintenant et file-moi un de tes blasters. C'est un ordre !

Cobrastar arrache l'arme que Tiny lui tend d'un air contrarié. Il empoigne son sabre et se dirige vers l'entrée du vaisseau. En passant à côté de P'tit il lui flatte le museau. Celui-ci fait semblant de vouloir lui arracher le bras et le suit avec souplesse. BlackFury soupire puis emboîte le pas de Bambino et Tiny trottine en chantonnant *Killing In the Name.*

*

Les projecteurs du vaisseau et les éclairs rivalisent d'intensité pour éclairer la boucherie. Cobrastar et son sabre énergétique font des merveilles. Ils découpent, chirurgicaux, les scarifiés qui approchent de leur espace vital. Plus subtils que Bambino et sa batte, ils n'en sont pas moins recouverts de sang et de barbaque. P'tit n'avale plus la viande, il se contente de déchiqueter ce qui passe à sa portée. Tiny à ses côtés a ressorti sa clé à molette et fracasse les crânes. BlackFury, dos à dos avec Bambino, fait le ménage autour de Trollinette.

La visibilité va en diminuant à mesure que le vent augmente. Bientôt les éclairs traverseront les particules métalliques en suspension dans l'atmosphère et des arcs électriques zébreront les airs. Du plasma explosera en toiles d'araignée brûlantes et ils seront tous sur le carreau. Il doit lutter pour garder ça en tête et s'approcher de l'entrée. Cobrastar aimerait rester vibrer dehors.

P'tit se met à gueuler. Une beurle, qui vrille les tympans, recouvre les hurlements du vent et, pendant quelques secondes, calme même les scarifiés. Un Mézoar adulte entre en scène.

— MAMAN EST EN COLÈRE ! gueule Tiny.

Le ciel s'éclaircit et John pourrait voir les étoiles si une masse sombre ne cachait pas la moitié du plafond planétaire. Cobrastar a la désagréable impression que la mère de P'tit a bouffé la tempête. Celui-ci s'est placé entre John et le monstre maman. Il fait rempart de son corps aux flibustiers et hurle comme un possédé en direction de sa mère. Les scarifiés commencent une retraite désordonnée en direction de l'entrée du vaisseau. Maman se détourne de son gosse, ouvre la gueule et un fleuve de lumière inonde les zombies. D'un coup, la géante vient d'effacer un bon millier de saletés. BlackFury, Tiny, Bambino et John ont la tête en arrière, ils regardent la gueule gigantesque s'ouvrir de nouveau, la lumière poindre dans la gorge de l'engin.

— Ça y est ! se dit John.

Mais P'tit saute à la gorge de maman et lui claque le beignet d'un coup de boule bien placé. Un bond de trente mètres de haut pour le gamin, un bel exploit. Outrée, maman baffe le gosse insolent qui s'écrase à ses pieds. Une grosse paluche de la taille de P'tit, griffes et peau minérale, s'abat l'air de rien sur son rejeton. Elle est gentille, maman, on sent qu'elle s'est retenue, P'tit n'a pas fini vaporisé. John et Tiny sont aux côtés de P'tit en un rien de temps, contrariés, faudrait voir à pas toucher leur lézard, alors de leurs mignons blasters roses ils arrosent le Mézoar adulte de gouttelettes dorées.

— Y voudraient détruire un gratte-ciel en pissant dessus qu'ils s'y prendraient pas autrement ! se dit Bambino qui se joint au duo avec son revolver, suivi de près par BlackFury et son fusil.

Maman les regarde la gueule ouverte, elle serait presque étonnée, godzilette. Elle sait plus quoi faire quand sa progéniture se relève et reprend ses hurlements. L'adulte se détourne et approche son crâne titanesque du sol, des grognements répondent aux cris de P'tit. Elle ne prête plus attention aux pirates qui lui tirent toujours dessus en criant. C'est Tiny qui se lasse en premier, elle baisse son arme et soupire :

— Et merde, Cap ! J'ai la dalle !

DEAD MAN'S POINT

— Bon Dieu, ça faisait un moment, vieille barrique !

Tito ne répond pas, il détaille l'intérieur. C'est fonctionnel, pratique comme tout bon vaisseau militaire mais pas dénué de confort. Nouveau vaisseau ? Ça paye bien, la vie de mouton…

— Tu m'as manqué aussi.

— Des piozous d'Agamemnon ? Sérieusement ?

— J'ai pas de garagna, Dionysès, je sais pas de quoi tu causes. Mais toi, Cobrastar ?

— T'es là pour ça, alors ? Quelle déception, moi qui pensais que tu venais serrer la main d'un vieux pote.

— L'embrasement probable de la galaxie m'a paru une bonne excuse pour partager un verre de gnôle avec toi et reparler du bon vieux temps.

— Bien dit, on se courle un pichet ?

Il ne faut pas longtemps aux deux vieilles légendes pour sombrer dans un débilisme profond provoqué par le fioul.

Y a un silence. Un long silence.

— OK, fais-la courte.

— Ton matru a l'UI au cul, le Syndicat, les conglomérats et une chiée de tueurs professionnels. Le Secrétaire veut récupérer ces données, il paiera un paquet. À défaut je lui ferai accepter leur destruction complète.

— Tout ça, je m'en tape, son agent de l'UI m'a fait le même topo, la destruction en moins. Qu'est-ce qui t'amène vraiment ?

— Snyssken.

— D'accord. Il était pas sur Terra par hasard ? J'y ai pas cru une seconde.

— C'est moi qui en ai parlé à Monsieur pour la récupération des données.

— Le psychopathe le plus insaisissable de l'univers subtilise les données et disparaît avec. L'UI les récupère en douce et tout le monde est content ?

— Ouais, mais au lieu de les filer au Secrétaire il disparaît vraiment avec. Tout le monde est content, Monsieur ne cherche pas à lui courir après et passe les données au rayon pertes. Plague nous rejoint sur Tartarus et on gère le bordel.

— Tu comptais me tenir au courant ? Impliquer dans ce bousat un pote que t'as pas vu depuis cinquante piges, sans lui en toucher un mot, ça t'a semblé correct ?

— Je pouvais pas venir ici sans risquer de me griller pour de bon. Et Snyssken devait te mettre au parfum.

— Merde, Aga ! Je sais même pas comment tu as réussi à le contacter sans moi ! Encore moins à l'embarquer dans ce bousat d'ampleur cosmique !

— C'est lui qui m'a contacté.

— C'est nouveau, ça. L'opération, c'était son idée aussi ?

Putain ! C'est déjà un miracle quand il arrive à penser de manière cohérente ! Une minute sans avoir à dessouder quelqu'un pour se concentrer, c'est presque impossible pour lui.

— Tout ce qu'il m'a confié, c'est qu'on lui avait dit de me contacter parce que j'avais besoin de lui.

— Et ?

— Je lui ai tracé les grandes lignes pendant qu'il flinguait je sais pas quoi ou qui.

— Il pense que les données contiendront un truc qui nous permettra de le soigner ?

— Plutôt de le descendre.

— Je vois.

Agamemnon prend son verre et en assade le contenu l'air triste. C'est sa faute si Plague a fini comme ça. Snyssken lui a collé au cul sur ordre de Tito dès la fin de la bataille de Vigès. Il savait qu'Agamemnon ferait une connerie. Il est arrivé trop tard pour empêcher le premier tir du tueur de soleil, mais à temps pour empêcher Phaetor de remettre le couvert. Il a flingué le capitaine et s'est jeté dans le dispositif pour le désactiver. Ça a merdé. Au moment où Agamemnon télescopait le *Gygès*, Plague apparaissait sur son pont dans son état actuel et le *Gygès* volait en éclats. Agamemnon revoit son ami se tordre de douleur en se tenant le crâne, le maudire d'avoir construit une telle saloperie à partir de tech prothéenne. Ces geignements, son corps qui se convulse et se dématérialise, qui réapparaît en le faisant redoubler de cris et soudain le vaisseau tout entier qui se téléporte derrière la plus petite lune de Tartarus. La préférée de Snysskken.

— Fais pas la gueule, ça se tente ! On lui doit bien ça.

— Tu crois que je le sais pas ?! gueule Agamemnon.

— T'as tendance à l'oublier à force de t'autoapitoyer. C'est pas con, son idée, et puis on peut pas laisser ces données aux mains de l'UI. Même s'il s'agit d'un recueil de contes pour petits Prothéens insomniaques, j'aime autant savoir que c'est nous qui les avons. Par contre on a un souci.

— Ton chiard ?

— J'en suis le premier surpris, mais non. Tes petits-enfants.

— Je te l'ai déjà dit, j'ai pas de gosses alors des petits-enfants encore moins.

— Et pourtant. Anjer alias Bambino et Tiny Fälle.

— Je te dis que… Attends, quel nom, tu dis ?

— Fälle.

— Ah bah, merde alors. Tu te souviens de Moriag la bête ?

— La grosse Végienne ? Ton mécano ?

— Ouais, son nom, c'était Fälle.

— Et vous avez…

— Le soir où Plague nous a téléportés derrière Tartarus.

— Ben mon vieux, t'étais affamé !

— Plutôt déboussolé, on l'était tous sur le vaisseau…

— Je comprends mieux de qui Bambino tient sa droite. T'as toujours cogné comme une fillette, Moriag par contre…

— Je suis stérile, Dionysès, c'est pas possible.

— Je veux bien te croire mais les miracles, ça arrive. Et puis ton petit chiard me courait tellement sur la queue que j'y ai filé une correction, histoire d'y choper un peu de matière. Et bah, c'est bien ton ADN.

Là, il ferme un moment sa gueule, il n'est pas contrarié d'avoir de la descendance, juste qu'il s'était fait une raison. Et puis s'il est plus stérile, il va avoir une chiée de gonzesses à contacter.

— Bah, merde alors... Des garagnas, ça change pas mal de choses.

— Ils n'ont aucune preuve de filiation et j'ai fait en sorte que ça en reste là, pour leur survie. J'ai dû calmer pas mal de monde pour les protéger et vu qu'ils ont hérité de ton caractère, je te laisse imaginer les emmerdes. Et comme si être les rejetons du pirate le plus détesté de tout Tartarus ne suffisait pas, ils se sont mis en cheville avec mon fêlé de gamin. Malheureusement, pour prix de leur aide, ils ont demandé à John de prouver qu'ils sont tes descendants. Et je ne sais pas comment a fait ce merdeux, mais mon gosse a déniché l'emplacement du *Mycénion*.

— Oh, grande burne !

— Ouais, s'ils s'en sortent et qu'ils en font leur vaisseau...

— On l'a dans le cul, l'UI va péter un plomb et croire au retour des méchants pirates !

— Et Snyssken ?

— Quoi, Snyssken ? Tu penses bien que j'ai essayé de le contacter quand John m'a appris sa présence sur Terra. Cette tête de burin est injoignable.

*

Ça fait une heure que Daisy regarde Red baratiner le spatial de l'UI. Mignon, le troufion, elle en croquerait bien un bout s'il n'avait pas écrit « bidasse unioniste » sur le front. Il n'a même pas fait l'effort de virer sa coupe de cheveux réglementaire… Il a le regard intelligent, il sait où il est, qui sont les gens dans le bar, et il reste vigilant. Cela dit, il se serait déjà pris un coup de chourin dans le dos sans leur protection. Ça va être dur à faire avaler à Dead Man's Point, de couver un mouton pareil. Mais Tito a donné des instructions et les grands capitaines le secondent pour une fois. Red et elle ont bien eu quelques têtus à correctionner, mais rien de trop pénible. Ce qui lui court vraiment, à Daisy, c'est que ce petit con suffisant n'a pas l'air de se rendre compte du privilège.

Un tatouage familial recouvert à la hâte en haut de sa nuque apprend à Daisy qu'il est de la famille Owens. Vu l'emplacement du tatouage, un héritier direct. Il ne l'a pas fait effacer, il l'a recouvert d'une main qui fait un doigt. Pas super réglementaire, mais éloquent. De quoi prouver à ses supérieurs qu'il a coupé les ponts avec sa famille et servira uniquement l'UI.

Daisy décide d'aller s'asseoir à leur table et de participer à la conversation.

— Alors, beau brun, combien de temps on doit te garder en vie ?

— Daisy…

— Juste par curiosité, ton bidasse a pas l'air de se rendre compte du mal qu'on se donne pour que personne ne le renvoie en pièces détachées à l'amirauté.

— Au contraire, Miss Daisy, j'en ai bien conscience. J'ai appris tout récemment l'histoire de Tartarus.

— Ah oui ?

— La vraie, oui. Je sais que je suis le premier militaire de l'Union à poser le pied sur la planète.

— Un mouton éduqué, on aura tout vu. Il est là pour John ?

— Si on veut. Disons que ses patrons envoient le lieutenant Owens faire le point avec Pam et apporter un beau paquet d'oseille aux capitaines et à l'Orvet au cas où il accepterait de faire affaire.

— Ben voyons, mon gamin faire affaire avec l'UI. Tu veux un conseil, le troufion ? Rapporte ton blé chez toi avant qu'on t'le choure. Mon p'tit ne vous vendra rien.

— Votre gamin ? Cobrastar est votre fils ? Vous êtes la femme du capitaine…

La tronche du militaire… En même temps, l'idée de se taper le vieux Tito lui fout aussi l'estomac à la glotte. Le lieutenant Owens est costaud, mais pas aux critères de Tartarus. Ce n'est pas une bête, le troufion, il y a même de la douceur dans son visage. Il a les yeux clairs et les traits fins, l'entraînement et les augmentations militaires n'ont pas effacé la délicatesse des gènes trafiqués de la famille Owens.

— T'emballe pas, mon gars ! Je l'ai élevé, pas porté. Je suis la femme de personne. Alors, comme ça, on est un héritier des Owens, hein ?

— Plus depuis un moment.

— Si tu veux faire recouvrir ton tatouage familial correctement, Red peut te faire ça à la lampe à souder.

— Ça ira, merci, Miss Daisy. Dites-moi, je suis curieux, vous pensez vraiment que Cobrastar refusera la proposition de BlackFury ? Et si c'est le cas, pourquoi me le dire ? Quel intérêt pour vous ?

— Aucun intérêt, sinon t'éviter de perdre ton temps et nous le nôtre, fiston. Daisy a raison, je connais le gamin et il n'acceptera jamais. Maintenant, le cadeau de l'UI aux grands capitaines et à Tartarus est quand même le bienvenu. On crache pas sur les crédits, on n'est jamais que des commerçants ici.

— Pour paraphraser Miss Daisy, « ben voyons » !

LOIN DANS LA ZONE MORTE

— Qu'est-ce qu'on branle, Cap ?

— On rentre là-dedans et on récupère l'insigne de capitaine sur le pont du *Mycénion*.

— Je pourrais démonter des bouts ? Dis, Cap ? Je pourrais ?

— Faudrait déjà arriver à passer cette IA malade, tranche BlackFury.

— On n'a qu'à demander à Mami Mam !

John se retourne vers la masse couchée du Mézoar adulte. Il remplit toute la cuvette de son corps minéral, le crâne posé à une dizaine de mètres d'eux, à côté de P'tit qui ronfle. À la suite de sa grosse colère, plus de signe de vie de l'IA. Elle doit manquer de main-d'œuvre depuis le barbecue de maman. John doute de pouvoir compter sur les Mézoars pour arpenter les coursives du vaisseau et il est hors de question de détruire cette relique de la flibuste. De toute façon quelque chose dans le regard de Bambino lui dit qu'il récupérerait bien le navire de papi. Il va falloir faire ça à la dure.

— Capitaine, on n'est pas obligés d'aller sur le pont. Vous avez plus que rempli votre part du marché et il nous reste Eli et Doc Death à retrouver.

— Et la preuve de filiation ?

Bambino s'éloigne du groupe et s'approche d'un sas du vaisseau. Il fait rouler sa batte autour de l'épaule et l'abat sur le métal. Un insigne d'équipage scellé dans le montant s'envole par-dessus son crâne et vient se ficher dans le sol, aux pieds de Trollinette. L'elfe des casses se met à sauter à pieds joints autour du feu en hululant.

— Ça suffira pour nous, capitaine.

— Vous êtes sûrs ?

— On sera à l'abri dans votre équipage, le cas échéant on sait se défendre.

— Ouais, Capi Cap !

— Tiny, bordel ! Pose cet atomique !

John n'a pas le temps de poursuivre qu'une voix lui fait vibrer l'encéphale :

— John, il est arrivé quelque chose à Eli. Je sais où vous êtes, je vous rejoins.

À la gueule que tire Tiny et au sursaut des Mézoars, il sait qu'il n'est pas le seul à avoir entendu Lucy.

*

— F'chier ! P'tain ! F'chier ! Tu vas te réveiller, bougre de petit con ! Toi, le borniquet, appuie ici ! Merde ! Chier ! F'chier ! Va pas me caner dans les pattes, le gamin ! J'ai aucune envie de rester coincé ici. Hé, la gravure de mode ! Quand t'auras fini de me faire de l'ombre avec ton galure miteux, tu me passeras un coup à boire. NON, CRÉTIN ! SANS LÂCHER L'ARTÈRE !

Doc Death s'occupe d'Eli depuis une bonne heure à genoux dans le sable. Il est arrivé à isoler un peu le lieu de l'opération avec un stérilisateur d'espace. Ils sont dans un champ de stase antibactérien mais ce matos de campagne ne va pas tenir bien longtemps. Il referme en vitesse les blessures d'Eli en espérant avoir viré la majorité des agents pathogènes de son organisme. Il lui a même filé un de ses cocktails personnels pour booster son système immunitaire. Mais pour l'instant, le cœur du gosse s'éteint doucement.

— Tu vas pas me dire ce que tu fous là, hein ?

Le mec louche qui l'a réveillé est assez avare de mots.

— F'chier ! P'tain ! F'chier ! L'a même pas ouvert sa mouille depuis une heure !

De fait, il se contente de lui filer un coup de main et d'écouter de la musique en tapant du pied : « *Raise up, get yourself together and drive your funky soul…* »

Le borgne, penché sur lui, l'a sorti des vapes avec une grosse baffe. Il a senti ensuite la main calleuse du type lui tourner le crâne. Alors il a vu le corps d'Eli à quelques mètres et la boucherie de bestioles. Le gamin pissait le sang. L'affreux s'est contenté de lui tendre sa scie à os et de grincer d'un air menaçant :

— Dégrouille-toi, raclure de chiottes !

Depuis, il merde tout ce qu'il lui dit de faire d'un air complètement absent.

— T'es muet, l'affreux ?

— …

— Génial ! Ça te dérange pas si je fais la conversation, alors ?

— …

— C'est toi, le nettoyage de bestioles ? Joli tableau en tout cas. Chaque fois que des abrutis tombent sur des bestioles, chuis bon pour rafistoler l'escouade entière. Enfin ce qu'il en reste en tout cas. F'chier ! P'tain ! Tiens-moi ça ! Je devrais m'estimer heureux, j'ai qu'un client aujourd'hui. Merde ! F'chier ! T'es arrivé à faire un truc sans merder ! Alors ce gamin, tu vois, faut que je ramène son cul dans ce petit coin de paradis, parce que s'il cane y en a qui risquent de me faire un peu la gueule. Du genre malabars avec câblages défectueux et patience en option. Ouais, un peu comme toi, sauf que tu m'as toujours pas cogné. F'chier ! P'tain ! Prends pas ça pour une invite non plus, hein ! Donc tu m'as dit que tu t'appelais comment déjà ?

— …

— P'tain ! Sympa, j'aime bien. F'chier ! Drôlement chouette comme blaze !

— …

— En tout cas, j'aime bien ton imper. Classe ! Poussiéreux,

crade mais sympa. Regarde le mien ! Pas moyen de garder un imper en état dans ce coin pourri. Cette saloperie de poussière ferreuse se fout partout. J'ai pas encore trouvé mieux que la graisse de bestioles pour le préserver. Mais l'approvisionnement étant ce qu'il est et les bestioles ayant leur petit caractère, l'entretien se fait pas tous les jours. Et toi, tu fais comment ?

— …

— Ouais, c'est bien aussi. Dis voir, vu ta gueule t'as déjà dû faire des sutures ? Prends ce kit laser, suture et cautérise-moi l'avant-bras du gamin pendant que je m'occupe de sa nuque. J'en ai fini avec l'abdomen.

— …

— P'tain ! F'chier ! P'tain ! Mais regarde-moi ça ! P'tain ! T'es doué en plus, l'aura pas une cicatrice ! C'est bon de mon côté aussi, reste plus qu'à lui allonger un dernier shoot. P'tain ! F'chier ! Fais pas cette gueule ! Moi qui pensais justement que tu pouvais pas être plus laid. C'est un cocktail à moi, j'en prends tous les jours.

Doc Death fait sa dernière injection. Il commence à lui péter les glaouis, le borgne. Il vient de rafistoler le petit, il faut rectifier la balance.

— Un qui vit, l'autre qui cane.

Non, pas maintenant ! Son antipsychotique, vite dans la poche. Il voit rouge, le Doc. La carotide de l'affreux est là, tentante. À une vitesse surhumaine, Doc Death va pour trancher la gorge du mec. Le revers de main du borgne lui claque le beignet et explose son scalpel micrométrique. Le Doc va rouler dans le sable et se pète une côte sur un rocher. Le son qui lui résonne dans la cage thoracique ne trompe pas. Une main gantée lui attrape la mâchoire, lui presse les joues, une autre lui fouille l'imper, en sort un truc et lui colle dans la menteuse.

— Tu parles trop, raclure ! Avale !

Son antipsychotique maison… S'il pensait en rester là, il en est pour ses frais, Doc Death. Le borgne lui file la branlée de sa vie. Il ne sait pas trop quoi en penser, le Doc. Il est un peu vexé, il n'a même pas réussi à effleurer ce type. En même temps, le médecin apprécie l'homme de l'art, le borgne sait clairement où frapper pour causer un maximum de douleur et un minimum de dégâts. Un confrère peut-être ? Avant de sombrer de nouveau, il hallucine l'arrivée d'un vaisseau.

*

— Y a un truc qui cloche sur les senseurs longue portée, John !

— Lucy, nos senseurs fonctionnent en plein désert. Tu nous as retrouvés dans la tempête en suivant un couloir aérien vierge de toute turbulence qui nous dirige à présent droit sur le gamin. T'as trouvé quelque chose de plus tordu que ça ?

— Je te bascule ça sur l'écran, capitaine de mon cœur.

— Elle est amoureuse ! Elle est amoureuse ! Ah ah ! Je le savais, Lucy, que t'étais amoureuse !

— Tiny, ta gueule et… Oh merde ! Qu'est-ce qu'il fout là ? Bambino, à la batterie principale ! Magne-toi le coussin fendu et mate un peu ! Prépare-toi à tirer ! Enfin, non, tire pas, vaut mieux pas.

— C'est qui, ce tordu ? Pourquoi y cogne sur Doc Death ? Note que je m'en plains pas !

— Si quelqu'un cogne cette ordure, je veux bien en profiter aussi, surenchérit BlackFury.

— Un pote à nous, Fury chérie. Anjer, je te présente la terreur de l'espace intergalactique. Son Altesse Plague Snyssken.

— Snyssken ??!!! L'est où ? L'est où, Capi Cap ? Je veux un autographe ! S'il te plaît, s'il te plaît, s'il te plaît, Bambino ! Je t'en priiiiiiiie !!!

— John ! J'ai repéré Eli, ses vitales sont stables, il est étendu derrière Snyssken.

— Vu, Lucy, et le Doc ?

— Dans les vapes, on se pose ?

— Qu'est-ce t'en penses ? Ma dernière rencontre avec les abattoirs Snyssken m'a suffi, d'autant qu'il m'avait bien spécifié de veiller sur Eli.

— Et t'as fait un job de merde, Cobrastar ! En ce qui me concerne, je reste dans le vaisseau. J'ai pas envie de m'en reprendre une, siffle BlackFury.

— T'as été cognée par LE Snyssken, Blacky ? J'y crois pas, sœurette ! Où qu'il t'a beignée ? Je peux toucher, dis ? Allez !

— On fait quoi alors ? On attend qu'il se taille ? Parce que là, il s'est assis à côté d'Eli et il est en train de s'en griller une. Je l'ai en ligne de mire mais je risque de toucher le gamin.

— Fais pas le con, Bambino. Pas avec lui. Bon Dieu ! On va chercher Eli et le Doc, préparez-vous ! BlackFury, tu viens aussi, t'auras qu'à te mettre derrière Bambino.

— Pour le bien que ça fera si ce fêlé pète un plomb…

— Haut les cœurs, les enfants ! S'il avait voulu se faire Eli ou le Doc, ce serait plié.

— Ouais et s'il se réservait pour nous ?

— Fury, à partir de maintenant plus un mot. Autant de pessimisme dans une si jolie bouche, ça m'empêche de réfléchir. Bambino, tu me l'assommes si tu la sens sur le point de dire une connerie.

Le mot « désolé » s'esquisse sur les lèvres du colosse alors qu'il regarde BlackFury. Ça n'échappe pas à John. Le gigantopithèque obéira mais ça ne lui plaît pas non plus. On dirait que l'épreuve du feu soude son équipage. Cobrastar est content.

La petite dépression où ils se posent est pleine de cadavres de bestioles. À l'autre bout Snyssken mâchouille un clope. Il est assis dos à la pente, à côté d'Eli. La même dégaine que la dernière fois. Son long manteau étendu sous les fesses, il observe l'équipage sortir précautionneusement du *Faucon*. Émacié, un unique œil qui vous vrille la moelle épinière, des revolvers commacks à la ceinture, et l'air constipé… Ouaip ! C'est bien lui ! se dit John.

D'un geste il envoie BlackFury et Tiny s'occuper de Doc Death. Éloigner les fébriles… Bizarrement, Trollinette ne râle pas. Elle se contente de jeter des regards admiratifs au psychopathe. Elle charge bave aux lèvres une meute de bestioles armée d'un parpaing, elle fait mumuse avec des atomiques, elle a autant le sens de la survie qu'un pigeon sur un astroport et c'est maintenant qu'elle se découvre du self-control… Il regretterait presque de pas avoir Snyssken plus souvent sous la main.

— Monsieur Snyssken…

— Z'en avez mis du temps ! Les bestioles, c'est le job du gamin. Ton Doc l'a rafistolé. J'ai besoin d'un taxi.

Là-dessus, le fêlé se lève, se carre l'imper sous un bras, et mains dans les poches il se taille vers le vaisseau. Il entre. Tiny trépigne sur place, BlackFury fait la gueule et Bambino flatule de la bouche. « Pfrrttt ! »

« *… jungle boogie… jungle boogie…* »

PERMANENTE ET COUPE AFRO

Foutre ! Ça change, de convoyer des huiles. En vingt ans de carrière, le gros Opouzov n'a jamais eu droit à des clients comme ça. Le directeur des Space Marshals et un général de la spatiale. Oui, madame ! Ça lui rappelle les histoires du vieux Higgins quand il a commencé le taf. Le vieil agent lui en rebattait avec toutes les vedettes qu'il avait convoyées. Ah, les grandes purges ! Chefs de partis, artistes en vue, militants pour la paix, ex-conglos pourris, terroristes radicaux et la racaille classique. Lui, à part un flic véreux de temps en temps et un soi-disant pirate, il n'a pas encore eu son lot de célébrités. Comment c'était son blaze, à ce pirate, déjà ? P't-être que ses nouveaux amis connaîtront, avec leurs relations.

— 'Scusez pour le dérangement, m'sieur Thompson, mais…

— Fais pas ta timide, Opouzov, il vaut pas mieux que nous et tout le monde le sait maintenant ! Pourquoi tu le tutoies pas ?

Enozakis, le troisième détenu, multirécidiviste, mais première fois qu'il l'emmène à Paulson. Il lui balance une décharge incapacitante pour la forme.

— Avec une grande gueule comme ça tu vas faire la joie des matons à Paulson, Enozakis ! L'directeur Thompson et le général Borzeck vaudront toujours plus qu'une raclure comme toi !

Il a du respect pour le grade, Opouzov, il est fils de militaire, lui, petit-fils d'officier, son arrière-grand-père a fait les guerres pirates !

— Dites, d'recteur Thompson, connaîtriez pas un pirate qui s'fait appeler Super Vipère ? Non, attendez, la Couleuvre infernale ? Un truc dans le genre. Avant vous, c'est ce que j'ai eu de plus célèbre dans le panier à salade, sauf vot' respect !

L'ex-directeur ne lui répond pas, le général et lui se défrisent d'un air mauvais. Il ne sait pas ce qu'il y a entre ces deux-là mais ils n'ont pas l'air d'être en bons termes. Bizarre, quand on sait où ils vont, ils auront intérêt à se serrer les coudes. Paraîtrait même qu'ils ne bénéficieront pas des quartiers réservés aux cols blancs. Avec la racaille et le tout-venant, les deux huiles ! Pire qu'une sentence de mort. Ça lui fait mal au cœur, à Opouzov, des serviteurs de l'État méritants comme ça, condamnés à pire que la mort pour des histoires politico-politiciennes. Il ne sait d'ailleurs pas trop ce que ça veut dire, mais il a tellement entendu le mot, il faudrait pas le prendre pour un ignare. Enozakis se marre, il est content de voir des hommes bien nés avec lui. Salaud de raclure, tiens, une nouvelle décharge électrique !

— Ferme ta gueule ! Dites, messieurs, j'ai pas l'habitude de faire ça mais vu qu'vous êtes comme qui dirait des huiles, je pourrais peut-être vous faciliter un peu la vie. C't'une honte que des personnes comme vous soient mises à Paulson ! Et ça tombe bien parce que comme qui dirait je connais un peu de monde !

— Génial, un maton ripou, maintenant.

— Le prenez pas comme ça, directeur ! J'ai toujours été un grand admirateur de votre politique de zéro tolérance. Je vous ferai même moitié prix.

— Oh pitié.

— Fermez-la, Thompson ! Je vous écoute, mon garçon !

— Merci, mon général. Paraît qu'vous serez avec les droits communs et y z'aiment pas trop les Space Marshals, les spatiaux non plus d'ailleurs.

— Les droits communs… Évidemment…

— Z'en faites pas ! Je peux vous arranger le quotidien, en graissant les bonnes paluches. Le temps que vous retombiez sur vos pattes. Vous vous souviendrez de moi quand le régime changera, hein ?

— Vous gagnez à être connu, mon brave Opouzov, je ne sais pas pour Thompson mais vous avez toute mon attention.

Les lumières de la navette se mettent à vaciller. Merde ! Juste au moment où il allait faire affaire. À première vue, elle ne fait pas ses soixante-dix ans, sa titine, mais les années de rafistolage commencent à se faire sentir. Opouzov utilise la méthode éprouvée du poing sur la gueule et cogne la console en espérant que le courant revienne. Il appelle le pilote mais personne ne répond. Elle a un gros pépin ce coup-ci, la brouette.

Ça se passe vite, la cage se dépressurise d'un coup, les champs de protection sont une seconde trop longs à se déployer. Le sang qui lui gicle des feuilles et la douleur intense lui signalent que ses tympans ont lâché. Il a le blair qui saigne aussi et c'est complètement hébété qu'il mate les deux anges en costume flashy lui gueuler au visage. Un noir et un blanc en pattes d'eph viennent de passer les champs de confinement d'urgence. Une permanente et une afro, des lunettes à paillettes, une chaîne en or sur une poitrine velue…

— Tu m'entends, l'affreux ?

— Laisse, Saturday ! Regarde sa gueule, l'a les esgourdes en tartare. Ils sont là, regarde.

— Bah, mes cochons, ç'a pas été simple de vous trouver !

Et Saturday balance une grande tatane dans la mâchoire du général qui faisait mine de se lever. Hébété mais toujours armé, Opouzov esquisse un mouvement vers son fusil. Boogie lui maquille un joli petit Tikka et il s'affale sur l'avant.

— En v'là un beau troisième œil ! À qui le tour ?

— Pas moi, les gars ! Doucement ! J'ai rien à voir dans ce merdier ! Z'êtes les Disco Boys ? C'est ça ?

— Bah merde, Boogie ! On est célèbres !

Saturday lève son flingue sur Enozakis.

— Faites pas les cons ! Je bosse pour les Nakatomi, c'est moi qui vous ai filé le rencard.

— Merde, c'est toi la balise qu'on suivait ? Le signal était tellement faible qu'on a failli rater le transport d'un parsec !

Où tu as planqué l'émetteur ?

— À votre avis ? Avec la sécurité ? Carré dans le cerveau par le nez. Je me suis fait opérer et j'ai la moitié de la boîte crânienne en céramique, du coup je passe tous les contrôles tranquille !

— Et tu t'es pas dit que ce qui détraquait les consoles de sécurité des flics allait faire merder l'émetteur ?

— Ahhh…

— Abruti !

Saturday secoue la tête et reporte son attention sur le directeur des Space Marshals Thompson et le général Borzeck, les dernières cibles du vieux Nakatomi. Ils ne sont pas censés avoir trempé directement dans le massacre de sa fille, mais ces guignols auraient filé un coup de main à la Rumeur. En plus, ils ont peut-être des infos.

— Eh ! Boogie ?

— Mouais ?

— Je me disais que c'est pas désagréable.

— De quoi ?

— Bah, tu sais, de taffer pour la haute.

— C'est vrai. Mais ça enlève une part de piquant, tu trouves pas ?

— Je vois ce que tu veux dire.

Le kidnapping des deux guignols ne leur a pas demandé beaucoup de préparation. Juste un coup de fil du petit vieux qui bosse pour Nakatomi. Il leur donne une fréquence à suivre pour trouver le transport de prisonnier et la bénédiction officieuse des autorités pour faire le ménage. Ne reste plus qu'à choisir la bonne chemise à jabot et le calibre adéquat.

— Alors, Boogie ? Qu'est-ce qu'on tourne ?

— La partie salissante, Saturday.

— Questions-réponses ?

— Questions-réponses.

Pendant que ça cause les deux détenus se sont rapprochés pour partager leur premier mouvement de solidarité.

— Faites-vous des câlins si vous voulez, mais je vous promets pas que ça passera plus vite. Dis voir, général, tu crois en Dieu ? Mon frère Saturday et moi, on est plutôt croyants, psaumes, confession et toutes ces conneries.

Ça y est, ils ont la tremblote, les officiels ! Ils n'écoutent pas. C'est versatile, un condamné, faut faire simple sinon ça se disperse.

— Tu vois, le problème, quand on de la religion, c'est que soit ça t'aide à survivre soit ça vient se mettre devant ton besoin de respirer. Par exemple, mon frère et moi, on est là pour avoir quelques renseignements. Imaginons qu'on vous pose des questions et que tes convictions t'empêchent de me répondre. Question de moralité, tu vois, d'éthique… Note bien, je dis juste : imaginons ! Et on respecte ça, la probité, c'est important dans nos métiers ! Mais on risque aussi d'être un tantinet déçus, avec Saturday.

— Et je dois vous avouer que je réagis assez mal à la déception, hein, Boogie…

— C'est vrai que t'es un peu intolérant à la frustration. Par contre, messieurs, si votre éthique, vos croyances, votre code moral, si vous en avez un, vous forcent à l'honnêteté… Disons que la déception pourrait se muer en gratitude. Je vais pas vous fourrer à la tendre, de toute façon vous êtes morts. La gratitude de mon frère et moi conditionne moins votre durée de vie que la qualité de votre trépas.

— Allez, les affreux jojos, on hoche la tête si on a compris.

Thompson et Borzeck secouent frénétiquement du chef.

— Tout doux, on voudrait pas se faire un torticolis, non ?

— Le type qui nous a engagés serait très heureux de retrouver la Rumeur. Il a une dette à régler avec le rat. Malheureusement pour vous, l'aide apportée à ce petit résidu de fausse couche est en partie responsable de la mort de la fille de mon client.

— Mais… mais, la Rumeur est mort ! vomit Thompson.

— Vous bossez pour Nakatomi ? s'étrangle Borzeck.

Deux paires de tartes accueillent les éclats de voix.

— On vous a pas demandé de pointer les évidences. Boogie et moi, on veut tout savoir de vos liens avec la Rumeur. Vos contacts, leur fréquence. S'il y a eu rencontres. On se doute bien qu'avec des clients comme vous il a dû se déplacer au moins une fois. On voudrait juste vérifier que sa mort n'a pas été, disons, exagérée.

— Y aurait pas moyen de s'arranger un peu ? tente alors le général à qui la baffe n'a visiblement rien appris.

Saturday et son frère se regardent d'un air entendu. Ils paraissent déçus. Boogie commence à fredonner : « *Billy Ray was a preacher's son and when his daddy would visit he'd come along…* »

— Dites, les raclures, la musique ne vous dérange pas ? On travaille mieux en musique.

CONSTIPATION TARTARIENNE

Snitch est contrarié. Il a perdu des hommes. Ça arrive, sur Tartarus. Il s'y attendait. Impossible de passer inaperçu sur ce caillou, la flibuste a des yeux partout et contrôle absolument tout ce qui se passe dans le système. Il espérait quand même garder un œil sur Cobrastar et son équipage. Résultat, il a perdu sa propre équipe et doit recruter des locaux. Et comme il a un gyrophare clignotant « Syndicat » sur le front, il sait que les tuyaux sont de seconde main. Mais même ses contacts les plus anciens restent muets. Le nom Cobrastar fait taire les bavasses bien plus vite que celui du Kingpin. Quatre jours que l'animal a disparu, son vaisseau était au spatioport jusqu'à ce matin et le voilà qui s'est envolé lui aussi. Ses rapports quotidiens semblent au moins amuser son chef, dont le visage serein s'encadre sur l'écran de communication.

— Ne faites pas cette tête, mon bon Snitch, vous saviez où vous mettiez les pieds.

— Tout de même, monsieur, tout cela est assez décourageant. Pardonnez-moi, monsieur, mais êtes-vous bien certain que je sois l'homme de la situation ?

— Tout à fait, mon bon. Cela vous donne l'opportunité

d'aller sur le terrain, de vous faire une idée de ce que les soldats ont à gérer au jour le jour. Que comptez-vous faire ?

Le Kingpin, tout en questionnant son adjoint, picore dans un bol de crudités d'une main et de l'autre consulte les papiers qu'un employé invisible dépose sur son bureau neuf. Ça le distrait quelques secondes.

— Snitch ?

— Pardon, monsieur. *La Buse* du capitaine Cobrastar n'a pas quitté le système, pas même l'orbite de la planète. Nos services sont formels. Je vais donc attendre qu'il réapparaisse.

— Et ?

— Une récupération des données par la force étant tout à fait inenvisageable ici, je pensais tenter une approche plus commerciale.

— Vous pouvez toujours explorer cette piste. Mais, dites-moi, mon bon Snitch, vous avez bien meilleure mine depuis quelque temps.

— Eh bien, monsieur… j'ai suivi vos conseils. Il se trouve que la communauté nomade de Tartarus propose certains des phytoplanctons pisciens les plus rares.

— Ah, le marché de Dead Man's Point…, souffle le boss d'un air rêveur. Faites-moi donc parvenir des baies de Boonchu, c'est ici que l'on trouve les meilleures.

— Bien, monsieur.

*

Snyssken est assis dans un fauteuil répugnant de l'atelier de Tiny. Il murmure des trucs qu'il est le seul à comprendre. Il n'a pas décroché un mot depuis l'embarquement. L'équipage de Cobrastar se tient à bonne à distance.

— Alors qu'est-ce qu'on branle, capitaine ?

— T'as des idées ?

— Tant qu'y pose pas ses valises chez moi…

— Oh allez, frangin ! On l'adopte ? Regarde-le. Alleeeez ! s'teuplaîîît… On peut le garder ?

— Tiny, ferme-la une seconde, tu veux ? On serait peut-être mieux pour en parler au salon, capitaine.

— Mouais. Un volontaire pour garder un œil sur la catastrophe naturelle ? Pas toi, la drouille, je veux pas te voir dans la même pièce que lui.

Il y a comme un silence. Entre ceux qui sont familiers des méthodes du psychopathe pour en avoir été témoins et ceux qui ne connaissent que sa légende, ça ne se bouscule pas au portillon. BlackFury hausse les épaules, réprime un frisson et prend la parole.

— Honnêtement, je doute qu'on serve à quoi que ce soit, si ce fêlé pète un plomb, on y passe.

Doc Death, qui a repris connaissance et s'est appliqué un masque régénérant sur la partie inférieure du visage, essaie de donner son avis :

— Hmon monmon mon…

— Le Doc a raison, on a d'autres chats à fouetter.

Bambino tend la main vers la sortie des catacombes de Tiny.

— Passons au living, capitaine.

*

Bambino expose des lignes de code sur un petit écran holographique.

— Il me manque une partie pour pouvoir reconstruire des paquets de données cohérents. La Rumeur avait sûrement prévu de rançonner un peu plus l'UI après livraison.

— Tu ne peux absolument rien en tirer en l'état ?

— Non, capitaine.

— La principauté helvégasque, alors ?

— C'est là que je suis remonté la dernière fois que je l'ai hacké…

— Je rêve… Vous voulez vraiment aller là-bas ?

BlackFury sourit.

— Sur le Caillou, il n'y aura personne pour te protéger du Syndicat, des conglomérats, de l'UI ou de moi…

— Doucement, beauté. L'UI, t'en fais ton affaire, non ? Tant qu'on n'a pas récupéré les données en totalité, je perds tout intérêt aux yeux de tes patrons. Et tu vas te faire un plaisir de les tenir au courant, je me trompe ?

— Restent le Syndicat et les conglomérats, capitaine. Le Doc est amoché et Eli en cuve de régèn. Ça ne laisse que Tiny, BlackFury et moi.

— Qui a dit que j'essaierai pas de vous doubler ?

— Avec la frangine au cul, tu peux toujours tenter le coup, Fury…

— C'est fini, les chamailleries, les enfants ? Le Doc m'a fait un rapport sur Eli. Si tout se passe bien, le gamin devrait sortir tout neuf de la cuve dans un jour ou deux. C'est ça, Doc ?

— Hmon hmph !

— N'empêche, je préfère ne pas le compter dans l'opération… On pourrait même utiliser son état pour se poser sur le Caillou. Ils ont des cliniques à la pointe, là-bas.

— Et Snyssken, Capi Cap ? On l'emmène ?

— De toute façon il fera ce qu'il veut. C'est pas comme si on avait le choix.

— Snyssken sur la principauté ?!

Fury explose.

— Écoute, Cobrastar, vu la sécurité sur place et notre effectif, j'aimerais autant passer inaperçue. Si ce taré ne nous flingue pas, je compte bien remplir mon contrat. Ne pas être vaporisée par la sécurité du Caillou fait aussi partie de mes modestes ambitions.

— Va falloir la jouer fine. Lucy, tu peux nous poser discrètement sur le Caillou ?

— Impossible, John. Il n'y a aucun endroit suffisamment discret à la surface.

— En plus, la gestion de l'appontage n'est pas automatisée, pour éviter les intrusions, coupe Bambino. Tout se fait en face à face, les frais d'occupation des docks se règlent même en liquide à l'arrivée de chaque vaisseau.

— Et je suppose que ça coûte un bras ?

— La dernière fois que j'y suis allé, oui. Je vois mal pourquoi ça aurait changé.

— Tu y as déjà posé ton cul, Bambino ?

— Une fois, oui.

— Tu peux nous faire rentrer ?

— J'avais pris une fausse identité et payé trois cent mille aux docks pour la journée.

— C'est un non ?

— Merde, capitaine ! Je peux avancer l'argent, pour le reste faudra faire les choses dans les règles.

— Les règles ?

— Fausse identité, paiement des frais, logement, etc. Pour l'identité, ça ne devrait pas poser trop de problèmes. Ils reçoivent tellement de pourris que les scans ne sont là que pour la forme. Tant qu'on a de l'argent, tout va bien. Pour les frais, je pourrais seulement avancer trois jours d'appontage.

— Lucy, tu peux nous garnir des comptes pour faire illusion une fois sur place ?

— Aucun souci, de quoi vivre comme des princes pendant des semaines.

— Et pour les scans d'identité ?

— Vu ta notoriété actuelle, il vaudrait peut-être mieux te filer une couverture vraiment solide.

Ça lui en bouche un coin, au mastoc. Tromper les serveurs bancaires de la principauté, il en avait entendu parler mais il ne pensait pas que ce soit réalisable.

— Ouais, fais-moi un beau CV de fin de race et fais en sorte qu'ils tombent sur l'identité d'une belle salope s'ils creusent un peu. Tout ce que tu veux mais pas de trafiquant d'enfants, Lucy ! Fais pareil pour les autres avec un truc vraiment solide pour Snyssken. Au point où on en est…

— Lucy ?

— Oui, Bambino.

— Tu as vraiment cracké la sécurité de la principauté ?

— Oui, mon grand.

— Alors pourquoi t'as pas traduit les données prothéennes ?

— C'est… compliqué, je ne pouvais pas.

— Elle ne voulait pas, plutôt. Tu vois, Bambino…

Mais le colosse ne l'entend plus, il a cet air absent des types en conférence avec Lucy.

— Oh ! L'affreux ! Quand t'auras fini ton colloque, tu nous diras où se trouvent les serveurs de la Rumeur.

— Je n'ai pu remonter qu'au Majestic, mais Lucy pourra sûrement faire mieux.

— Le Majestic, c'est pas le casino de la couronne helvégasque ?

— Si et c'est une vraie forteresse, annonce BlackFury.

S'introduire dans une suite est quasiment impossible. Même avec Lucy.

— Elle n'a pas tort, la sécurité interne est en circuit fermé. Je n'y aurai accès qu'en y étant branchée directement.

— Fury a l'air de connaître. Suffit qu'elle prenne une chambre, te branche depuis la suite et on débarque derrière.

— Ça devrait être faisable. BlackFury ?

— Oui, je peux, par contre je ne paierai pas un putain de crédit de ma poche !

— Bambino…

— Merde, capitaine, chuis pas une putain de banque !

*

Il en prend un coup dans les globoles. Daisy qui roule un patin à un bidasse de l'Union. Et pas une pelle classique avec langue et salive qui débordent, plutôt de la bonne grosse galoche passionnée et obscène, celle qui beurle le sexe, qui se pratique avec le corps tout entier et dégouline le stupre. Le comptoir entre les deux en est gluant de cyprine et de présperme. Il ne se sent pas bien, Cobrastar. Il a déjà vu sa mère avec des gars, tiens, même un Ergosan une fois, mais un troufion de l'Union… Et puis cette intensité… Bambino en bon philosophe résume la situation :

— Bah, merde.

Comme d'habitude, c'est Tiny qui réagit en premier, elle se colle au couple, les deux bras sur le zinc, menton au creux des mains. Elle a les yeux qui papillonnent et soupire bruyamment :

— Ahhh ! l'amour ! Si mon Eli était là… Nous aussi on se roulerait sur le bar…

— Tiny Boom Fälle, tu me vires tes pattes graisseuses de mon bar ! Je vais encore en avoir pour une semaine à jarter la graisse de moteur du zinc. Et arrête de renifler mon homme, putain de tarée !

— Mais il sent bon, maman de mon Cap ! Bon ! Bon ! Bon !

BlackFury écarte Tiny d'une bourrade d'épaule et se plante devant le soldat, qui retrouve immédiatement ses esprits, l'air gêné.

— Lieutenant Owens ! Qu'est-ce que vous foutez à Dead Man's Point ? À part vous taper la mère du pirate le plus recherché de la galaxie…

— Si j'avais su, Miss Spencer, que vous… Enfin…

— Que je quoi ? Que notre rencard était dans une semaine ?

— Non ! enfin oui… Euh non, si j'avais su que vous êtes LA BlackFury…

Fury pointe l'entrejambe de l'officier et lève un sourcil.

— Calmez donc ça.

Cobrastar s'approche, mais BlackFury lui fait signe de s'arrêter :

— Permettez, capitaine, je vais m'en charger ! Je crois avoir une petite idée sur la raison de la présence du lieutenant Owens.

Capitaine ? V'là du neuf. Elle lui refile son titre maintenant. Ça fait beaucoup à traiter. Bambino le tire par la manche et lui pointe une place. Doc Death et lui ont pris une table et des chaises. Il y a un pichet déjà plein et quatre verres propres, enfin relativement propres. Un groupe de quatre malabars légèrement abîmés se dirige furtivement vers la sortie. Réquisition…

Toute professionnelle de nouveau, Daisy pose un verre devant BlackFury et lance un clin d'œil à Owens. Fini la crise d'hystérie, la barmaid est de retour, et d'autant plus calme que Tiny s'est évaporée.

— Elle est où, Tiny?

— Rentrée at home, cap'taine. Elle voulait garder un œil sur Eli et finir un projet en cours.

— Je dois m'inquiéter ?

— De quoi ? De son projet ? De sa cohabitation avec Snyssken, ou de savoir Eli à sa merci ?

— Oh putain ! Snyssken !

— P'mhmm ! F'hmm ! F'hmm ! P'mhmm ! F'hmm hm hmamin ! lâche Doc Death en écho.

Les deux se lèvent mais Bambino leur fait signe de se rasseoir.

— Vous en faites pas, je sais que Tiny peut donner l'impression qu'elle a des fils qui se touchent mais elle n'irait pas taquiner le borniquet.

Le regard que s'échangent le capitaine et le médecin vaut un discours.

— Oh et puis merde, t'as raison. Rassieds-toi, Doc !

— P'mhmm ! Pmhmm ! f'hmm ! humm muhmm gnumm…

— OK, OK… Si tu as des trucs à faire avant qu'on décolle, règle ça.

— P'mhmm ! P'mhmm !

Au zinc, c'est une autre histoire. Le lieutenant n'en revient pas que l'héritière des Spencer et BlackFury ne soient qu'une seule et même personne. Le conglomérat a dû dépenser des sommes folles pour que ça ne s'ébruite pas, surtout avec la notoriété de la chasseuse de primes. Rapidement, elle le met au courant des derniers événements.

— Rien ne prouve que l'on trouvera les banques de données de la Rumeur. Et quand bien même : soit elles contiennent tous les fichiers prothéens soit la seconde partie uniquement et alors vous aurez besoin de moi pour récupérer la première partie auprès de Cobrastar.

— Ça me paraît cohérent. J'en référerai à Monsieur et au Secrétaire. Mais pourquoi le silence radio de ces derniers jours ?

BlackFury se repasse le film de la semaine. Monsieur serait ravi de savoir ce que cachent les tempêtes de Tartarus. Merde, l'UI tout entière hurlerait au lynchage si elle savait que des grands navires pirates subsistent encore quelque part dans l'univers. Aux mains d'IA tarées en plus… Ça lui fait froid dans le dos rien que d'y penser. Elle a promis à John de la fermer et celui-ci a juré de mettre son père au courant.

Il n'est pas dupe, Owens, mais il connaît le dossier de BlackFury par cœur. Si elle n'en dit pas plus, pas la peine de la pousser.

— Je comprends.

— Parfait ! Revenons-en à notre rendez-vous arrangé.

— Pardon ?

— Ma mère me tanne depuis trop longtemps et je suppose que la tienne aussi. Si on jouait le jeu pour calmer les deux matriarches ? Qu'elles nous foutent la paix ? On a dîné ensemble ça s'est bien passé, on va se revoir et on leur demande de nous laisser gérer comme des grands.

— Je… je n'y avais pas pensé.

PRINCIPAUTÉ HELVÉGASQUE

L'arrivée sur le Caillou se fait sans souci particulier. Lucy gère les contrôles de sécurité à mesure qu'approche *La Buse*. Elle a changé les identifiants du vaisseau et le fait passer pour le navire d'un célèbre marchand d'armes. Physiquement, c'est toujours la même carlingue un peu crade et bugnée aux quatre coins mais à moins d'avoir déjà vu le vaisseau, impossible de le reconnaître, il faudrait passer à travers les contre-mesures de Lucy qu'elle surveille en temps réel et les visiteurs de la principauté ne sont pas du genre à visiter les cloaques où *La Buse* se pose habituellement. Le Caillou se résume à une enfilade d'églises baroques, c'est chichiteux à souhait. Casinos et hôtels sont tous construits sur le modèle du château de la famille helvégasque. Tout se ressemble, rutile et pique les yeux. Les docks sont immaculés, John hésite même à y poser le pied. Ses bottes sont pleines de cambouis et il se demande si son costume va donner le change. Pas moyen d'utiliser un camouflage optique sans autorisation de la famille régnante. Il a fallu se la faire à l'ancienne, du vrai maquillage, une nouvelle garde-robe… C'est John qui a fourni le plus gros boulot, avec son signalement placardé dans toutes les agences de sécurité de l'UI. Il a fait dans le sobre : habillé de sombre, les fringues légèrement élimées, il a le visage barré d'un tatouage religieux martien. Les pupilles modifiées, entièrement noires, mettraient un Piscien mal à l'aise et permettent d'éviter tout contact visuel prolongé. Il a bossé son personnage. Cobrastar est devenu Jean Dupont, marchand d'armes fêlé et extrêmement jaloux de sa vie privée. Histoire d'être tranquille, Lucy lui a fait un CV de grand malade. Il se rend sur le Caillou pour faire soigner son neveu et héritier : Eli Dupont. Gravement blessé lors d'un accident, celui-ci est en cuve de régèn, il est accompagné du docteur Herman, médecin particulier des Dupont. Bambino Sparfaglia, bras droit de Dupont, et sa sœur Antonia sont du voyage tout comme la chasseuse de primes Springfield, engagée par le marchand d'armes pour veiller à la sécurité de son neveu.

Tout le monde connaît son taf, une préparation d'orfèvre, il a même entendu Tiny s'entraîner pour entrer dans son rôle. Il ne rêve pas non plus, il sait bien que sans Lucy ils se feraient retapisser par la sécurité en quelques secondes. Il n'a jamais eu besoin de grand-chose côté confiance en soi, mais avec Lucy il se sent pousser des ailes au cul. Il se décide finalement à poser le pied sur le cimacier du dock.

BlackFury pense à sa nouvelle licence du Bureau des primes, Jane Springfield, chasseuse de niveau huit, habilitation la plus élevée de la guilde. La licence est une vraie, émise par la guilde elle-même, imprimée sur Centrale. Un arrêt sur un astéroïde paumé pour faire le plein, Bambino disparaît une petite heure et revient avec le sésame de la guilde l'air de rien. Et pas moyen de lui faire cracher comment il s'y est pris, il se contente de hausser les épaules l'air bougon. Elle a vérifié, elle est en double dans les fichiers de la guilde ; Jane Springfield a même l'air d'être plus connue que BlackFury. Elle est déçue, BlackFury, elle ne s'est jamais fait de grandes illusions sur le Bureau mais elle s'est toujours sentie fière de faire partie de ce corps d'élite. Alors constater qu'il peut se faire pirater aussi facilement lui laisse comme un goût amer en bouche. Pour le moment elle ravale sa bile et fait ce pour quoi son double est censé avoir été engagé, la sécurité.

La cuve de régèn d'Eli est déjà sur le quai, le Doc à ses côtés surveille les constantes. Elle zieute les alentours. Un pékin s'est approché avec un peu trop d'empressement de la cuve et gît déjà au sol, une épaule disloquée et le blaster de la chasseuse de primes sur le front.

— Du calme, Miss Springfield, ce n'est que le commissaire du quai, il est là pour le règlement des frais d'appontage.

— Monsieur Sparfaglia, je suis confuse !

— Pas du tout, pas du tout. M. Dupont est ravi, personne ne doit s'approcher de son neveu. Ferme-la, toi ! lance-t-il à l'égrointé, en jetant une liasse de crédits au sol. Apporte ça à tes patrons. Et fais passer le mot, Mlle Springfield est autorisée à descendre le premier manche à couilles qu'elle juge dangereux pour M. Dupont et son neveu.

Tout s'est passé trop vite pour que la sécurité du Caillou ait le temps d'intervenir. Le pauvre type se relève la goutte au blair alors que Tiny s'approche en sautillant.

— Permettez, mon p'tit bonhomme ? J'vas vous y remettre l'épaule dans le bon sens.

— Antonia, NON !

Pas le temps de retenir la frangine que le commissaire beurle de nouveau. La drouille lui a replacé la clavicule à coups de botte.

— De rien, p'tit bonhomme !

L'Helvégasque en chiale. Ils ont beau recevoir les pires saloperies de l'espace connu sur leur caillou, d'habitude les pourris affectent un minimum de vernis. Même la pire des merdes prend des allures civilisées avec un gros porte-monnaie. Ça doit le surprendre un poil, ces nouveaux clients. John, en retrait, s'est composé un air mauvais et le fixe en biglant à moitié, histoire de lui mettre un peu plus les favettes. Il a du mal à garder son sérieux. Une bande de misfits comme eux, ils ne doivent pas en voir débarquer souvent par ici. D'autant que Tiny a beau avoir fait un effort, elle détonerait moins avec ses fringues habituelles. Là, ça jure à vous en calciner les globes. Y a du rouge, du noir, des froufrous, des talons compensés, de la dentelle, du cuir moulant, une coupe à l'iroquoise, du maquillage à la truelle, du nibs qui déborde et du rebondi à la cave. Avec une pub pareille, il espère que la couverture que leur a tissée Lucy est en béton.

*

Merde ! Ils n'ont jamais mis les pieds dans un bouge de cette classe. Un appel au p'tit vieux des Nakatomi et les voilà au Majestic. Aucune formalité à se farcir, un compte ouvert au casino, des chambres attenantes aux allures d'hacienda… Boogie et Saturday ne sont pas du genre timide et le bar s'assèche rapidement ; tout serait pile-poil si le barman de la suite n'avait pas décidé de jouer les bavards.

— Si monsieur veut bien m'autoriser, mélanger le Château des Coteaux des Pentes du Sablonneux avec de la Fine centralienne n'est peut-être pas le meilleur moyen de le déguster.

— Larbin !

— Monsieur ?

— Approche.

Y a des bourre-pifs comme ça qu'on estampillerait recta de chefs-d'œuvre. Le beau geste, quoi, l'art sublimé par la passion.

— Saturday, t'aurais vraiment bu ça ?

— T'es pas malade ? Appelle plutôt la réception au lieu de dire des conneries, qu'ils nous regondent la porte.

Ils ont du taf, les frangins. Feu le général Borzeck et le marshal Thompson leur ont très obligeamment indiqué le Majestic comme leur dernier et unique lieu de rendez-vous avec la Rumeur. Maintenant que le nettoyage est fait, il ne leur reste plus que la récupération des données. Et ça leur semble plus sain de venir se fournir chez la petite fouine que de courir après un pirate et une chasseuse de primes. À condition de trouver la planque de l'ancien courtier en informations, bien sûr.

*

— Bambino ?

— Tout est presque installé, monsieur Dupont. Votre neveu et le docteur Herman sont dans leur suite. Le rendez-vous à la clinique est prévu pour demain. Miss Springfield fait un dernier check et briefe la sécurité de l'hôtel.

— Parfait ! Mademoiselle Antonia, qu'en est-il de notre collaboratrice Lucy ?

— Encore quelques secondes et… ça y est, Capi Cap !

— John ? Je suis entrée. Les suites sont sécurisées et les mouchards de la principauté sont à ma pogne, vous pouvez laisser tomber les costumes.

— Merci, beauté. Tout le monde a entendu ?

Un concert de voix lui répond, dont celle d'Eli. Remis depuis la veille, il flotte en cuve avec assez de matos pour déclencher une petite guerre et la gagner.

— Lucy va gérer nos communications. Eli, ça va ?

— Je macère comme un putain de pickles en boîte, Cap.

— Tiens encore un peu, m'est avis qu'on va pas tarder à trouver ce qu'on cherche. Lucy ?

— Rien sur la Rumeur pour le moment. Par contre j'ai repéré pas mal de monde. Le Syndicat a envoyé son numéro deux et une petite armée. Des tueurs à gages, des indépendants et des gros bras des conglomérats ne cessent de débarquer. Semblerait qu'on soit pas les seuls à chercher la planque de la Rumeur.

La sonnerie de la suite retentit. BlackFury entre calmement, accompagnée d'un petit homme au faciès de rongeur constipé.

— Monsieur Sparfaglia. Voici M. Müller, le second valet de Son Altesse le prince Bellardi.

Tout le monde a repris son rôle à la mise en garde de Lucy. Le larbin obséquieux se penche cérémonieusement.

— Veuillez pardonner mon intrusion. Je me trouvais avec le chef de la sécurité lorsque Miss Springfield est venue nous faire part de vos besoins et je tenais à vous assurer en personne du sérieux de nos équipes.

— M. Dupont en est ravi.

Cobrastar de retour dans son rôle se contente de dévisager le nouveau venu de son regard vide et laisse Bambino gérer les échanges.

— Votre neveu recevra les meilleurs soins possibles et une équipe de gardes l'escortera à la clinique. Vous disposez d'un compte sans plafond au casino de l'hôtel ainsi que dans toute la principauté et les coffres de la banque princière vous sont ouverts si vous désirez y déposer quelques valeurs.

Lucy met John en garde :

— Il ne te fait pas confiance. Ils ne savent pas qui tu es vraiment mais l'esclandre sur le quai les a mis en alerte. Leurs services remuent tout l'extranet pour savoir d'où tu sors. Ils ont l'air de penser que tu es une sorte d'agent indépendant au service de l'Union.

— Parfait ! Fais en sorte de confirmer ces soupçons. Un joueur de plus à la table ne devrait pas trop les affoler. Glisse aussi dans leur recherche que mon « neveu » est vraiment là pour des soins. Et fais ça bien, beauté ! Qu'ils se donnent un peu de mal, comme s'ils crackaient vraiment les fichiers de l'UI.

— C'est fait, mon beau capitaine.

Le larbin de la famille royale murmure quelque chose à son poignet, et s'adresse avec encore plus de déférence à Bambino.

— S'il manque quoi que ce soit à M. Dupont, n'hésitez pas à me le faire savoir. Le personnel a reçu des instructions en ce sens.

— M. Dupont vous remercie.

*

César Möesli n'en peut plus. Il est gâté ce soir, question clients. C'est la cour des Miracles. Du redneck unioniste, des VIP terrifiants et une ambiance électrique. Tout le monde est sur les nerfs. Quatre jours que ça dure, la direction et la sécurité sont hyper tendues et ça se répercute tout le long de la chaîne jusqu'aux équipes en salle.

Ce soir le prince Bellardi doit faire un passage à la salle de jeu. Il espère que ça relèvera le standing de la soirée et amènera un peu de légèreté. Le prince héritier est un sacré boute-en-train. Oh, bon Dieu ! Voilà que la table des VIP lui fait signe. Les bras de la jeune fille ondulent, on dirait des algues dans le ressac ou des sacs de chairs élastiques, elle crie aussi, elle le siffle plutôt. Il a abandonné l'idée de s'appesantir sur ses vêtements, ou leur absence sur certaines parties de son anatomie. Elle a le regard fou et le comportement qui va avec. On dirait une cocotte-minute, une cocotte-minute méchamment sexy.

— Mademoiselle Sparfaglia désire quelque chose en particulier ?

— Tout à fait, mon bon larbin, encore un peu de bibine pour mon promis, l'a le gosier tout sec depuis sa sortie de l'hosto.

— Monsieur a une préférence ?

— Quelque chose de fort, s'il vous plaît.

Si le serveur s'est habitué aux autres personnes de la table, le jeune homme lui donne des sueurs froides. Même M. Dupont avec son regard vide et son visage scarifié de tatouages rituels lui fait moins d'effet. Le garçon a la peau pâle, presque translucide, quelques cicatrices de peau neuve apparaissent sur son crâne et son cou. Et ses yeux ! Ils traverseraient la matière.

Mais c'est sa voix qui lui vrille l'épine dorsale, métallique, rauque et étrangement grave, elle vous racle les os comme un couteau d'équarrisseur. Il sait qu'il a récemment échappé à un attentat visant son oncle et qu'il est là pour se faire soigner. Il espère pour lui que les soins ne sont pas terminés ; c'est sûr, un peu d'alcool ne lui ferait pas de mal.

— Bien, monsieur, puis-je suggérer à monsieur une eau-de-vie de Meryuce ? On lui prête des vertus médicinales.

— Ah non ! Pas de saloperies macérées aux herbes et cafies de sucre ! Y t'as pas demandé de sirop, y veut de la gnôle !

— Mais, mademoiselle, il s'agit bien de… euh… gnôle, je veux dire d'eau-de-vie.

— Ça ira, rauque Elijah Dupont.

Le serveur repart un poil flippé, Bambino esquisse un sourire. Doc s'est surpassé sur ce coup-là, la voix du gamin lui retournerait la panse s'il n'était pas une vraie brute. Ils ont récupéré Eli le matin même, trois jours de clinique à la pointe, supervisés par Doc Death pour éviter les mauvaises surprises, et le gamin ressemble à un bon gros cramaillat translucide. Doc a mis toute sa science des transformations physiques au service du petit. Il est méconnaissable et le matériel de la clinique a permis de le remettre à neuf, mieux qu'en sortie d'usine. Mais cette voix ! Même Eli a du mal à s'y faire. Après la clinique il a fallu que Lucy lui caresse l'encéphale tant la transformation le flippait. D'après Doc Death, son corps devrait reprendre gueule normale d'ici quelques heures.

*

Trois jours pour trouver la planque de la Rumeur en évitant de se faire repérer par le populo du coin. Les serveurs du rat n'ont jamais été dans la salle des coffres mais dans une simple remise attenante au casino.

BlackFury l'a trouvée par hasard en filant un gnome croisé dans le hall de l'hôtel. Le type lui rentre dedans en sortant de l'ascenseur, lève les yeux sur la chasseuse de primes, cramouille un « Oh merde » et se tire recta vers le casino. Il se prend les pieds dans le velours rouge de l'entrée et s'étale. Il se retourne un dernier coup vers Fury.

Ce regard fuyant, Fury le connaît, une certaine raclure de bidet avait le même avant de se faire couper en deux dans un petit *diner* de Terra. Elle a juste le temps de se jeter à la suite du nain et d'entrer dans le casino pour le voir disparaître par une porte de service sécurisée dans un coin derrière les tables de craps. Surveillance vidéo, verrou à ADN-modifié et malabars en faction, autant de sécurités que pour la salle des coffres. L'un des carrés VIP n'est qu'à quelques mètres de la porte, elle prévient Cobrastar et Lucy par communicateur.

— Je viens de croiser la Rumeur en sortant de l'ascenseur.

— Un clone ?

— Oui, capitaine, sans aucun doute. À part sa taille et son air de fouine, il était méconnaissable.

— BlackFury, tu es certaine qu'il s'agissait bien de lui ?

— Tout à fait, Lucy, tu pourras me fouiller l'intérieur du crâne pour confirmation.

— Comment tu l'as reconnu ?

— Son regard quand il m'a vue, et le même air con gravé sur sa face après que Snyssken l'avait coupé en deux.

— Ça me suffit, t'as vu où il s'est tiré ?

— Une porte derrière les tables de craps, ultra sécurisée. À mon avis on peut oublier la salle des coffres de l'hôtel.

Cobrastar est déçu, un peu triste pour tout dire. Ils avaient prévu toute leur opération en fonction de la salle des coffres. Ç'aurait été de l'orfèvrerie, du grand art ! Pour une fois qu'il avait l'occasion de flamber la baraque avec classe. C'est à vous décourager de faire des efforts. Voilà, retour case départ…

— Lucy, dis-moi que t'as les plans de ce qui se trouve derrière cette porte.

— Désolée, John. Ç'a dû être effacé des plans originaux ou construit dans un second temps.

— Fury ! Rejoins-moi dans ma piaule, je préviens les autres. Si t'as des idées pour rentrer là-dedans, note-les en chemin pour moi, tu veux.

*

— Je peux vous assurer, monsieur Snitch, que les actifs du Syndicat sont plus que jamais en sécurité sur la principauté et la salle des coffres du Majestic contient toutes les liquidités que le Kingpin a eu la bonté de nous confier.

— Et qu'en est-il de nos investissements ?

— Comme je vous l'ai dit, tous vos actifs sont protégés, nos serveurs et toutes les transactions que nos banques effectuent pour le Syndicat sont ultra sécurisés.

— Et la sécurité ?

— Monsieur Snitch, une telle insistance venant de quelqu'un d'autre que vous serait des plus malvenues. D'aucuns iraient même jusqu'à penser que vous n'avez plus confiance en la principauté.

— Monsieur Müller, je vous ai déjà fait part de mes craintes. Vous n'êtes pas à l'abri d'une attaque pirate. On dit que la Rumeur stockait ses données ici…

— Vous savez que je ne peux ni confirmer ni infirmer. La couronne et moi-même avons tendance à penser que toute cette histoire de chasse aux Prothéens et de pirates n'est que poudre aux yeux.

— Et à quelles fins, monsieur Müller ?

— Aucune idée, cela ne nous concerne en rien. Nous sommes, avons été et resterons neutres.

— Ainsi vous n'avantagerez aucun joueur ? Le Kingpin tient à en être tout à fait certain…

Il y a comme un silence et le temps d'une seconde une goutte glacée ruisselle sur l'épine dorsale du valet. M. Snitch met toujours ses interlocuteurs mal à l'aise, mais qu'il s'appuie sur l'autorité de son patron est rarissime, et ça inquiète Müller. La couronne elle-même n'oserait pas se mettre le boss du Syndicat à dos. Il est temps de lâcher du lest.

— Tout ce que je peux vous dire, c'est qu'un certain nombre de « joueurs » sont déjà sur la principauté, et tous se sont pliés aux exigences de sécurité de la couronne. Je vous en prie, rassurez le Kingpin de notre part, la couronne a ses intérêts à cœur.

— Mais vous ne nous fournirez aucune information sur la Rumeur.

— Vous savez bien que je ne peux pas. Voulez-vous néanmoins rencontrer le prince Bellardi ? Il m'a fait savoir qu'il se tenait à votre disposition.

— Ce ne sera pas nécessaire. Remerciez le prince de notre part. Peut-être le croiserons-nous au casino ?

— Mais bien sûr, Son Altesse en sera ravie.

Sans rien ajouter, M. Snitch se lève et indique la sortie de sa suite au valet. Il ne s'attendait pas à beaucoup mieux de la part de la couronne helvégasque. Toutefois il ne pensait pas qu'elle prendrait cette affaire avec autant de légèreté.

— Omelko !

— Monsieur ?

— Faites venir des hommes en renfort, augmentez la surveillance autour des accès à la chambre forte et que tous les hommes s'arment de gros calibres.

— Et la sécurité de la principauté ?

— Ne vous faites pas prendre !

PALAIS PRINCIER

— Il a volontairement mentionné le Kingpin ? Qu'en pensez-vous, Müller ?

— Beaucoup de bruit pour rien, Votre Altesse, et dans le doute j'ai quand même donné des instructions afin que la garde soit doublée.

— Qu'en est-il de notre ami le courtier ?

— Il a ordre de ne pas quitter ses appartements. Il commence néanmoins à trouver le temps long et demande la permission de sortir de nouveau.

— Si son corps est arrivé à maturité et que vous m'assurez que personne ne peut le reconnaître, je n'y vois pas d'inconvénient. Et puis je trouve ça assez excitant. Quelqu'un va-t-il le reconnaître ? Passera-t-il à travers les gouttes ? Je m'amuse follement, mon brave Müller.

— Très peu de personnes le connaissaient de vue et ce clone n'a pas les mêmes particularités physiques. Cela dit, Votre Altesse, s'il lui arrive quoi que ce soit, nous ne parviendrons pas à récupérer les données stockées dans ses appartements. Il ne dispose pas d'autre clone pour le moment. Et dois-je vous rappeler que la fourniture d'informations gratuites en échange de notre protection nous a toujours été très profitable ?

— Je sais tout cela, Müller. Mais c'est excitant, non ? De toute façon la présence de l'UI devrait calmer les ardeurs de tout le monde.

— Et les pirates ?

— Ah, les pirates… J'aimerais y croire, Müller, ça nous égaierait un peu tout ça. Mais la piraterie n'a jamais été autre chose que ce qu'elle est aujourd'hui : des braqueurs de cargos vivant sur une planète poubelle. Parlez-moi plutôt de ce marchand d'armes, ce Dupont. Pourquoi n'avons-nous jamais entendu parler de lui ?

— Il semblerait qu'il mène ses affaires de manière très discrète et son argent n'est géré par aucune de nos filiales.

— C'est fâcheux, il faudra remédier à ça. Enfin, s'il en vaut la peine ?

— Tout à fait, Votre Altesse, renseignements pris, il s'avère qu'il travaille exclusivement pour l'Union intergalactique qui le paie très, très généreusement. Il leur sert régulièrement d'intermédiaire, de nettoyeur, de trafiquant, tout cela de manière officieuse bien entendu.

— Bien entendu… Il est vraiment là pour son neveu ? Rien à voir avec la Rumeur ?

— Il semblerait, la clinique et nos médecins n'ont pu approcher le garçon mais le matériel médical mis à la disposition du docteur personnel de Dupont confirme l'état de santé du jeune homme.

— Faites en sorte de faciliter au maximum toutes les démarches médicales que son médecin jugerait nécessaires et dans une discrétion absolue.

— C'est déjà fait, Votre Altesse.

— Excellent, Müller ! Et si cela peut l'amadouer en quoi que ce soit, peut-être devrais-je rencontrer ce M. Dupont et le convaincre d'investir chez nous ?

— M. Dupont est effectivement très fortuné et son réseau professionnel est lui aussi fort intéressant. Je prends contact avec M. Sparfaglia, son secrétaire, et j'organise une rencontre le plus rapidement possible. Sachez toutefois que Dupont est peu loquace, irascible d'après les on-dit. Et le reste de son entourage est assez, disons, particulier. Original, dirons-nous…

AU MAJESTIC

— Elle est là ! Putain ! Elle est là !

— Qui est là ? Calmez-vous, monsieur la Rumeur.

— Mais si elle est là… Il doit être là aussi ?! Ahhh ! Le borgne ! NON !!! Il doit être là !

— Quel borgne ?

— Il vient finir le travail, je vous dis ! Vous m'entendez ! Trouvez-le !!! Trouvez Snyssken ! Fumez-moi cet enfoiré !

— Snyssken ? Vous avez vu Plague Snyssken ? Êtes-vous délirant ? Êtes-vous vraiment dans votre état normal, Herr Rumeur ?

— Bien sûr que non, sombre crétin ! Le plus grand psychopathe de l'univers connu m'a coupé en deux et je me retrouve dans un clone en fin de croissance ! Avez-vous la moindre idée comme ça peut démanger ?

— Qu'est-ce qui démange ?

— Un corps qui pousse ! Abruti !

— Vous m'avez l'air de plus en plus incohérent, mon vieux.

— Écoutez, Müller, j'ai vu BlackFury sortir d'un ascenseur, et je suis à peu près certain qu'elle m'a reconnu aussi. Je n'ai pas vu Snyssken mais si BlackFury…

— Calmez-vous, calmez-vous ! Même s'il s'agit de la chasseuse de primes, rien ne prouve qu'elle travaille avec Snyssken.

— Elle est la seule à avoir survécu au massacre de Terra avec Cobrastar ! Pas besoin d'être un génie pour additionner deux plus deux !

Au même instant, un appel de la sécurité interrompt Müller.

— Un instant, Herr Rumeur, la sécurité me réclame.

— Herr Müller ! La reconnaissance faciale est devenue folle, elle affiche le même visage sur la moitié des habitants de la principauté, que fait-on, monsieur ?

— Transférez-moi les images, imbécile !

Sur l'écran, l'entrée du Majestic affiche une galerie de touristes borgnes aux rictus effroyables.

— Que fait-on, Herr Müller ?

Il y a des Snyssken qui rigolent, d'autres qui s'embrassent, certains se tiennent par la taille, d'autres portent des bagages, ils sont en jupes, robes, smokings, costumes traditionnels pisciens…

— Herr Müller ?

Il bascule sur d'autres images et c'est toute la principauté qui s'anime d'un souffle psychopathique : des Snyssken en landaus, sur des toboggans, à la piscine, qui allaitent, qui font du sport.

— Nom d'un petit bonhomme !

— Herr Müller ! Que fait-on ?

— Prévenez le prince ! Déployez un bataillon pour le protéger et réparez-moi ces saletés de caméras !

Sur l'autre ligne, la Rumeur a viré hystéro, il gueule, il trépigne, il a la bave aux lèvres. Un seul Snyssken l'a coupé en deux, alors tout un planétoïde…

— Je vous l'avais dit ! Il m'a retrouvé ! Il vient me finir, putain ! Putain ! Non ! Faut que je me barre ! T'entends, valet de merde ? Je me casse, bordel !

— Non ! Herr Rumeur, restez où vous êtes ! Herr Rumeur ?

— Dzitt… Dzitt… Cric…

Les haut-parleurs du casino fredonnent en arrière : « *And I love to live so pleasantly, live this life of luxury, lazing on a sunny afternoon, in the summertime…* »

*

— Et il t'a reconnue ?

— Vu la course qu'il s'est mangée derrière, j'en suis sûre. Si t'avais vu sa gueule !

— Je l'ai vue. Lucy m'a passé des bandes de sécurité. Quel petit trou du cul ! Quitte à se cloner autant s'améliorer un poil, non ?

— Bah, mon Capi Cap, si je puis me prendre la permission : bien que le clonage soye extrêmement réglementé dans l'enceinte de l'UI, il y a pas mal d'études sur le transfert de conscience vers un corps de remplacement. Et tous les résultats convergent pour dire qu'une physiologie par trop différente de celle d'origine peut engendrer de sévères lésions psychopathologiques. Dès lors il est logique qu'il se soit gardé un physique auquel il pouvait s'identifier.

Là, c'est la grosse migraine pour John, la drouille vient de tenir un discours cohérent.

— Figurez-vous que le prince héritier lui-même a émis le souhait de rencontrer Môssieur Dupont. Bambino, Eli et Doc sont déjà au casino pour le retrouver. Je leur ai dit de se poster le plus près possible de la planque de la petite fouine. Ils sont armés, faites de même. Sitôt la dégoise finie avec le fin de race, on explose la porte de la Rumeur, on chope les données, on le descend et on se tire.

— Et la rapine, Capi Cap d'amour ?

— La rapine, c'était avant qu'on doive improviser et tailler dans le gras. Pourquoi t'as un air gourmand sur la tronche, gamine ? J'aime pas ça, Tiny ! Fury, elle a un air gourmand, non ?

— Oui, indéniablement.

— Tu veux rançonner le prince direct, hein, Cap ?!

— Quoi ?!! Non ! Bien sûr que non ! Ça va être suffisamment le boxon comme ça !

— T'en fais pas, Capi Cap, je tiendrai ma langue !

— Elle t'a fait un clin d'œil, capitaine.

*

Boogie touille son whisky d'un air un peu maussade, il assade et rêve les yeux dans le vide. Il sait bien qu'il devrait écouter le rapport de l'informateur. Encore un larbin des Nakatomi qui bave son compte rendu. Mais de toute façon Saturday enregistre tout. Il a une mémoire de dingue, son frangin, pas un truc qu'il tient de leur paternel. Boogie, lui, pour retenir un nom faut qu'il se concentre. Par contre il sent les choses comme personne, et c'est pour ça qu'il tire la gueule. Il se sent un peu mélancolique et ça l'inquiète. Il n'en a pas encore parlé à Saturday pour pas l'affoler de suite. De ce que rapportent les indics, il n'y a rien de bien fou ! Alors pourquoi qu'il nage dans le brou de noix ? Chaque fois qu'il tristoune comme ça, des torrents de merde se mettent à leur pleuvoir sur la gueule.

— On est dedans, c'est ça ?

— Ch'ais pas, Saturday.

— Allez ! Je la connais, cette gueule.

— On risque d'en chier sévère.

— Merde… Tant que ça ?

— On devrait se tirer, frangin. Si c'est comme…

— Te fatigue pas, Boogie. Les fois précédentes on n'avait pas fait gaffe à tes petites baisses de moral. Maintenant qu'on sait, on prend les devants. Combien de temps ?

— Très bientôt, frangin, très bientôt…

Saturday se lève, fait signe au barman et enlève la sécurité de ses revolvers. Boogie prépare ses armes et saute derrière le zinc. Y a déjà du bruit dans la salle. Saturday étend le barman d'un revers et rejoint son frère. Alors qu'il atterrit de l'autre côté, une décharge de blaster noircit le bar là où se tenaient ses hanches une seconde plus tôt.

— Merde, Saturday, mate la paroi ! Pour un peu ça te coupait en deux !

— Tu vois, frangin, suffit de prendre les devants. Comment tu te sens ?

— Le groove, frérot, le bon groove.

« … *Cause we've been waiting for so long, waiting to play for you some of our songs…* »

*

La porte bouge. On la voit s'ouvrir du coin de l'œil, doucement. Elle est timide, hésitante, pas loin de rougir. Derrière, la Rumeur a la main sur la poignée. C'est un peu ses premiers pas de danse à la fête de fin d'année. Elle n'est qu'une porte, elle ne sait pas que tout le monde est tendu, qu'elle n'est qu'une parmi d'autres. « *I know I stand in line until you think you have the time to spend an evening with me…* » Il y a comme un ange qui passe.

Le gnome envoie la porte, à la volée, claquer contre le mur. Elle rebondit. La Rumeur aperçoit BlackFury dans le carré

VIP au-dessus d'eux. La chasseuse de primes est occupée, elle se lance pour intercepter Bambino qui a décidé que le prince Bellardi, depuis peu assis à leur table, avait besoin d'un bon claque-bugne.

Il s'en passe, des trucs : un bourre-pif au fin de race, Cobrastar qui plonge sur Fury pour lui éviter une décharge du fusil de la Rumeur, des porte-flingues et un service de sécurité pris au dépourvu, un duo de tueurs qui sautent par-dessus un bar. Et cette porte qui se rabat connement.

*

Le nain a juste eu le temps de pointer un fusil ridiculement grand sur BlackFury. Elle est là, donc l'autre taré doit y être aussi, Snyssken est pas loin, il le sent. Il a un don pour ces choses-là. C'est comme un sixième sens chez lui. Il a toujours eu du flair, tout le monde vous le dira.

La porte lui explose le nez, fait voler son doigt sur la gâchette. Le tir n'a pas atteint son but premier. La porte a payé son insolence le prix fort, il n'en reste plus des masses. Par contre elle a dévié le tir du gnome sur un couple qui dînait à côté du carré VIP. Madame n'est plus que l'ombre d'elle-même, littéralement. Monsieur est percé par le centre et derrière lui, dans la rangée de service gît un serveur malchanceux. Tout au bout un bar légèrement noirci et deux coupes afros matent la salle. Une voix se dépose dans le silence de la déflagration. La Rumeur la connaît.

— Bambino ! Fury ! Avec moi, les données dans la planque de la larve. La drouille ! Eli ! Doc Death ! Chopez-moi c't'enfant de putain !

C'est le signal du départ. Il pleut de la ferraille fondue, du cuivre et du cristal. Des échardes de bois crépitent comme sur une poêle géante. Les gouttes de sang s'envolent au ralenti, et puis elles accélèrent d'un coup, rattrapées par la gravité, elles maculent les tables d'acajou. La roulette devient un Pollock matière première charcuterie. La table de craps, un bouquet de fuchsias liquides, les feutres verts se parent d'un beau rouge de Noël. Ça fait des *Christmas jumpers* sapin et vermillon. Snitch se coule souplement entre les projectiles, un simple fusil à la main, et se dégage un passage vers Eli. Le mousse de *La Buse* danse aussi, surin à la main il larde mollets et bedaines. Trollinette, clé à molette et Petitkoalasrose en main, couvre ses arrières avec enthousiasme tout en chantant terriblement faux : « C'est vrai que j'ai l'accent qui roule, des chansons qui roucoulent. C'est vrai, c'est vrai… » Elle éviscère dans la joie et se déplace, complètement désarticulée, on a l'impression qu'il lui manque des jonctions osseuses. BlackFury s'efforce de couvrir Cobrastar et Bambino, qui foncent vers la planque de la Rumeur. Elle tire en continu, avec application, dans le sillage du gigantopithèque, délaissant son fusil pour son revolver quand un rescapé du géant s'approche de trop près.

Saturday et Boogie s'en donnent à cœur joie, ils chantonnent et décarpognent en même temps. Les Disco Boys ne savent plus sur qui tirer. Il y a profusion de cartons, c'est un peu gênant pour les deux professionnels, ils ne sont pas habitués à autant de confusion. Bambino a rattrapé Cobrastar, ils s'arrêtent le temps d'esquiver une rafale de blaster.

— C'est fou ce que l'atmosphère d'une salle de jeux est fragile, s'pas, capitaine ?

— Étonnant, ouais… T'étais obligé de bugner la tête couronnée ?

— L'abruti me chiait dans les bottes…

Le tarin en chou-fleur, une bastos dans la couille gauche, le prince helvégasque ne comprend toujours pas ce qui a déclenché ce merdier et d'où sortent tous ces tarés. On n'a pas vu un bordel pareil depuis des générations.

DANS LES RUES

— Il court vite !

— On le défriserait pas sur place ?

— Fais pas le con, Saturday ! Nakatomi a bien mérité de l'avoir vivant. C'est plus amusant quand ça frétille encore, tu crois pas ?

— Chuis pas contre l'idée, mais t'es sûr que c'est le genre du vieux Nakatomi ?

— On verra bien. En attendant on n'est pas les seuls à lui coller au derche.

Saturday s'arrête là. Un tir de la Rumeur vient d'arracher un morceau de façade un poil au-dessus de son oreille gauche. Et un pan de mur est en train de fondre derrière eux, là où Tiny vient de braquer Petitkoalarose…

— Sont affamés, les pirates, aujourd'hui !

— Je savais bien que ce serait la merde avec ce genre de fondus dans l'équation. T'as reconnu le vieux ?

— Doc Death ? Ouais ! C't'heureux qu'il nous colle pas au train ! Et le gamin ?

— Connais pas ! Mais l'a pas l'air beaucoup plus tendre. Merde ! Il en veut ! Mate ça !

Eli se rapproche de la Rumeur, il enjambe un garde princier qui tente tant bien que mal d'empêcher ses boyaux de se déverser sur le sol. Doc le couvre au mieux et fait les comptes, il va avoir un paquet de patients à retaper pour rétablir la balance. Ça ne le dérange pas. Ceux qui le voient comme un monstre n'ont aucune idée de la joie qu'il éprouve à aider les indigents. C'est pour ça qu'il tue avec une telle délectation, l'idée qu'il va devoir sauver autant qu'il désosse, il en a des frissons.

— F'chier ! P'tain ! F'chier ! On a vraiment besoin de le choper ?

— Fais pas ta pisseuse, toubib ! Le cap' t'a demandé poliment !

— Poliment ?! F'chier ! P'tain ! F'chier ! F'chier ! Arrose les Disco au lieu de dire des conneries !

— Les Disco ?

— P'tain ! F'chier ! Les types en patte d'eph ! P'tain !

— Ceusse qui brillent comme un miroir de bordel ?

— P'tain ! Oui ! F'chier !

La poursuite se déplace vers les docks privés de l'hôtel. La Rumeur compte y choper une navette qu'il tient prête pour ce genre de situation. De quoi se planquer en sécurité. Toujours survolté, il court comme un dératé. Ils ne le choperont jamais ! Jamais ! Il est bien trop rapide, bien trop malin !

Un plomb dans la cheville le détrompe. Putain, c'que ça fait mal ! Le voilà qui dérouille, s'affale sur le dock à quelques mètres seulement de la navette.

— Bien visé, mon frère ! Qu'est-ce qu'on fait de Tiny Boom ? Tant qu'elle nous clouera là, pas moyen de choper la Rumeur.

— Chope la Rumeur, Boogie ! Je te couvre ! Magne, le gosse est déjà dessus !

Saturday balance la sauce sur Tiny et Doc Death, aidé sans l'avoir prévu par des renforts de la garde princière. Eli arrive au-dessus de la Rumeur. Il en prendrait bien une tranche de cet enfoiré, après tout Cobrastar lui a demandé de le choper, pas de le choper entier. Un tendon d'Achille et un hurlement plus tard la phase mégalo du rat a pris du plomb dans l'aile. Boogie envoie valser Eli d'un coup de botte dans les côtes. Le gamin ne va pas bien loin. Alerté par Tiny de l'approche du tueur, il a le temps d'amortir une partie du coup et se relève après une rapide roulade. Boogie lui fait face revolver en main, il le lève et s'arrête à mi-hauteur. Un scalpel sur la carotide et une voix chuintante réclament son attention. Doc Death le force à se retourner lentement. Derrière eux, Tiny a fait le ménage. Les hommes de la garde gisent disloqués, fondus. Il ne fallait pas s'en prendre à son mec, elle a pété un plomb, Trollinette. Elle échange à présent des gnons avec Saturday, le frère de Boogie ne pensait pas qu'un petit gabarit pouvait cogner aussi fort. Le Doc s'apprête à stopper l'échange mais Boogie le désarme et lui balance un talon dans les joyeuses. Eli égrointe le tueur d'un coup de pied pendant que le toubib répand son dernier repas sur les guiboles de la Rumeur. Ça se castagne en couleurs et c'est parti pour durer.

MAJESTIC, PLANQUE DU RAT

Ils fatiguent à dézinguer à tout va, mais ils ont quand même de la chance dans leur malheur : la porte d'entrée de la planque est étroite et le couloir n'autorise le passage que de deux personnes à la fois. Alors ils se relaient pendant que Bambino s'escrime dans le fond. John charcute et Fury, de loin, décapsule les boîtes crâniennes.

— Dis voir, mon gros ! T'en es où exactement ? Y commence à se faire un peu de lassitude par chez nous !

— Minute, capitaine ! C'est pas « La Roue de la Fortune » ici ! C'est du chiffrage de haut niveau sur les bécanes de la petite raclure.

— Je te demande pas l'horoscope, Bambino ! Branche Lucy !

— Pas besoin du second, Cap ! Je peux le faire !

— J'ai pas dit le contraire, l'affreux, mais on croule pas sous les minutes !

— Encore deux minutes, capitaine !

— Tu sais que ta fierté est un tantinet déplacée, là ?

Un garde trop près. John se glisse dans le couloir et tranche proprement le suicidaire. Il se replace aux côtés de BlackFury, un poil incrédule, tandis que Bambino lâche :

— J'y suis ! Cracké ! Envoi des données à *La Buse* !

BlackFury décide qu'il est temps de se barrer et s'engage dans le couloir. Elle chope John par le col et grogne à l'intention de Bambino. D'un geste fluide elle rengaine sa pétoire, fouille sa veste et sort une grosse poire noire. Elle la jette par l'entrée dans le casino, un déluge de tirs se déchaîne sur le cadre de la porte.

— Dix secondes ! Vous vous souvenez de la disposition des lieux ?

— C'est quoi, ce bordel, Fury ? Tu veux pas qu'on saute dans ce merdier ?

— Une BlackHole, Bambino ! Relax ! Elle en est pas à son coup d'essai. Chope-moi la veste, si t'as peur de te perdre.

— Une BlackHole !!? Bord…

Tout devient noir.

*

John gère assez bien, rien de bien nouveau pour lui, il sent confusément qu'il tire Bambino par la manche. S'il a bien mémorisé la salle ils ne devraient plus être loin du hall. Ils ont marché sur les premiers macchabées de la soirée et atteint le bar. Le truc, c'est de compter : les pas, les secondes, et de fermer les yeux. Même si on n'y voit rien, c'est con, mais ça l'aide à se concentrer. Encore une bizarrerie du corps.

BlackFury se repère tant bien que mal. Elle regretterait presque les gros flingues de Snyssken. Le Majestic est un peu plus compliqué que le *diner*, mais cette fois elle avait prévu le coup, bien mémorisé les lieux, compté ses pas et visualisé les obstacles. Évidemment quelques tables ont bougé, des chaises aussi. Les corps, elle s'y attendait, mais il n'y en a pas tant que ça. L'une de ses mains retrouve des sensations, puis l'autre, puis la tête, le torse et les jambes. Elle ne fait pas deux pas dans la rue qu'elle se cogne le front sur un truc froid. Ses yeux louchent sur le canon délicat d'un blaster.

Une main gracile et un bras fin soutiennent l'arme, Snitch fait la grimace. Le bras gauche de l'homme de main pend mollement le long de son corps, du sang bleu goutte au sol. Malgré un garrot serré, ça ruisselle d'une vilaine entaille au niveau du triceps. Le muscle est salement entaillé. À la poursuite de la Rumeur, Snitch a négligé la présence d'Eli, il ne refera pas la même erreur. Sans ses réflexes fulgurants il y laissait ses branchies et une bonne partie du cou. Mais tout n'est pas perdu, à défaut de la Rumeur il a peut-être une chance de récupérer les données. Si la chasseuse de primes est là, Anjer Fälle et Cobrastar doivent suivre. Il jette un œil rapide derrière BlackFury et aperçoit une main pressée sur sa fesse. Ils sont sortis en se tenant les uns les autres pour éviter de se paumer. Une BlackHole ! Snitch est impressionné.

— Avancez doucement, mademoiselle Fury, et veillez à ne rien faire qui puisse alerter vos camarades.

BlackFury, les yeux maintenant rivés sur ceux du Piscien, fait un pas prudent, puis un deuxième, et Snitch voit sortir la masse de Bambino. Le numéro deux du Syndicat est un peu étonné. Il ne pensait pas qu'un type comme Anjer Fälle profiterait d'une BlackHole pour peloter l'arrière-train d'une congénère. Il esquisse un sourire, puis plisse juste ce qu'il faut les yeux pour ne pas voir le poing de Cobrastar lui défoncer la tempe. Il a beau avoir les cartilages souples, le choc fait son effet. Il tend instinctivement son bras et tire. La main et l'arme de Snitch décrivent une belle parabole turquoise, une goutte de la même couleur perle sur le sabre de John. Arme et appendice préhensile tombent au sol en éclaboussant les grolons de Bambino. Snitch regarde la main coupée, l'air incrédule. BlackFury braque le mafieux mais un saut périlleux évite au tueur de finir le crâne en bouillie, un autre le met enfin à l'abri derrière une navette et en quelques enjambées le Piscien est loin.

— Tu peux lâcher mon cul, Bambino, on est sortis.

Sans attendre la réaction du colosse, BlackFury fait un pas et colle un agrognon à John.

— Crois pas que j'ai pas senti quand t'as remplacé ta main par celle de Bambino !

CENTRALE, UN BUREAU SOMBRE

Monsieur est fatigué, il a une rage de dents et les nouvelles de l'affaire prothéenne commencent sérieusement à lui courir. Il sort d'une réunion avec le Secrétaire où les deux éminences ont fait le point.

— Alors ?

— Nous n'avons pas avancé d'un pouce. Les seuls succès rencontrés sont liés à la chasse aux responsables du massacre de l'équipe archéologique de Nakatomi. Mais quoi qu'il en soit Miss Fury garde un œil sur le pirate et a communiqué au lieutenant Owens le lieu probable de la cache de la Rumeur. Il s'agit de la principauté helvégasque.

— Évidemment… Avez-vous mis le prince Bellardi au courant ?

— La principauté a ses propres canaux de renseignements et il m'a paru inutile de lui faire une demande concernant les locaux de la Rumeur.

— Pensez-vous que le pirate réussira à récolter avant nous les informations de la Rumeur ? Nous avons mis tous nos œufs dans le même panier avec Miss Fury…

— Cobrastar a disparu de nos radars après son départ de

Tartarus, impossible de dire s'il est arrivé, et Miss Fury doit garder le silence radio jusqu'à ce qu'elle récupère les données. Nous disposons de nombreux agents dans la principauté. Hommes du Syndicat, gardes princiers, fonctionnaires, nobles. Tous sont en état d'alerte et cherchent la cache de la Rumeur. Si le pirate trouve le repaire du courtier avant nos hommes, ceux-ci ont ordre de récupérer l'intégralité des données et d'effacer toute trace en partant.

— Espérons que le pirate n'ait pas la même idée.

— Il nous restera Miss Fury.

— De la loyauté de laquelle vous êtes vraiment certain ?

— Absolument, Monsieur. De plus, j'ai mobilisé la cinquième flotte de reconnaissance afin d'arraisonner tout bâtiment quittant l'espace helvégasque après le début des hostilités.

Un bourdonnement vient interrompre la conversation et l'hologramme d'un officier des services de Monsieur apparaît :

— Monsieur ! Une explosion majeure vient de balayer le Majestic et les rues avoisinantes. Selon les scans, la principauté est amputée d'un tiers de sa surface et les vagues d'énergie ont endommagé la flotte…

GROS PÉTARD SUR LE CAILLOU

— On se décide, mes tout beaux ?

Cobrastar perd patience, ils n'ont pas toute la journée pour décarrer de là. Le gros des services de sécurité ne va pas tarder à leur tomber sur le râble et il ne sait pas si Lucy a commencé les manœuvres de désappontage.

— Si, John, c'est fait. Toutefois le départ risque d'être mouvementé.

— Non ? Vraiment ?

— Si tu mettais les sarcasmes en veilleuse, je pourrais peut-être te rencarder, capitaine de mon cœur.

— Dis toujours, au point où on en est…

— La cinquième flotte de l'Union est en orbite et scanne tout le Caillou. Il y a fort à parier qu'elle empêche les décollages de tous les vaisseaux.

— Ohhh…

En plus des deux Disco-guignols et de l'armée de porte-flingues qui se prépare à les rôtir, voilà que l'UI se rajoute au boxon.

John soupire. Son équipage fait la gueule, et rien à voir avec les gnons qu'ils se sont tous mangés à un moment ou à un autre de la journée : Lucy vient de les avertir pour la flotte des moutons. Les Disco ont senti le changement d'humeur et se tiennent à carreau. Ça et les flingues braqués sur eux, ils ont décidé d'être raisonnables.

— Capi Cap, serait temps de se faire la malle, non ?

— Bien d'accord avec toi, la drouille ! Dès que les frangines permanentées auront pris une décision, on décarre. Alors, les Disco ?

Les deux frères se regardent, jaugent la situation. Ils ont la Rumeur à leur botte, le reste ne les concerne pas. Le vieux Nakatomi a dressé une liste bien précise de macchabs et la Rumeur arrive tout en haut.

— Laissez-nous la Rumeur et on se sépare sans vagues.

— Ça va pas pouvoir se faire. J'ai quelques comptes à régler avec la raclure de bidet.

— Cap ? Si Bambino a les trucs prothéens, je pense qu'il faut se tirer. On peut leur laisser le vilain p'tit rat, surtout si le frangin a posé les explosifs que je lui ai passés pour raser la planque.

Bambino se met à grogner et écarquille les gobilles. John a compris aussi, pas besoin de dessin.

— T'aurais pas exagéré la dose par hasard ?

— Non, cap'taine ! Y a bien de quoi raser un cinquième du planétoïde !

Elle est tellement heureuse, la catastrophe en jupon.

— Un cinquième, Tiny ?

— Ouais, Fury ! Épatée, la poutrasse ?

— Et par rapport à ce cinquième, tu nous situes où ?

— En plein d'dans !

*

C'est à ça qu'on reconnaît un bon capitaine : prendre les bonnes décisions au bon moment, ne pas tergiverser.

— Bon, les garçons, vous pouvez garder la Rumeur. Nous on trisse. Et un conseil : ne traînez pas, ça devrait péter dans cinq minutes.

Boogie et son frère ont vite fait le calcul, d'un geste commun les Disco Boys braquent la Rumeur, appuient sur la détente et ventilent la chiure de clodo sur le sol. Contrat rempli. Ils manquent de se faire trouer par Bambino et BlackFury qui les tiennent en joue. John n'est pas ravi, à terme ça lui pendait au nez de se faire éparpiller à la Rumeur deux points zéro, mais comme ça, chialant au sol… Ça manque de classe, de dignité. Et Saturday se fait d'un coup tout miel.

— Vous auriez pas un peu de place pour nous sur votre vaisseau, mon capitaine ?

— Qu'est-ce qu'y bave, le danseur du samedi soir ?

— Notre taxi est à l'autre bout du Caillou, on n'y sera pas à temps.

— Mais vous, oui, reprend le frère.

— Tu nous prends pour une œuvre de charité, le bichon frisé ?

— Tant qu'à caner, on peut toujours vous ralentir et continuer les échanges de bastos. Mon frère et moi on est prêts à vous dédommager.

— Que dalle…

— Capitaine ?

— Bambino ?

— Comme j'ai avancé l'oseille pour l'opération, je serais pas contre…

*

La déflagration fleurit dans l'atmosphère du planétoïde comme un paon fait la roue. Une explosion, des flèches et des dizaines de petits orbes orangés. Et tout ça s'épanouit mignonnement avant de crever d'un coup, soufflé par le vide de l'espace.

Tiny a le visage collé au cockpit, son haleine embue la paroi transparente de *La Buse* qui s'élance vers la cinquième flotte de l'UI sur fond de fin du monde. John, concentré sur le pilotage, profite de l'explosion pour se faufiler entre les mailles du blocus. Avec l'aide de Lucy, il fait surfer *La Buse* sur la frange des vagues d'énergie, complètement invisibles aux radars de l'Union. Le navire est projeté dans tous les sens.

— Accrochez-vous ! Les tampons anti-grav vont lâcher. Ceux qui se tiennent pas vont se manger une paroi dans la tronche.

— P'tain ! F'chier ! Je r'couds personne de plus aujourd'hui !

— Tiny ! Arrête de baver et chope un truc ! Bambino, tu m'entends ?

— Capitaine ? Vous pourriez piloter un peu plus calmement ? J'ai du mal à travailler dans la soute.

— Laisse tomber les données, mon gros ! J'ai besoin de toute la puissance possible pour que *La Buse* ne se désintègre pas !

— Merde, frangine ! La planque, on t'avait dit ! Effacer la planque ! Pas la moitié de ce putain de caillou !

L'une est sanglée à un siège, un autre s'accroche à son strapontin, deux autres s'agrippent aux filets de fret dans la soute. Boogie rend son petit déjeuner, BlackFury serre les dents et Eli les sphincters. L'univers tourne dans tous les sens alors que l'explosion finit de jeter le vaisseau à travers l'espace. Une déchirure dans l'air laisse apparaître Snyssken qui jette un coup d'œil puis décide de revenir quand le sol et le plafond auront regagné leurs places respectives. La déchirure se referme. La lumière s'éteint et les systèmes auxiliaires prennent le relais.

*

— C'est drôle comme tout se répète. On croit être dans la merde et quand on pense s'en sortir sans trop de casse, Tiny se rappelle à vous…

— Quelqu'un t'a parlé de notre partie du voyage sur Tartarus ?

— Le capitaine.

— Bienvenue dans mon quotidien, gamin. Va falloir t'y faire fissa parce qu'elle est mordue, la sœurette ! Et dans la famille, quand une femme chope un gars, elle y lâche plus les grolons.

— Merci, Bambino, tu sais y faire pour remonter le moral.

— Je te dirai bien que je m'en cogne mais vu tes aptitudes à la déconne, ça me rassure pas que tu te mettes à la colle avec Tiny.

— On dirait que j'ai pas voix au chapitre !

— Non, et le plus tôt tu l'auras accepté le plus tôt je pourrais me décharger de sa surveillance sur toi !

Il sourit, le gigantopithèque. Une plaisanterie ? Eli a du mal à saisir, il ne savait pas qu'Anjer Fälle était capable du moindre sens de l'humour. Il lève la tête et regarde la soute où il l'a rejoint. Les Disco Boys se tiennent à carreau. Coincés avec les pirates, ils ont bien saisi la situation et participent même aux réparations. L'un des deux, Boogie peut-être, à moins que ce ne soit Saturday, assiste Tiny qui soude des trucs et des bidules dans la cloison. Elle peste et gigote d'un pied sur l'autre. Les éclairs bleus de son arc à souder mettent en valeur les courbures de ses hanches. Eli se décolle les rétines du popotin de la catastrophe et essaie de penser à autre chose. Il entend les voix de Cobrastar et de BlackFury sur la passerelle.

— Où est-on, John ?

— Derrière Arviédas, l'étoile du système helvégasque. La flotte de l'UI ne peut pas nous voir tant qu'on reste dans l'orbite basse de l'étoile.

— Et le vaisseau tiendra ? Lucy ?

— Pas de souci, Black. J'ai recalibré tous les boucliers et on récupérera le reste des capacités de *La Buse* d'ici quelques heures.

— « Black » ? On fait déjà dans l'intime ?

— Disons que BlackFury et moi avons pas mal de points communs…

— Le premier étant un capitaine qui nous valdingue de situation de merde en situation de merde…

— Et je vous en sors à chaque fois, non ?

— Ne pas s'y fourrer d'entrée de jeu, ça marcherait bien aussi, capitaine de mon cœur.

Cobrastar se déhanche, fait la vague avec les épaules et s'essaie tant bien que mal à jouer des sourcils. Il regarde BlackFury, il aimerait bien marquer quelques points.

— N'est-ce pas, Fury jolie ?

La chasseuse de primes sourit.

— En général, mes contrats, c'est du papier à musique, réglé au cordeau. Improvisation minimale, toujours tout prendre en compte. Une fois je déroge à cette règle. Une seule fois. Une malheureuse fois et je me retrouve embarquée dans une mouise sans nom avec un pirate qui fouette et un équipage de cas psychiatriques…

John se renifle l'aisselle, l'air de pas comprendre.

Black s'approche du visage de John en se déhanchant, il ferme les yeux. Au dernier moment Fury lui pousse le crâne d'un doigt et s'éloigne vers le cockpit.

— Rends-toi service, capitaine, prends une douche et te raconte pas trop d'histoires.

Doc Death pointe sa trogne sur la passerelle.

— Oh, Doc ! Comment va l'équipage ?

— Vont bien, p'tain ! F'chier ! P'tain ! Sont solides, les monstres de foire. J'en dirais pas autant de ta dignité, p'tain !

— Sois gentille, Lucy, te bidonne pas, et tâche de fournir de l'énergie à Bambino en priorité.

TOUNGOUSKOÏ

Le voyage pour rejoindre les coordonnées prothéennes est d'une rapidité surprenante. Toungouskoï est un champ d'astéroïdes de la bordure extérieure. Un cimetière, des carcasses qui flottent un peu partout, un champ de bataille oublié des guerres pirates. La pauvreté des épaves n'a attiré ni ferrailleurs ni nettoyeurs, ce n'est pas du charnier de grand standing. Un peu de carburant qui flotte, du métal, quelques morceaux de corps gelés. John est déçu, le reste de l'équipage aussi. Il y a ceux qui ne s'attendaient à rien, ceux que l'excitation de la chasse au trésor avait commencé à gagner, il y a les fous, la majorité, les indécis, les danseurs, les fatigués. C'est Boogie qui rompt le silence.

— Ben, mon cochon, heureusement qu'on se paye pas sur le « trésor prothéen ». Hé, Saturday ! Tu connais le cours du Caillou en ce moment ?

— Y vont fermer leur gueule, les petits rats du discopéra !

— Faut voir le bon côté des choses, John, se ramène BlackFury. Avec ça, l'UI va pas se rendre malade à te mettre la main dessus.

Seule Tiny a les yeux qui brillent. Ce cuchon de saloperies, ça lui rappelle son atelier. Elle a des envies de shopping.

Eli, en bon bouseux de l'espace, s'effare sur le cimetière spatial. Doc Death, en bon comptable, se dit qu'autant de macchabées nécessitent un paquet de chirurgie gratuite, des nuits blanches de soins pour restaurer la balance.

— Bambino, me dis pas que c'est tout, toutes ces données pour un point de rendez-vous ?

— Y avait aussi ça.

Le gigantopithèque a une flasque à la main, il s'essuie la bouche, rote en baryton et rebouche la gnôle. Il affiche des trucs sur l'écran.

— C'est quoi, ça ?

— Je vois pas. Ça ressemble à rien en fait, mate ! C'est une suite de bidules et de trucs…

Eli, distrait par la décharge spatiale, pose une gobille sur l'écran et lâche :

— C'est un morceau de musique, Bambino.

— Boah ! Forcément, moi, la chose musicale…

— Faut pas en vouloir au frangin, Cap. L'est un peu épais parfois. Si c'est un enregistrement musical, vot' truc, faut p't-être le jouer, non ?

— Chiottes ! Tu peux lire ça, Eli ?

— Moi, non, mais un lecteur CD ou cassette…

— De quoi tu causes, le grabot ?

Il ne sait pas trop comment il a reconnu un morceau de musique, d'ailleurs. C'est toutes ces chiures de mouches qui maculent l'écran, ça lui fait penser à un fichier audio.

— Vous avez bien de quoi jouer de la musique sur le vaisseau ?

— P'tain ! F'chier ! Les Prothéens qui nous filent un rembours en musique ? F'chier ! F'chier !

— Moi, tant que la musique est satisfaisante. S'pas, Saturday ?

— Sûr, frangin, et je vois bien que ça risque d'être groovy. Un disco de fin du monde, du Beethoven sauce Murphy…

Les deux tueurs sont partis. Les voilà qui se tortillent le bas du dos, ils sont sur orbite. Il y a quelque chose d'entraînant chez ces deux abrutis. Ils glissent de conserve, fluides, ça ressemble au capitaine qui se bastonne, dans un style moins coulé. Il pourrait presque entendre la musique en les regardant, c'est un rythme vivant. Tiny s'est jointe au duo. Elle essaie d'entraîner Eli dans la fièvre du samedi soir, sans succès. Lucy marque le beat dans les têtes, elle doit le tirer direct de la calbombe des deux tueurs. Elle s'amuse, elle ferait danser *La Buse* si elle s'écoutait, son enthousiasme se communique de cervelle en cervelle.

— Lucy ? Et si tu nous balançais l'autre son ?

— Non, John.

— Oh ! Allez, beauté ! C'est que de la musique. Qu'est-ce que tu risques ?

— Musique prothéenne, John…

— Si quelqu'un d'autre s'en occupe, tu seras bien obligée de l'écouter de toute façon, non ?

Lucy a peu de souvenirs d'enfance, de ce qui lui en tient lieu en tout cas. Mais elle se souvient très bien de sa seule rencontre avec du matériel prothéen. L'équivalent d'une migraine à vous faire sauter le caisson, de cauchemars vivants, d'épisodes psychotiques en langage binaire. Mais c'est que de la musique après tout, que de la musique…

— OK, John. Bambino, occupe-toi des systèmes de survie du vaisseau. Je vais circonscrire le décryptage à la console centrale. En cas de souci, il suffira de la faire sauter manuellement. Tiny, occupe-t'en, s'il te plaît.

Lucy est tellement tendue que personne n'ouvre sa mouille. Enfin elle s'adresse à Eli.

— Elijah, je vais avoir besoin que tu me prêtes ton esprit, il me faut un endroit sûr pour me réfugier en cas de coup dur. Ne t'en fais pas, ton cerveau est fait pour. Je ne sais pas comment c'est possible mais il y a un espace pour moi.

*

Il y a un sax baryton qui grogne, il monte, aboie comme un klaxon. La section cuivre en soutien lui fait comme un chœur de cabots. C'est *Moanin'* de Mingus qui joue dans la calbombe d'Eli et Lucy est aux premières loges. Elle a bien fait de se prévoir une planque, le fichier a manqué de lui retourner le système. Ici, c'est comme un trip sous acide qui se paierait le luxe d'une soupe aux champis. Le lien ténu qui la relie encore à *La Buse* filtre tout juste le surplus de couleurs. Du côté d'Eli, ça l'effraie un peu. Elle plaint le garçon. C'est la première fois qu'elle voit par les yeux d'un être biologique. Comment ne pas devenir fou avec autant de besoins et de pulsions ? Ça fait surgir du fantasme, des images salaces, des impressions. Cette faim qui lui tord les boyaux et lui colle une humeur de dogue qu'a perdu son os. Et par-dessus tout il y a les voix, partout. C'est la revanche des oubliées, de celles qu'on n'entend plus. Celles qu'on a appris à taire à grands coups de mépris et de peur. Les sauvages, les furieuses, les terrorisées, celle du nourrisson abandonné, du loup qui se ronge la patte, celle qui chante dans les bras de l'alcool, qui ronfle et pète au chaud sous l'édredon. Tout ça manque de la perdre, il faut qu'elle se réfugie derrière les propres barrières d'Elijah, et même là elle voit le gouffre partout. Un faux pas et elle sombre dans la folie la plus pure, et Eli avec elle. Ça fait un moment que le gamin a dépassé le stade du trip sous acide. Ce ne sont que couleurs, mouvements, odeurs et caresses. Lucy se sent saliver, sent la sueur couler le long de ses tempes, une goutte roule dans la nuque, ralentit sur sa clavicule, débaroule la chute de ses hanches et stoppe en équilibre sur une fesse. Lucy déglutit, la gorge un peu serrée et le souffle court. C'est nouveau ! Elle n'avait jamais manqué d'air jusqu'à présent. Elle flotte dans des nuages bariolés et des arcs-en-ciel de pochettes de vinyles. Il y a des pattes d'éléphant et des coupes Beatles.

Elle est dans un pré colorié au feutre vert par un garagna de trois ans. Elle remonte une colline. Un soleil de dessin animé lui sourit et dessous, un portique avec de la vigne lui tend les mains. Au milieu des grappes, une lumière éblouissante marque le bout du chemin. Elle y va tout droit, les cannes cotonneuses, et des papillons dans le bas-ventre. Elle passe le porche de lumière et le panard lui secoue les fibres. Tous ses muscles clignotent, il y a comme un pic, puis c'est l'immersion dans la source chaude, à ce moment-là sa conscience décide de faire relâche.

DANS LE LABYRINTHE

Au milieu du champ d'astéroïdes une structure s'agrège. Les épaves et les rocs s'écartent pour lui faire de la place, les macchabées s'en éloignent doucement. Les moteurs du vaisseau sont coupés, les systèmes de survie hors service, *La Buse* flotte mollement entre les détritus cosmiques. Les corps de l'équipage lévitent à l'intérieur et se cognent doucement aux parois. À peine passé les lèvres, les souffles se condensent en cristaux gelés. Ils sont de plus en plus ténus, ces souffles, Doc Death et Boogie ont les yeux ouverts, du givre perle au coin des paupières, ils ne voient rien. Tous sont figés dans des positions grotesques, comme gelés en pleine danse mystique, gavés au peyotl. Il n'y a pas un son, un silence mort et calme règne dans le vaisseau. Plague Snyssken est assis au milieu. Il attrape un cigare mâchouillé dans sa poche et le porte à ses lèvres. D'une main, il gratte une allumette sur la barbe de Bambino qui flotte à côté de lui, allume le mégot et tire quelques bouffées. Il attend les yeux rivés sur la structure, un sourire mauvais étire le coin de sa bouche. C'est une sphère de taille moyenne, l'équivalent d'un petit croiseur unioniste. Elle voudrait refléter la pauvre lumière des étoiles proches mais elle est couverte d'une fine couche de poussière. Quel que soit le coin où elle était rangée elle a dû y rester un bon moment. Elle devait attendre qu'on la réveille. Des lumières s'allument à la surface, c'est irrégulier, ça clignote, se stabilise. Une vibration sourde résonne, une note se fait entendre, une onde quitte la sphère et vient frapper les objets dérivants comme une vague, comme une bulle en expansion qui dépasse bientôt l'ancien champ de bataille pour se perdre dans le cosmos. Une nouvelle note se fait entendre et *La Buse* tremble.

Les débris s'écartent et *La Buse* s'avance. La sphère s'ouvre déjà en son centre, sa bouche lumineuse prête à accueillir *La Buse.* Snyssken est toujours assis, toujours souriant, les corps de Bambino et de Doc Death lui servent d'accoudoirs. Il attend avec impatience, les mains moites et tremblantes. Il n'entend pas la musique mais des murmures imprécis, des voix floues et étrangères qui parlent des mots rêches. Il semble les comprendre, s'en réjouir, s'en délecter presque. Son cigare mâchouillé suinte une vapeur acre où salive et tabac se disputent la primeur de l'odeur, ça ne lui pique pas les yeux.

— Où va-t-on, m'sieur Snyssken ? grogne Eli.

— Vers la sphère, petit.

— Quelle sphère ?

— Celle que tu as ouverte, qui nous attend.

— Je n'ai rien ouvert… Rien touché… Pourquoi y caille comme ça ?

— Systèmes vitaux de *La Buse* hors service.

— Et les autres ?

— Quels autres ?

— John, Lucy, Tiny et Bambino…

— L'IA est dans ta tête avec nous, les autres sont à moitié canés.

— Faut qu'on les aide. Je peux à peine bouger, vous pouvez faire quelque chose ?

Le givré grimace, et sort sa pétoire. Il va simplifier la situation.

— Pas comme ça, m'sieur Snyssken.

La lumière de la sphère se fait de plus en plus intense, les corps se mettent à briller et leurs contours s'effacent.

— Tu devrais me laisser tirer, Elijah.

Mais le corps du garçon et ceux de l'équipage ont déjà disparu. Faut croire qu'il est le seul à devoir se taper la passerelle et les escaliers pour sortir du tas de ferraille. Il se sent humain, le sociopathe, il n'a plus de voix dans la tête, il est presque comme avant, presque. La sphère prothéenne le muselle, elle bâillonne ceux qui lui ont pris son corps, il peut entendre son âme chanter pour la première fois.

*

Au sein de la sphère ne règne qu'une pénombre légère. L'équipage est allongé au sol et commence à reprendre conscience. Elijah est déjà debout, il aide BlackFury à se relever. Cobrastar est à genoux et se secoue la tête, les Disco Boys geignent sur leur mal de crâne, le cul vissé par terre. Bambino et sa frangine se soutiennent mutuellement et se frottent le dos pour se réchauffer. Il n'y a que le Doc qui semble en forme, mais à ses pieds une capsule hypodermique vide révèle l'origine d'une telle énergie. Un cocktail maison.

Snyssken lève les yeux. Ils sont dans une sorte de hall, plusieurs couloirs s'en échappent et vont se perdre dans les tripes de la station. Certaines issues partent du sol, d'autres percent les murs et le plafond. Des traînées luminescentes parcourent toutes les parois, elles diffusent une lueur bleutée qui permet de prendre la mesure des espaces et s'en vont comme des veines pulsantes, montrant les chemins.

— P'tain ! F'chier ! F'chier !

— Content de te savoir en vie, Doc. Tout le monde va bien ? lance John en se dépliant.

— Voir c'que t'appelles « bien », capitaine… La frangine et moi, on caille dur.

— On a tous eu un peu froid, Bambino, jette BlackFury en s'ébrouant.

— Froid ? Mais on a failli geler, putain ! claque Boogie.

— Qu'est-ce qu'il a eu votre vaisseau ? râle Saturday.

— Lucy se repose, souffle Eli. Elle est dans ma tête.

— Ta tête ?

— Dans mon esprit !

— La ferme ! On n'est plus sur *La Buse*, les danseuses. Et j'ai pas attendu deux siècles d'avoir la pensarde au calme pour me taper maintenant les vagissements de délicats du thermomètre.

Les regards se tournent vers Snyssken, adossé à *La Buse*. Certaines présences réchauffent, celle du borgne en fait partie. Chacun met la pogne sur son arme et attend. Eli et Tiny réagissent différemment. Le premier est calme. Lui, il connaît le sociopathe hors période assassine. Tiny, c'est autre chose. Elle chope un gros feutre de chantier dans la poche ventrale de sa salopette et se rue sur le borniquet.

— Signe-moi sur le front ! S'teuplaît ! S'teuplaît ! S'teuplaît ! Un autographe, m'sieur Snyssken ! Signe-moi sur le front !

Le psychopathe lui arrache le feutre si vite qu'on ne voit pas la main bouger. Il s'arrête avant de le lui planter dans le front. Il regarde l'auxiliaire de l'écriture et sourit d'un air mauvais.

— J'ai encore fumé personne, et rien que pour ça je veux bien te crayonner la face.

Ce qui la sauve Tiny, c'est sa certitude, au singulier. Elle en a qu'une, ça lui évite de se perdre. Elle l'applique à tout, à ce qu'elle désire, à ce qu'elle fait, à ce qu'elle refuse, aux personnes qui l'entourent, à tout. Elle se retourne vers Eli, les yeux tout humides et le maxillaire qui tremble :

— Il s'est arrêté à pas un millimètre ! Ça allait tellement vite que l'air m'a brûlé le front… Un peu plus y me fendait la caboche ! C'est pas… génial ?!

Elle se remet à brailler, l'autographe de Snyssken bien en vue au-dessus de l'arcade droite. On la regarde, on regarde le psychopathe, on se regarde, tout ça la main sur la crosse et les sphincters contractés. Bambino est le premier à se détendre, il attrape sa sœur au collet. De son côté, John se rapproche du borgne.

— Je suis pas un obsédé des éclaircissements, la cachotterie a ce petit goût d'interdit sans lequel j'ai du mal à vivre. Tiens ! D'aucuns pourraient même dire que j'ai une certaine fascination pour le mystère.

Sur ces mots il colle le canon de sa pétoire sur la tempe de Snyssken qui ne bronche pas.

— T'as changé, je le sens. Si t'avais voulu m'en mettre une, je serais déjà à terre. Maintenant, réponds. Qu'est-ce que tu fous là ? T'apparais, tu disparais, j'aimerais beaucoup savoir pourquoi tu me colles au train.

Pour le coup, même Tiny s'est calmée. BlackFury braque Snyssken, il y a de l'émulation, Bambino fait de même. Le borgne relève un sourcil, promène son regard sur l'équipage. Il souffle un grand coup, il ne respirait plus depuis des années. Maintenant il sent l'oxygène, ça lui gonfle la cage thoracique et c'est pas désagréable.

— Te suivre, toi ? qu'il crache, incrédule. Comme eux ?

Un coup d'œil de John à son équipage et Snyssken en profite : il se baisse et lève le bras gauche, sa paume claque la main du pirate qui s'embugne sur *La Buse.* BlackFury et Bambino font feu sur une place vide. À cacasson, Snyssken cueille l'estomac du gigantopithèque qui s'écroule, plié en deux. Il est derrière Fury et va lui cogner la nuque. Au dernier moment John s'encastre la tronche dans les côtes du borgne et prend le gadin à la place de la chasseuse de primes. Ça craque dans son épaule. Snyssken grogne aussi de douleur. Les deux hommes finissent au sol. Ils se relèvent en silence. Le vieux psychopathe braque l'antiquité qui lui sert de pétoire sur Cobrastar. Il n'a plus l'œil en promenade, la gobille est brillante, lumineuse, un point rouge dans la pupille qui réclame sa part de sang. John a fait au mieux, il est certain de l'avoir blessé. Il a pourtant bien senti que la légende n'était pas la même ici que sur Terra ou Tartarus. La petite baston aura au moins eu le mérite de réchauffer l'équipage de *La Buse*. À présent tout le monde braque Snyssken. Celui-ci baisse son arme et tousse un cramaillat carmin sur le sol prothéen. Il se tâte les côtes et sourit, les dents pleines de raisin.

« *Oh, that's the way, uh-huh uh-huh, I like it, uh-huh uh-huh. That's the way, uh-huh uh-huh, I like it, uh-huh uh-huh…* »

*

— Si c'est pas moi que tu filais, c'était les données ? Comme tout le monde ?

John réfléchit à voix haute, ça l'aide après la dérouillée.

— Non, pas les données, t'aurais pu les récupérer quand tu voulais. C'était Eli que tu suivais, depuis le début ! Pour ça que tu m'as demandé de lui sauver la couenne sur l'Ostrakia.

Le psychopathe ne répond pas, il a rallumé son mégot et le machotte de nouveau d'un air béat. Il a Doc Death au côté qui lui retape les côtes.

— P'tain ! F'chier ! Laisse tomber, Cobrastar ! Ce tordu ne l'ouvrira pas avant d'avoir pété le nez de quelqu'un. F'chier ! P'tain ! P'tain ! Regarde-le ! F'chier ! J'y refous les os et les muscles d'équerre ! Tu crois qu'y se fendrait d'une grimace ? Notez bien : je suis pas sadique. Je cours pas après les simagrées. Un patient qui gueule trop, tu sais plus où soigner. Mais, merde, ce serait trop demander qu'y geigne un poil ? C'est salutaire la douleur, ça évite la grosse témérité… Regarde-le ! Même plus y ferait la gueule !

Plague Snyssken a mal, très mal, si mal qu'il en vivrait. Au moins est-il seul dans sa calebasse, ça vaut toutes les douleurs du monde, il en a même plus envie de crever. Il avait oublié la douleur, les affections du corps. On peut l'oublier et la retrouver, la douleur, et pour Snyssken c'est une grande fête.

Snyssken inhale la fumée, s'en remplit l'intérieur. Au début de chaque bouffée il se noie un petit peu. Il joue à se faire peur, comme un ado qui se shoote, un type adultère, un accro à l'extrême. Et puis il voit la tête du fils à Tito. Ça le ramène très vite sur terre. Il comprend que l'effet de la structure prothéenne sur son corps n'aura qu'un temps. Dès qu'il en sortira, tout reprendra comme avant, il le sent. Quelques minutes de mortalité et il sent qu'il s'accroche déjà à la vie. C'est con quand même.

Il va falloir qu'il leur parle, s'assure leur participation. Il ne sait pas trop à quoi, d'ailleurs. Il sent juste quoi faire, la direction à prendre. C'est ça qui l'a attiré sur le site de fouille du conglomérat Nakatomi, poussé à prendre contact avec Agamemnon, à choisir Terra comme lieu d'échange, à sauver Eli et le fils de Tito. Une succession de caprices sans queue ni tête, chaotiques. Mais il sait bien qu'il y a un truc chez le Terran, il ressemble à l'IA de Cobrastar qui lui ressemble elle-même. Ce bordel a commencé avec Tito et Agamemnon, il sent que ça doit se finir avec leurs mioches. Alors il attend que Doc Death ait fini la couture, réclame une gorgée de gnôle à Bambino qui lampe depuis déjà un moment et se lance. C'est succinct comme récit, il n'a jamais aimé tartiner, il explique par voie monosyllabique, ne fait pas de gestes autres que main-cigare-bouche et retour. Il ne sait pas ce qu'il y a ici. Quelque chose qui l'attire, doit le remettre d'équerre ou le finir une bonne fois pour toutes. Pour ça il a besoin d'Eli et de Lucy. Les pirates sont là pour boucler la boucle. Clore le chapitre qui a commencé à la fin de la grande guerre. C'est Tiny qui finit par résumer :

— Donc, c'est le gros pétard construit par Dionysès qui t'a rendu fébrile du bulbe et super balèze. Y a un truc dans ton cervical qui t'a dit de choper Lucy et mon prince pour qu'ils t'amènent ici et te soignent. Et nous, on paye les chiures de nos vieux ?

— Si tu veux.

— Y a qu'un truc. T'es p't-être juste taré. Et toute cette giga-aventure, c't'une suite de coïncidences trop cool ! Parce que en guise de médecin, y a mieux que ma paupiette d'amour et une IA. Et pourquoi que t'as pas récupéré les données tout seul, que t'es pas venu tout seul et fait ta merde tout seul ?

— La frangine a pas tort.

— Si je résume, ajoute BlackFury, tout ceci est une opération de sauvetage et on est dans la salle d'attente d'un gigantesque hôpital prothéen. On fait dans l'humanitaire et les Prothéens dans la réhabilitation de gros fêlés.

Snyssken ne répond pas, il regarde John se taire. Eli ne dit rien non plus. Lucy, même protégée par les perceptions du garçon, est toujours terrifiée par la tech prothéenne. Bambino s'adresse à son capitaine.

— Alors, capitaine ?

— Snyssken, tu peux nous accompagner si tu veux. Si je t'ai bien suivi, t'es persuadé qu'on arrangera tes affaires, qu'on le veuille ou pas. Ça change rien pour nous. On explore, y a forcément de quoi remplir *La Buse* sur cette station. Peut-être même qu'on est sur un vaisseau et qu'on pourra se le récupérer.

— Je pense que t'optimistes un peu trop, capitaine, rigole Boogie, s'pas, Saturday ?

— Ça m'en a tout l'air. Matez-moi ce hangar ! Y a rien !

Vide ! Que des trous dans les murs. C'est comme une gare de triage, sans vaisseaux ni marchandises. Sans compter que le boxon sur le Caillou va pas empêcher l'UI de vous donner la chasse.

— Ouais, et un machin de cette taille, ça passe pas inaperçu même dans ce coin paumé. Doit déjà y avoir une chiée de vaisseaux dans le système à se demander comment désosser c't'engin. Si vous voulez être les premiers servis, va falloir se remuer la rondelle.

Une note claire tinte dans la cathédrale prothéenne et des lumières au sol se mettent à briller plus fort. Des chemins de lucioles s'échappent par les cavités. Le borgne pointe une alvéole au plafond :

— C'est par là.

— J'ai pas encore appris à voler, le borniquet, répond Bambino.

Mais Snyssken marche déjà sur le mur, à l'horizontale, comme par zéro G avec des bottes magnétiques.

— On le suit, Capi Cap ?

— Je vais me contenter de suivre les loupiotes. Et je vous engage à faire de même.

Tout le monde se met en route sur le chemin plat pendant que le psychopathe marche au plafond vers Dieu sait quelle lubie de trépané de frais.

*

Il ne faut pas longtemps pour paumer les Disco Boys. Une vingtaine de mètres tout au plus et le sol se dérobe sous leurs pieds. Ils tombent dans le noir avant de s'immobiliser doucement dans une petite pièce, en apesanteur. Celle-ci est sphérique, les murs sont tapissés de mosaïques réfléchissantes et de la musique résonne dans l'espace clos. Les tommettes s'éclairent petit à petit et pulsent au rythme de la musique. Au début les deux tueurs sont incapables de bouger, la lumière leur passe au travers et le volume de la musique leur fait vibrer les os. Ils ont les yeux fixes, les paupières agrafées aux arcades, littéralement, des fiches de métal leur transpercent la peau et maintiennent leurs yeux ouverts. Bientôt ils sont désarticulés par une force invisible, Bus Stop, New York Hustle, ils dansent sans contrôle. Ça leur saigne dans les yeux, Boogie crispe les masséters :

— Ça pourrait être pire, mon frère !

Une ouverture se fait dans la paroi et un chalumeau s'approche des danseurs.

— Tu pourrais pas la fermer, Boogie ? halète Saturday.

— Quoi ?! Ça pourrait être de la variété.

— Sûr que vu comme ça… Le disco n'est pas mort…

— Le disco, c'est la vie…

*

Doc Death s'arrête pour glavioter un cramaillat marronnasse et remarque l'absence des deux frères. Il est happé par un mur, gobé comme un Flamby, ça fait un bruit de succion dans l'air. Sluip ! Tiny se retourne.

— Capi Cap ! On a paumé les clowns et l'homme de l'art.

On s'arrête, on jette un œil sur les murs, le sol, le plafond. Pas trop longtemps tout de même, ils ont une sensation d'urgence qui les pousse aux tripes.

— Capichou ?

— On bouge ! Doit bien avoir un centre de contrôle dans ce merdier ! Une carte du coin nous aiderait un chouia. Eli, Lucy est là ? Elle peut nous aider ?

— Elle a pas envie de bouger. De toute façon, je crois qu'elle n'a plus accès aux senseurs du vaisseau.

— On est à l'aveugle, quoi ! grogne Bambino.

— Si ce gros cuchon prothéen mène le bal, y a plus qu'à suivre les lumières. On verra bien.

*

— P'tain ! F'chier ! Mais pousse, nom de Dieu ! Y va pas nager vers la sortie tout seul ! P'tain !

Une paluche taille mammouth vient péter les dents du Doc, qui continue à braire.

— Tu vois, pétasse ! Quand tu veux !

La tête d'un nourrisson se pointe enfin entre les jambes de la femme. Il gueule déjà. Le Doc, ça doit faire le centième accouchement qu'il se tape. Mais la mère et son gosse disparaissent déjà, remplacés par la gestatrice suivante, une Ergosane velue. Le petit est mort-né, la mère va le suivre. Il le sait déjà, et si ça faisait pas cinquante fois qu'il accouchait un cadavre il le saurait quand même. Il y a un quelque chose dans la prunelle, un truc en moins, un manque qui vous engloutit dans le noir. Y a bien une flammèche dans un coin, un appel désespéré au miracle mais elle s'éteint vite. Il voudrait se perdre dans ce noir, le médecin, s'y abandonner. Mais il y a toujours cette lueur. Alors il l'accouche comme si. Comme s'il y avait quelqu'un, comme s'il n'y avait pas que de l'ombre. Il emmaillote le petit macchab, lui caresse la tête avant de le filer à la mère. Elle n'y voit rien, l'Ergosane, ne veut pas voir peut-être. Puis elle geint de bonheur, parce que ça ne pleure pas, ces êtres-là, pas de glandes lacrymales. Alors elle s'éteint doucement, se vide de la vie au rythme de l'hémorragie.

— F'chier ! P'tain ! F'chier !

Il va avoir droit à quelques instants de repos maintenant. Juste ce qu'il faut pour fixer l'horreur du moment avant d'attaquer la délivrance suivante. Il ne sait pas qui gère la torture mais le tortionnaire a oublié qu'un humain se blase vite. Fais-y voir du moche en boucle et il finira par aimer la merde, au mieux il la verra plus. Alors il joue ce jeu tordu en attendant de trouver la sortie, parfois même il essaie de sauver mère et enfant.

*

Pour BlackFury, le vaisseau prothéen fait dans l'original, c'est par le plafond qu'elle disparaît, sous les yeux de Tiny. Le ciel du tunnel se déchire et la chasseuse de primes commence à être aspirée. Ç'aurait pu en rester là si la teigne n'avait pas décidé de s'en mêler. La terreur en bleu de travail s'accroche à une botte de BlackFury et débagoule une bordée de saloperies.

— Chiotte, la princesse ! Casse-toi donc pas comme ça !

Aux cris de sa frangine, Bambino se retourne et tente de la choper par une patte elle aussi. John et Eli assistent impuissants à l'envol des deux femmes.

— J'accompagne ta fatrasse, Capi Cap ! On vous retrouve plus loin !

Le plafond se referme. Pour la mécanique prothéenne, horlogerie de haut vol fruit de millions d'années d'avance, d'ingéniosité, de technologie, de psychologie même, se cogner la drouille, c'est comme de demander à un psychochirurgien d'analyser un lombric sous coke. Heureusement, ça s'annonce moins difficile avec la chasseuse de primes. Déjà conditionnée pour les terreurs primaires, elle a des déclencheurs psychologiques grossiers plein le cerveau. La chasseuse de primes se met à trembler. Elle a trahi sa famille, trouvé des substituts bancals, des meutes de remplacement. Elle commence à frissonner, elle a la nausée, elle est toute seule, elle ânonne en bavant et se pisse dessus, le système sympathique en rade. Et tout irait bien si la drouille ne lui tenait pas la botte. Impossible pour la machine de gérer la frangine. Il lui faudrait toute sa puissance de calcul, sans compter qu'elle interfère dans le travail avec BlackFury :

— Oh, la poutrasse ! Tu te réveilles ! Vais pas me laisser pisser dessus sans moufter, moi ! Putain, l'est sourde !

Tiny voit bien que l'allumeuse est partie, ça a sûrement un rapport avec ce bourdonnement de con qui lui vrille l'arrière du crâne depuis qu'elle s'est accrochée à sa jambe.

— Ah, mais chiotte ! Dans les vapes ou pas, j'vas pas t'laisser me faire dessus, frangine !

Elle envoie une baffe au menton, modèle Bambino.

— On se réveille, sœurette !

Cela dit, ça la gêne un peu de l'entendre geindre après son père. Elle se décide finalement pour un étranglement, la choquer dans les vapes, ça devrait la calmer. Un bras autour du cou l'autre en tension, les jambes enroulées sur le bassin, elle lui chuchote à l'oreille :

— Allez, tu vas le revoir, ton daron ! Tiens, je t'y emmènerai comme une grande ! Mon Eli en bandoulière ! On ira avec le cap et le frangin, si tu veux ! Allez, sœurette, t'vas faire un petit dodo !

*

— On est où exactement ?

— Toujours dans la structure prothéenne, Eli.

— Capitaine, je suis pas familier de l'architecture prothéenne, ni de celle de l'Union d'ailleurs, mais ça ressemble foutrement pas à la boule où on a débarqué tout à l'heure.

— Ça y ressemble pas parce qu'on est à Paulson.

— Paulson…

— Oui, mon gros, Paulson. Lieu de villégiature des plus charmants résidus de fausse couche de l'univers. Prison de haute sécurité de l'Union et ma dernière colonie de vacances.

— Mais ?

— Mais y a pas de gardes et ça ressemble plus à l'image que j'en ai gardée qu'à ce qu'elle est réellement. Donc ce gros bousat prothéen veut jouer avec ma tronche.

Cobrastar s'approche alors de Bambino et lui colle une mornifle. Juste de quoi lui fouetter les sangs. Le gros serre les dents. Il se tourne ensuite vers Eli qui esquive la première baffe de son capitaine mais pas la seconde. Il en pose les fesses au sol, il n'a pas eu tellement mal, c'était de la petite claque sans amplitude, mais du soufflet chargé de mépris.

— T'es pas louf, dis ?

— Désolé, je voulais vérifier que vous étiez bien là, pas un mirage comme Paulson…

Le gigantopithèque cogne la rambarde métallique d'un doigt, le tube résonne sur toute la longueur. Il secoue la tête l'air navré.

— Dis voir, bas du front, tu t'es pas dit que si ton mirage de prison était solide, tes Prothéens pouvaient nous faire solides aussi ? L'intérêt de gifler le gosse et le monstre de foire dans tout ça ?

— Lucy ?

— Non, c't'une friteuse qui te parle, abruti.

— Bah, voilà, beauté, je suis rassuré, pas moyen que les Prothéens maquillent une chieuse de ton envergure. Tu vas bien ?

— Merde, capitaine, tu t'enquiers de mon bien-être ? Va peut-être falloir qu'on t'agrogne à notre tour pour vérifier que c'est bien toi.

— Dis voir, la quinarelle, quand on joue les abonnées absentes on ramène un poil moins sa gueule. On est entourés de prothé-choses, là ! Et aux dernières nouvelles, c'était tout sauf ta came.

— Ça va… J'ai eu du mal avec la gifle, c'est tout.

— Alors, t'es pas restée planquée chez Elijah ?

— Non. Je suis presque aveugle et sourde ici mais je perçois des bribes de pensées, des choses lentes, froides, figées. C'est confus, trop confus. Quelque chose me bloque.

— Pas moyen d'avoir un plan du coin ?

— Non. Je ne peux même plus accéder librement à vos esprits. Il faut qu'Eli me laisse utiliser sa voix pour communiquer. Et je sens quelque chose essayer de me déloger.

— Eli ?

— Non, c'est lui qui empêche ce truc de me foutre dehors.

— Comment y fait ça ?

— C'est sa tête et à certains égards elle marche comme la mienne. Pas totalement, il y a quelque chose d'étranger chez lui. Une chose qui le protège de la structure et me protège.

— Merde, le petit est magicien ?

— Je ne peux pas t'en dire plus, à bord de *La Buse* tous ses scans étaient normaux.

— Oui, mais c'est le seul à pouvoir t'accueillir dans sa tronche, et Snyssken aussi a senti un truc chez lui. Tu vas rester aux commandes ?

— Non, je lui rends la parole. Je reste là en cas de besoin.

Le regard du Terran vacille et retrouve sa lumière propre. C'est bien les gobilles d'Eli, avec juste ce qu'il faut de dérangé dans la prunelle pour tenir le pékin à distance. Il regarde le capitaine et grogne :

— J'aime pas les baffes.

— Moi non plus ! baronte le mastard, et je voudrais pas vous bousculer mais l'amphithéâtre se remplit.

*

Paulson est un puits, un grand puits large avec une longue rampe qui le remonte. Le long du plan incliné les cellules se suivent sur deux kilomètres de haut. Au-delà de la rambarde, le vide. Il n'y a pas de gardien à Paulson, pas de sortie, ni d'entrée. Les cellules sont des blocs assemblés mécaniquement. C'est un Lego géant et malsain où les blocs s'intervertissent parfois sans logique apparente, un Rubik's Cube sans couleurs où la disposition des faces ne répond qu'au vice de l'administration pénitentiaire. Il en a bouffé, John, pendant ses années sur place. On l'a d'abord jeté dans une cellule transparente qui a ensuite traversé le vide spatial pour venir se fourrer dans un nid d'abeilles géant. Là, les murs se sont opacifiés et la porte s'est ouverte sur le puits et ses nouveaux camarades. Il a vite arrêté de compter le nombre de fois où sa cellule a changé de place, il rêvait juste qu'on l'envoie tout au fond du puits avec ceux qui ne bougent jamais. Les vraies terreurs, ceux qui sont là à vie, cryogénisés. Pour un pirate, la consécration. Faut croire qu'il n'était pas assez mauvais. Pour le moment, les portes des cellules s'ouvrent les unes après les autres. Cobrastar reconnaît les visages, remet des voix, des démarches, des épaules qui roulent.

— C'est long pour arriver en haut ?

— On monte pas, Bambino. Nous, on descend.

AU FOND DU TROU

— On descend.

— Même bouillon de ce côté, capitaine.

— Ils ont même l'air moins engageants que les affreux du dessus, remarque Eli.

— Vous pensiez pas qu'on allait s'appéger[47] avec les plus mignons ? Prends ton surin, Eli, les gros durs, c'est vers le bas qu'on va les trouver.

C'est une nouvelle répétition pour les pirates, une trifouillée de plus. Il y a toutes les langues de l'univers connu, toutes les races, et plus on descend plus ça joue dans l'étrange, le curieux. Ils sont de moins en moins nets les mirages, de plus en plus costauds et de plus en plus flous. Eli a l'impression de jouer du joystick et de mettre une branlée à la borne, comme d'aller plus vite que le jeu. Il se fait la réflexion en retirant son surin de la panse d'un gros Ergosan au visage apathique, celui-là n'a même plus de rictus douloureux, c'est plus des tripes mais de la soupe qui se déverse sur les bras du garagna, même la structure prothéenne a baissé les bras. Bambino joue de la batte et Cobrastar du sabre, eux aussi s'attaquent à de

47. Se mettre sur la tronche.

l'ersatz de vivant. Eli ne sourit pas, n'est plus excité, n'a plus faim. Il est las et les deux autres aussi.

— Ça va être encore long, capitaine ? demande posément Bambino.

— Sais pas, on va passer par là, ça ira plus vite.

« Par là », c'est par-dessus la rambarde, le chemin du vide et de la chute, la sortie de la route de briques jaunes. Eli et Bambino emboîtent le pas à leur capitaine. La chute dure un moment, comme si le maître du jeu avait retrouvé l'inspiration, on passe devant des tronches bien détaillées, on y voit les caries et les comédons. Il y a des gueules couturées et des sourires de bayayet[48], mais là encore on tourne vite en rond. Les trois pirates atterrissent durement. Le choc déloge Petitkoala de la poche d'Eli qui s'acclape[49] au sol. John atterrit sur le postérieur et Bambino embrasse son genou.

*

Il fait sombre, quelques lumières tombent des murs, et la pièce circulaire sent l'huile de vidange. On dirait une vieille plate-forme de lancement désaffectée. Il fait un peu frais, on entend le bruit léger d'une ventilation. Quelques grilles aux murs, des tuyaux et de la vapeur par endroits.

48. Niais, l'air con.

49. S'affaisser, s'effondrer.

Il n'y a qu'une chose qui remonte le moral de l'IA prothéenne, c'est que cette bande d'envahisseurs se retrouve dans une taule alors qu'ils cherchaient un trésor. Pour l'instant, ils sont tous en cellule. Elle les contient comme elle peut, leurs esprits sont paradoxalement trop complexes pour elle et cela, malgré une biologie simplissime. Ils la mettent tous mal à l'aise, et ce n'est pas un sentiment commun pour une IA de son niveau, pour aucune IA d'ailleurs. Tous portent des marques prothéennes. Aucun ne cède vraiment. La chasseuse de primes, le médecin et les deux frères sont les moins contaminés, les autres par contre… Le capitaine, le gros et sa sœur ont leur génome complètement piraté, c'est atavique, ils sont nés comme ça, le tiennent de leurs géniteurs. Celui qui se nomme Snyssken est un véritable monstre, modifié jusqu'aux molécules par une exposition à des technologies prothéennes. L'IA arrive à peine à contenir leurs effets sur lui alors qu'il est à son bord, elle ne peut que le promener indéfiniment le long de ses coursives en espérant garder le contrôle sur son métabolisme. Qu'un être aussi primitif survive avec de telles modifications est tout simplement impossible. L'esprit désincarné est clairement prothéen, d'origine biologique, une infraction suprême au code impérial, seulement l'être qui l'héberge la protège de toute extraction. Celui-là lui est complètement étranger, elle reconnaît bien l'organisme, plus ou moins le même que celui des autres humanoïdes présents, mais son fonctionnement lui est obscur, il résiste à toutes les intrusions et la met en échec à chacune de ses tentatives. À présent, cette bande de sous-développés est arrivée dans son centre, à l'unique cellule de ce complexe, sa raison d'être, ce pour quoi elle est programmée et érigée.

*

Les trois pirates se relèvent en grognant. Il en a sa claque, Cobrastar, il ne s'amuse plus, Bambino et Eli de même.

— Faut qu'on sorte de là et qu'on trouve ce putain de trésor ! Merde, ça grouille de ferraille pourrie ici !

— Ça ressemble au vieil atelier de ma sœur.

— Avant qu'elle fasse tout péter ?

— Ouaip…

— J'ai une idée, on va essayer de faire dans la nuance pour une fois. Eli, passe-moi le jouet de ta dulcinée, le pétard qu'elle t'a filé, là !

— Z'êtes sûr de vouloir faire dans la nuance avec un outil de Tiny ?

— Jette-z-y et cause pas tant !

Elijah se baisse, ramasse le flingue de licorne rose et le balance à son capitaine. Il n'est pas sûr de suivre John. Il a utilisé ce truc et sait à quoi s'en tenir. Peut-être qu'il devrait prévenir le capitaine ? Peut-être que Bambino va le faire ? Mais Cobrastar le prend de court.

— T'en fais pas, mon belet[50] ! Je me doute bien qu'y crache pas des paillettes, le cadeau de la drouille !

Cobrastar cible le mur et appuie sur la détente. Il avait beau s'y attendre, le recul lui tord le bras. Le mur gît en flaque rouge à quelques mètres d'eux. Derrière, le décor prothéen renaît, c'est tout en courbes et en lumières. Ils entrent dans une salle de taille moyenne avec un genre de sarcophage au milieu, l'air est doux comme une brise marine, ça sent l'iode. Derrière le sarcophage y a un bar, un grand zinc avec une multitude de bouteilles et de verres. Le bois est patiné, il y a des cuivres un peu sales et de la poussière au sol. Il y a aussi des tabourets vides à ce comptoir de saloon, trois.

Snyssken fait le service derrière le rade et remplit le verre d'un grand type. Ils ne parlent pas, ils boivent. Le gars est de dos, et Snyssken leur fait signe de poser leurs fesses. Les pieds nickelés s'approchent, ils ne vont pas cracher sur un gorgeon. En passant devant le sarcophage, une grimace de dégoût leur barre le visage. Ça schmoute sévère, ce n'est pas vraiment une odeur, plutôt une ambiance qui s'en dégage, le truc là-dedans est vraiment tordu. John, ça lui fait penser à la Rumeur en plus sale, plus mauvais et plus dangereux. Ils vont s'asseoir en silence, il y a des moments où tu profites mieux la mouille fermée. Ils en sont là quand Snyssken leur verse une rasade de fioul à chacun. Ça sent bon la chaleur, le bien-être, le calme.

---

50. Agneau, terme affectueux pour désigner un gosse.

— Dites, m'sieur Snyssken, c'est quoi ?

— Courles-en un godet, gamin.

— Au nez ? Du Réserve spéciale de mon vieux.

— Tout juste, Cobrastar. Je sais pas ce que ce clown m'a farfouillé dans l'encéphale mais il en a ressorti cette merveille…

Le clown en question a un petit sourire satisfait, il fait rouler l'alcool dans sa bouche, s'en gargarise et lampe à grandes courles. Il a la plus grosse moustache qu'Eli ait jamais vue, des yeux bleus, le poil blanc et la même peau rouge de Végien que Bambino et sa sœur. Un costaud dans la soixantaine, planqué sous un Stetson de carnaval. Reste qu'il semble apprécier l'alcool, ça et le cigare qu'il a dans l'autre main.

— … semblerait que ce soit lui qui a calmé mes accès psychotiques et il aimerait qu'on cause.

— Tant qu'il a à boire, monsieur peut causer tant qu'y veut.

— Heureux de vous l'entendre dire, fait le cow-boy. Si j'avais su qu'une forme biologique offrait une telle palette sensorielle, j'aurais tenté de me digitaliser plus tôt. Vos espèces sont fascinantes, particulièrement quand on adopte leur biologie. Je commence à mieux cerner certaines de vos motivations. Vous cherchez un trésor. Vous n'en trouverez pas ici. Je suis une prison.

— Bah merde.

— Bambino, coupe pas môssieur. L'a sûrement des trucs intéressants à ajouter.

— Intéressants ? Oui. Qui vous intéresseraient ? Sans doute

moins. Je dois m'occuper de la sécurité du détenu situé en stase derrière vous. Je n'ai pas d'autres fonctions.

— T'es prothéen, non ?

— Conçu pour servir l'Empire, en effet.

— Bien sûr… Et évidemment y a rien à piquer à ton bord ?

— Je le crains.

— On pourrait te désosser.

— Cela mettrait en péril mon intégrité et permettrait à mon prisonnier de s'échapper.

— Des informations sur l'Empire prothéen ? Sa disparition ? Quelque chose de monnayable ?

— Lucy ? C'est toi ?

— Oui, John.

— Vous êtes l'esprit désincarné dans le corps de cet humain.

Ce n'était pas une question.

— Non, je n'ai rien à vous offrir, je vous l'ai dit, mes seuls protocoles concernent la sauvegarde de mon prisonnier. Pour cela, je dispose de programmes carcéraux et médicaux. Je ne suis pas une Intelligence universitaire.

— Médicaux ? grogne Snyssken. C'est toi qui m'as réparé ?

— J'ai fait en sorte que vous ne soyez plus une menace pour nous. Une fois sorti de ma zone d'influence, vous retrouverez votre condition initiale. Toute ma puissance est concentrée sur le prisonnier.

— Alors t'occupes-en plus, big moustache !

Tiny et BlackFury entrent dans la pièce, la seconde

soutenue par la première. Les Disco Boys et le Doc suivent en claudiquant. Ils ont dû en baver un poil avant que la machine jette l'éponge.

— Comme je vous l'ai déjà expliqué sur le chemin, Miss Fälle, cela m'est impossible.

— Tiny ? Tout le monde va bien ?

— Au poil, Capi Cap ! Si ce cuchon-là était pas une machine j'y aurais d'jà pété les chicots mais il s'est excusé pour le boxon. Moi, quand on s'excuse, je résiste pas. Hein, frangin ?

— Hmm.

— Tu voulais discuter, alors discute ! Visiblement t'arrives pas à nous dessouder, alors quoi ? Qu'est-ce tu nous proposes ?

— Je peux remplir votre vaisseau de minéraux et de métaux précieux. En échange, vous vous en allez sans histoires.

— Ça va pas coller pour moi, mon gars. Je retourne pas dehors avec la calebasse en vrac. Hors de question. À ce compte-là autant que je reste crécher ici, crache Snyssken.

— Et moi, annonce John, si j'avais voulu du fric, j'aurais vendu les données.

Là, la machine prothéenne se fout en rogne. Prendre forme humanoïde et piocher dans leurs cervelles de tabazut finit par lui porter aux sens. Elle en choperait même du caractère, et du moche en plus.

— Dites voir, les génies ! C'est pas moi qui me pointe le cul en chou-fleur pour dévaliser une prison ! J'ai essayé de vous calmer mais visiblement z'êtes trop obtus pour comprendre, maintenant faudrait voir à mettre du vôtre, les comiques ! Je vais pas me transformer en trésor impérial pour vous faire plaisir !

— Il a faim, Capi Cap ! C'est toujours comme ça quand on a faim, on a vite la grogne. Fâche-toi pas comme ça, Prothétruc. C'est ton prisonnier qui te chagrine ?

La détonation ne fait pas beaucoup de bruit, le jumeau de Petitkoalarose est un timide. Il est efficace, évidemment, mais côté décibels il fait dans le feutré. Le sarcophage est complètement défoncé, son occupant recouvre une bonne partie des murs de la pièce. Les regards dévisagent alternativement Tiny et la soupe de Prothéen qui macule la salle. La terreur en bleu de travail a le bon sens d'avoir l'air gênée :

— Pas fait exprès, Capounet, l'a la gâchette sensible, çui-ci.

Épilogue

« I'm leaving here this morning but I don't
know where I've been. I'm going home
to take my bath but I'll be back again. »

CENTRALE

— Il ne reste que ça ?

— C'est tout ce qu'on peut trouver dans une supernova, monsieur le Secrétaire général.

— Ça a au moins le mérite d'être beau…

— D'autant que Toungouskoï, c'était pas un premier prix de beauté.

— Bon. Qu'a dit Miss Fury lors de votre dernière prise de contact, Monsieur ?

— Je vous ai remis son rapport complet, elle n'a rien ajouté d'autre.

— Vous y croyez ?

— Je ne sais pas. Je pense qu'elle a dit la vérité. En gros tout au moins.

— L'équipage de Cobrastar ?

— Introuvable pour le moment.

Le vieux capitaine se la fend. Il n'aurait pas rêvé d'une meilleure fin. L'Union sauve la face, la flibuste s'en tire les poches pleines et la réputation en hausse.

— Ils sont tous activement recherchés dans l'espace de l'Union, mais je doute qu'on leur mette la main dessus. Toshiro

Nakatomi est-il satisfait ?

— Il a perdu sa fille. Néanmoins le travail des Disco Boys semble l'avoir apaisé.

— Ainsi que le cadeau du général McIntyre.

— Soit le général se pliait aux volontés de Nakatomi soit il perdait tout. Se séparer de trois doigts me semble bien peu de chose.

— Se les couper soi-même en public et lui interdire toute repousse génétique ?

— Figurez-vous, mon bon Monsieur, que l'idée venait du général lui-même. Il semblerait que le chef d'état-major prenne ses échecs au sérieux. Peut-être s'est-il découvert capable de culpabilité au passage.

— Alors ça ! Je pensais pas qu'il en avait dans le futal, ce gros con.

— Merci, capitaine…

LA BUSE

Apprendre qu'elle était prothéenne ne l'aura finalement pas choquée tant que ça. Ça lui fait juste un peu drôle de savoir qu'elle avait un corps, avant. Même après avoir goûté aux joies de la biologie dans le corps d'Eli, rien n'est venu raviver d'hypothétiques souvenirs. D'après l'IA de la prison prothéenne, son cas est exceptionnel. Même selon les critères de l'Ancien Empire, la digitalisation de la conscience était taboue. De là, ses souvenirs ont peut-être été délibérément effacés, à moins qu'ils n'aient disparu en même temps que son corps. Même après Eli, elle ne comprend pas comment sa mémoire fonctionne. Ils ont dû se tirer en vitesse quand la prison a commencé à s'autodétruire. Cette IA avait tellement peur de crever qu'elle a téléchargé tout ce qu'elle pouvait à bord de *La Buse*, des banques de données, de quoi renflouer les caisses… Si elle n'avait pas laissé une partie d'elle-même à bord, Lucy n'aurait pas pu reprendre le contrôle du vaisseau.

Eli aussi va mieux, quoiqu'elle ne pense pas que la prison prothéenne y soit pour grand-chose. Peut-être son séjour dans son grenier lui a-t-il fait du bien. Ou d'apprendre que les Ostrakias sont les mondes berceaux des races connues. Ça pose un type de savoir, qu'il vient du point d'origine. Toutes ces lois de l'Union pour préserver la pureté génétique des planètes premières… Il n'a pas l'air au point, leur plan pour la pureté des races. Vu ce qui traîne dans le patrimoine d'Eli, la pureté devait aimer le sexe, d'où qu'il vienne, notamment hors planète… C'est dilué mais c'est là, un truc différent qui lui permet d'accueillir Lucy.

*

— Tiny, qu'est-ce tu traînes autour du cou ? Merde, la drouille ! Depuis quand tu portes de la breloque ? Où t'as chouré de la pierre de c'te taille ?

— Ça traînait dans l'entrée du casino, Capi Cap…

— C'est vrai que c'est commack comme bijouterie. Attends, attends, tu l'as piquée où ?!

— Dans l'entrée du casino, chez les rupins ! Y avait un plein cuchon de cristaux-trucs. T'avais dit qu'on pouvait se servir !

John se prend l'arête du nez entre le pouce et l'index. La moitié de la principauté est partie en poussière et la prime qu'ils ont au cul est monumentale.

— Les joyaux de la couronne, Tiny ? Vraiment ? Fallait que tu le fasses, hein ?! Tu pouvais pas choper le sarcophage du premier souverain aussi ?

— Désolée, Cap… L'a fallu que j'me magne le poil…

Elle a un truc dans les mains, Tiny. Le genre qui clignote,

avec une gueule à vaporiser sur plusieurs kilomètres… Une petite chose toute mignonnette repeinte à la va-vite, couleurs flashy, roses et têtes de mort.

— Tiny, ma petite, lâche ça tout de suite ! Enfin, non, ne le lâche pas ! Pose-le délicatement ! Bambino ! Au pont inférieur ! Ta frangine remet ça !

— John, le pont est isolé du reste du vaisseau et les nouveaux boucliers devraient contenir toute explosion.

— Écoute, Lucy, j'ai rien contre tes calculs, mais les diagrammes des boucliers viennent du même endroit que les plans de la bombinette avec laquelle joue la drouille. D'une putain de prison prothéenne ! Et même si t'as raison, je suis toujours dans la même pièce que la petite terreur !

— Relax, Capi Cap, l'est pas amorcée Petiteféefluoéviscératricedelunes !

— La dernière fois t'as déclenché une supernova ! Abrutie !

— Eli ! Mon prince ! Volez au secours de votre princesse Prout Prout ! Le vil capitaine a attenté à mon honneur !

— Suis pas ton prince, Tiny, démerde-toi.

— Entendez-vous ça, chère duchesse Petit Pet ? Il m'a répondu ! Il me parle ! Il m'aime donc !

Bloing ! Bloing ! Bloinnng…

Petiteféefluoéviscératricedelunes rebondit au sol, se cogne aux caisses de fret, rebondit sur un fût de gnôle et roule aux pieds de Cobrastar.

— Pardon, Cap, j'ai glissé…

LE PETIT INTÉRIEUR ROSE

— Alors, ma chérie, comment ça se passe avec le lieutenant Owens ?

— Très bien, maman, ça me coûte de te l'avouer mais tu as peut-être bien choisi pour une fois…

— Je le savais ! J'en étais certaine. Deux originaux comme vous ! Qui travaillez dans la même branche !

— Il bosse pour l'armée et je suis chasseuse de primes !

— Oh oui ! Bonnet blanc et blanc bonnet. Il est là ? Tu me le passes ?

— Qui ?

— Eh bien, le lieutenant !

— C'est-à-dire qu'il est occupé.

— C'est lui que j'entends depuis tout à l'heure ?

— Oui, oui ! Il est en train de réparer ma porte d'entrée, tu sais, celle qui avait été abîmée…

— Oh oui ! Ces cambrioleurs ! Heureusement que tu les as attrapés, ils ne se doutaient pas que la célèbre BlackFury habitait là.

— La célèbre BlackFury ? Que t'arrive-t-il ? Plus rien sur la succession du clan Mercer ?

— Tu es une vraie célébrité, tu sais, figure-toi qu'Hystriona Winthorpe-Velasquià, du conglomérat Vélasquià, m'a demandé l'autre jour si tu pouvais passer au prochain gala caritatif qu'elle organise.…

Une heure qu'Owens et Daisy font la bête à deux dos dans son appartement et c'est maintenant que sa mère appelle ! Si Cobrastar ne devait pas débarquer aujourd'hui au Tito's Pissing Bear ils auraient pu faire ça dans la réserve du rade comme d'habitude, mais BlackFury en doit une à Daisy…

— Moins forts, les amoureux ! qu'elle leur hurle en coupant le son de la communication.

— … et ce n'est pas trop dur sur Tartarus ? Le poste d'Owens est difficile ? Il paraît que c'est la première fois que ces horribles pirates acceptent des contacts diplomatiques avec nous. Et toi ?! J'ai entendu qu'ils découpaient les chasseurs de primes en morceaux ici, on dit même qu'ils les dévorent !

— Seulement quand ils n'ont plus de nourrissons, maman…

QUELQUE PART AUX FRONTIÈRES ARCIENNES

— Sers-moi encore un peu de café, petit.

— Tout de suite, m'sieur Snyssken !

— L'est bien, ce caf ! J'ai connu un type qu'en faisait de l'aussi bon.

— Qu'en faisait, m'sieur ? Il en fait plus ?

— Non, mon gars, il a changé de branche. Mais il taffe aussi bien.

— J'espère que je pourrai faire comme lui un jour !

— Qui sait, gamin, qui sait... Maintenant va te planquer derrière le bar avec ton patron. Les marshals là-dehors vont pas s'en aller tout seuls.

« Depuis quand tu fonces plus comme une drouille hydrocéphale vers une mort certaine ? »

ACHEVÉ D'IMPRIMER

Ce livre a été achevé d'imprimer par
les vaillantes imprimeries Corlet,
au doux mois d'avril 2021.

ISBN : 978-2-37055-213-0 | d.l. : juin 2021
N° d'imprimeur : 21040352